마녀를
꿈꾸다

흔들리는 몸

오늘도 그 골짜기로
수많은 생을 실어 나르고 있는
늙은 마을버스에게

마녀를 꿈꾸다

이상권 지음

시공사

1

지명 수배(특수 살해범)

용의자 : 강주혁

성별 : 남자

나이 : 15세

신장 : 150센티미터

인상착의 : 키가 작고 깡말랐으며 노랑 테 안경을 쓰고 있습니다. 용의자 강주혁은 지금까지 수많은 생명을 살해하였기에 지구 수사대는 우주 수사대와 협조하여 용의자 강주혁을 공개 수배합니다. 용의자를 보신 분들은 지구 수사대나 우주 수사대로 연락해 주시기 바랍니다.

학생들이 학교 게시판 앞에서 수군거리고 있었다. 그들은 머리만 인간일 뿐 나머지 몸은 개였다. 개하고 다른 점은 네 발이 아니라 두 발로 직립 보행을 하며, 다양한 패션의 옷을 걸치고, 다양한 종류의 신발을 신었다는 점이다.

그 무리에 섞여 있던 수문이는 휴대 전화 진동을 느끼면서 뒤로 물러났다. 주혁이한테 온 문자 메시지였다.
「백양나무 숲으로 와 줘. 부탁이야.」
수문이는 천천히 학교 뒤로 걸어갔다.

학교 뒤에는 학교 운동장보다 백만 배쯤 넓은 백양나무 숲이 숱한 전설을 품은 채 침묵하고 있었다. 백양나무 숲은 단 한 점의 빛도 숲 바닥으로 걸러 보내지 않았다. 나무들이 하도 웃자라서 그 우듬지를 가늠하려는 행위 자체가 불가능했고, 흙 위로 뼈를 드러낸 거대한 뿌리들이 여기저기서 꿈틀거리고 있었다. 주혁이는 그 숲에서 가장 나이 든 나무 밑에 앉아 있었다. 주혁이 뒤에서 연기가 났다. 한뎃솥이 보였다. 왜 나를 불렀어? 수문이가 퉁명스럽게 쏘아 댔다. 주혁이는 솥뚜껑을 열더니 온갖 버섯들이 끓고 있는 국물을 국자로 떠서 맛을 보았다.
-음, 좋아, 좋아. 혓바닥을 찢어발기는 힘이 느껴진다. 이제 지렁이 간에다 뱀 쓸개를 넣고, 벼락 맞은 독버섯을 집어넣고, 천년 묵은 뱀닭의 발톱이랑 이무기의 똥을 넣으면 돼.
주혁이는 다시 무엇인가를 집어넣고 맛을 보더니 이제 됐다고 손뼉을 크게 쳤다. 수문이는 네가 독약을 먹고 눈알이 튀어나오든 관심 없으니까 왜 불렀는지 말하라고 다그쳤다. 주혁이가 그런 수문이의 손을 낚아채더니 끓고 있는 물을 바가지로 떠서 단숨에 마셔 버렸다. 순간 가슴이 녹아내리는 뜨거움이 수문이의 심장으로 쏟아졌다.

-앗, 뜨거!

수문이는 가슴을 문지르고 폴짝폴짝 뛰다가 자신의 목소리가 이상하다는 걸 알았다. 이럴 수가! 어느새 주혁이가 수문이의 반쪽이 되어 있었다.
-미안하다만, 수문이 네 몸을 조금만 빌리자. 지금 사방에서 나를 잡으려고 혈안이 되어 있어. 이렇게 변신하면 누구도 알아보지 못할 거야.

수문이는 모든 힘을 입에다 실어서 싫다고 소리치고 자신의 반쪽인 주혁이의 다리를 걷어찼다. 그때마다 발에 걸어 챈 아픔이 수문이의 뇌를 흔들었다.

2

꿈이었다. 수문이는 쓴 약을 씹어 삼킨 기분이었다. 꿈속에 등장하는 단골 배우인 주혁이는 지금까지 단 한 번도 수문이를 즐겁게 해 주지 않았다. 수문이는 침대 옆 책상머리에 있는 스케치북을 끌어당겼다. 수문이에게 꿈이란 허구의 세상이 아니다. 수문이는 현실이 너무너무 힘들 때마다 자신만의 세상을 꿈속으로 끌어들이려고 애를 썼다. 꿈과 현실을 구분하는 것은 큰 의미가 없다. 현실이 꿈이고 꿈이 곧 현실이다. 수문이에게 잠이란 단순하게 지친 몸을 풀어 주는 망각의 강이 아니고, 또 다른 자신이 살아가는 세상이다. 수문이는 일곱 살 땐가 여덟 살 땐가 자기만의 공식을 완성하였다.

상상+꿈=또 다른 현실이고, **상상+현실=나만의 꿈**이고, **현실+꿈=나만의 상상**이다. 따라서 **상상=꿈=현실**이다.

수문이는 머리를 흔들어 대면서 꿈 그림을 그리기 시작했다. 자신의 반쪽이었던 주혁이 얼굴이 자꾸만 일그러진다. 삼각형으로 돌출하는가 하면 움푹 꺼지기도 하고 톱날 모양으로 뾰족뾰족해진다. 눈을 감는다. 피곤하다. 절대적으로 수면이 부족한 상태다.

천둥 번개가 굿하던 어젯밤에는 새벽 5시가 넘어서야 잠자리에 들었다. 다음 주로 다가온 마술 공연을 앞두고 마음이 불안해서 잠이 오지 않았다. 수문이는 특별한 마술을 준

비하고 있었다. 그 마술을 하기 위해서는 반드시 새가 필요했다. 현이가 길들인 비둘기를 구해 주겠다고 하였다. 수문이가 고개를 흔들면서 야생에서 살아가는 새하고 호흡을 맞추겠다고 하자, '악다마' 회원들은 너무 무리수라면서 고개를 흔들었다. 한술 더 떠서 수문이가 호랑지빠귀하고 의사소통이 가능하다고 하자 악다마 회원들은, 너 지금 꿈꾸는 거냐고 하면서 웃어 버렸다. 수문이는 현이한테 야생동물 보호단체 같은 곳에다 연락을 하면 다친 호랑지빠귀를 구할 수 있을 거라고 하였다. 구해만 주면 치료를 해서 마술에 나오는 배우로 만들겠다고. 호랑지빠귀는 마술 공연을 한 다음 자유의 몸이 된다는 말도 덧붙이자, 그제야 동료들은, 쟤 장난이 아니잖아 하는 눈으로 쳐다보았다.

—전 이 마술을 통해 유리창에 부딪혀서 죽어 가는 새들의 아픔을 이야기하고 싶어요. 새가 날아가다가 유리창에 부딪혀서 추락하는 장면을 보여 줄 거예요. 다친 새의 부리나 얼굴, 날개, 발에다 붕대를 감으면서 치료하는 모습을 보여 주고, 그 새가 다시 날아오르는 모습도 보여 주고, 마지막으로 유리창에 다시 부딪히는데 그때에는 추락하지 않고 그냥 통과하는 장면을 하이라이트로 하려고 해요.

수문이의 설명이 끝나자마자 동료들이 소나기 질문을 던졌다. 진짜 그런 마술을 할 수 있느냐고 묻기도 하고, 그 마술은 마술사보다 새의 연기가 더 중요한데 어떻게 할 거냐고 묻기도 했다. 새가 유리창을 통과하는 마술이야 그리 어렵다고 할 수는 없으나 새가 유리창에 부딪혀서 추락하는 연기를 해야 하고, 고통스럽게 아픔을 감당하는 모습을 연기해야 하니까, 새하고 의사소통을 하지 않으면 불가능한 일이다.

-할 수 있어요!

수문이의 말이 워낙 단호해서 더 이상 동료들도 토를 달지 않았다. 어디 한번 지켜보자는 눈빛이었고, 현이도 호랑지빠귀를 구해 주겠다고 하였다. 친구의 아버지가 수목원에서 일하기 때문에 가능할 거라고 하였다. 수문이는 처음부터 이모를 떠올리고 있었다. 당장 이모네 집에만 가면, 뒤뜰에 있는 야생동물 병동에서 다친 호랑지빠귀 한 마리를 데려오는 건 아무런 문제도 아니다. 수문이는 절대 그런 일은 없을 거라고 중얼거렸다. 그 어떤 일이든 이모한테 도움을 받지 않겠다고 마음의 선을 그어 놓은 지 오래였다. 실제로 지난 몇 년간 그런 원칙은 잘 지켜졌다.

다행스럽게도 현이가 일주일 만에 호랑지빠귀가 든 새장을 들고 수문이가 살고 있는 원룸으로 찾아왔다. 유리창에 부덮혀서 왼쪽 날개가 부러진 호랑지빠귀는 상태가 그리 좋지 않았다. 주삿바늘을 통해서 포도당을 몸속으로 밀어 넣고 있지만 그건 한계가 있고, 새가 직접 먹이를 제 몸속으로 밀어 넣지 않으면 오래 버티지 못한다는 사실을 수문이는 잘 알고 있었다. 현이 친구의 아버지는 딱 하루를 줄 테니까 그때까지도 먹이를 먹지 않으면 다시 데려오라는 말을 했다. 그리고 새가 건강을 되찾을 경우, 마술 공연이 끝나자마자 자유롭게 날아갈 수 있도록 풀어 준다는 서약서에 서명을 요구하였다. 서약서 밑에는 새의 치료 과정을 찍어서 이메일로 보내 달라는 부탁도 적혀 있었다. 현이는 다시 수문이를 보고 저 새를 치료할 수 있겠느냐고 물었다.

너를 뭐라고 부를까? 사람들은 너희들을 호랑지빠귀라고 하는데…… 아, 혼새라고 하는 사람도 있다. 나는 그냥 호랑지빠귀라고 부를게. 마음에 안 들면 말해. 혹시 네 이름이 있거나 그러면 말해. 수문이는 가느다란 휘파람 소리를 흘려 내면서 마음속으로 중얼거렸다. 호랑지빠귀가 얼굴을 왼쪽으로 비틀면서 수문이를 보았다. 나는 여자 인간이야. 나이는 열일곱 살. 여기서 혼자 살아. 너를 왜 데려왔느냐고? 응, 그건 나중에 말할게. 다만 내가 너를 도와줄 수 있는 건 확실해. 나는 예전에 너의 동족들을 많이 치료해 봤거든. 너보다 더 심하게 다친 새들도……. 호랑지빠귀는 대꾸하지 않았다. 수문이는 서두르지 않았다. 생김새도 다르고 뇌도 다르고 말도 다르고 살아가는 방식도 다른 새가 마음의 문을 쉽게 열 수 없는 건 당연하다. 그걸 알면서도 수문이는 그냥 한마디 정도만 새가 대답해 주기를 바랐다. 넌, 어디서 왔니? 보아하니 여자 같은데? 난 알아. 네 몸을 보지 않아도 알 수 있어. 넌 여자야. 그제야 호랑지빠귀는 약간 놀라면서 몸을 떨고, 부리를 미세하게 열었다가 다시 닫기를 되풀이하더니, 가느다란 휘파람 소리를 보내왔다. 수문이의 귀에는 새의 중얼거림이 들렸다.

-믿을 수가 없어. 내가 인간하고 말을 하다니…….

현이도 입을 헤벌리고 한동안 믿을 수 없다는 표정을 짓더니 이내 환하게 웃었다.

수문이는 날마다 근처에 있는 산에 가서 지렁이와 애벌레를 잡아 왔고, 악다마 동료들까지 도와주어서 호랑지빠귀의 먹이는 늘 넘쳐 났다. 모든 게 순조로웠다. 안개가 세상 모든 눈을 가려 버린 날은 쉬어야 하는데 무리하게 지렁이를 물고 허공을 가르다가 수목원 관리실 유리창에 부딪힌 호랑지빠귀는 새끼를 다섯이나 둔 어미였다. 수문이는 빨리 나아야 갈 수 있으니까, 자신을 믿고 치료를 잘 받으라고 위로했다.

 호랑지빠귀는 남편 자랑이 대단했다. 남편이 이 세상에서 살아가는 호랑지빠귀 종족 중에서 가장 멋지고 가장 용감하다고, 소쩍새를 비롯하여 너구리랑 오소리까지도 물리쳤다고 하였다. 터무니없는 허풍으로 들리지는 않았다. 호랑지빠귀는 정확하게 배설물을 가렸고, 과자나 삼겹살 혹은 치킨 따위는 받아먹지 않았다. 오직 수문이가 화분에다 놓아 준 지렁이나 애벌레만 자기 살로 만들었다.

 호랑지빠귀는 닷새 전부터 조금씩 날 수 있게 되었다. 유리에 부딪혀서 떨어지는 연기도 시작하였다. 고통스럽게 몸부림치는 몸짓도 무난했다. 다만 다시 날아서 유리창으로 통과하는 연기만큼은 할 수 없다고 몸을 부들부들 떨었다. 그날의 악몽이 되살아날 뿐만 아니라 다시 유리창에 부딪혀서 떨어질까 봐 두렵다고 했다. 특수하게 만들어진 유리라서 그냥 통과할 수 있다고 수문이가 자신의 손을 통과시켜 보고 작은 인형을 던져도 보았지만, 호랑지빠귀는 막상 그 앞으로 날아만 가면 겁이 난다고 고개를 흔들었다. 어젯밤에도 수문이는 호랑지빠귀랑 계속 그 문제로 실랑이를 하였다. 호랑지빠귀는 미안하다고 고개를 숙였다. 예상하지 못한 일이라서 수문이도 당황했다. 수문이는 5시까지 호랑지빠귀랑 실랑이 하다가 잠이 들었고, 그 꿈을 꾸었다.

3

HSM-201, 번지 점프 하는 염소

천장 형광등 왼쪽에 있는 네 컷 만화 형식의 그림이다. 첫 번째 컷에는 누군가 염소를 번지 점프대 위로 끌어 올린다. 두 번째 컷에서는 염소가 목에다 올가미를 건 채 아래로 뛰어내린다. 세 번째 컷에서는 염소의 얼굴이 주혁이로 바뀐다. 네 번째 컷에서는 염소가 구름 위를 걷고 있다.

HSM-66, 뱀닭이랑 싸우는 주혁이

그 옆에 붙은 그림이다. 살이 빨간 뱀닭이랑 주혁이가 레슬링 하는 자세로 엉겨 붙어 있다. 침대 쪽 벽에도 주혁이 그림이 하나 있다.

HSM-111, 뱀술

이모가 잡아 온 살모사를 술병에다 넣는다. 살모사는 뽀글뽀글 공기 방울을 토해 내면서 죽어 간다. 갑자기 주혁이가 나타나서 병 속에다 낚싯바늘을 던진다. 죽어 가던 살모사가 바늘을 물고, 주혁이가 힘껏 잡아당기는 그림이다.

주혁이는 어떻게 살고 있을까. 지금도 그 골방에서 잔뜩 겁을 먹은 채 온몸을 뼈까지 접어서 웅크리고 있을까. 아니면 자기만의 세상으로 가기 위해서 굴을 파고 있을까. 수문이는 그런 생각을 하면서 간신히 그려 낸 그림을 침대 정면에 있는 벽에다 붙였다. 서너 걸음 뒤로 물러나자 수문이의 반쪽이었던 주혁이가 개로 보였다. 낯익은 개였다.

수문이가 이모네 집으로 갔을 때 그 개는 새끼를 달고 있었다. 딱 한 마리뿐이었다. 이모는 새끼를 흰별이, 어미를 주전자라고 이름 하였다. 누군가 평상 밑에다 버리고 간 누런 주전자 옆에서 잠을 잔다고 하여 그런 이름을 붙였다. 주전자는 이모네가 들어가기 전부터 그 집에 살았다. 정확한 나이를 가늠할 수는 없으나 제법 나이가 들어 보였다. 주전자는 쉽게 감정 표현을 하지 않았으며 인간에게 맹목적으로 충성하지도 않았다. 수문이가 혼자 개울가에 앉아 있으면 소리

없이 와서 적당한 거리를 두고 앉았는데 그럴 때는 개가 아니라 사람으로 보였다. 주전자는 제 몸가짐을 항상 바르게 하였다. 눈곱이 없었으며, 뼈밖에 남지 않은 말라깽이인데도 먹는 것에 집착하지 않았고, 불필요하게 턱을 놀려서 짖어 대는 오류를 범하지 않았고, 다른 동물을 보아도 무작정 으르렁거리지 않았다.

꽃비가 내리는 어느 궂은 날 오후였다. 수문이는 학교에서 오다가 개울가에서 휜별이를 복숭아나무에다 매달고 있는 주혁이를 보고는, 하늘이 터지도록 비명을 질러 댔다. 강아지는 축 늘어져 버렸다. 주혁이는 달아났다. 수문이는 강아지를 안고 집으로 뛰어갔다. 주전자가 강아지를 혀로 핥아 주었다. 놀랍게도 강아지는 눈을 떴다.
이모랑 아저씨는 휜별이 문제를 놓고 의논을 하였다. 주혁이 때문에 더는 키울 수 없다고 의견을 모은 두 사람은 휜별이를 분양하기로 하였다. 주전자는 수문이를 보고 낑낑댔다. 수문이는 휜별이가 좋은 주인한테 가니까 잘된 일이라고 달랬다. 이모랑 아저씨가 휜별이를 데리고 나가자 주전자도 집을 나가 버렸다. 그로부터 보름 뒤에 나타난 주전자는 더욱 말라 있었다. 움직일 때마다 몸 구석구석에서 삐거덕삐거덕 소리가 났다. 수문이는 그런 주전자가 안쓰러웠다. 주전자의 죽음을 가장 먼저 발견한 사람도 수문이였다. 주전자는 평상 밑에서 죽어 있었다. 수문이는 죽은 개를 끌어안고 울어 댔다. 이모보다 더 편하게 눈빛을 주고받았던 주전자의 죽음을 받아들일 수가 없었다. 이모가 수문이를 달래고 달랜 다음 개 초상을 치르자고 했다.

-수문아, 우리가 너무 경솔하게 흰별이를 보냈나 봐. 가장 먼저 주전자한테 물어봤어야 하는데, 우리 맘대로 흰별이를 어디로 보낼 권리가 없는데……. 주전자가 마음이 아파서 떠돌아다니다가 스스로 죽음을 택한 모양이야. 이모도 마음이 아파. 조촐하게 장례나 치러 주자.

수문이랑 아저씨가 죽은 주전자를 들것에 실어서 산으로 갔다. 수문이는 야윈 개가 이렇게 무거울 줄은 상상도 못 했다. 그 무거움이 끓어오르는 슬픔을 꼭 눌러 주었다. 제문을 쓴 이모가 직접 읽었다.

유세차 서기 200*년 양력 **월 *일, 하늘은 맑고 바람도 좋아 소풍 가기 좋은 날, 갑작스럽게 너를 보내면서 그 슬픔을 누를 길 없어 이 글을 지어 추모한다.
어제 보름 만에 돌아온 너를 보고 얼마나 기뻤는지 몰라. 야위기는 했지만 얼마나 안심했는지 모르고, 차마 식구들 앞에서 눈물을 보일 수 없어 몰래 화장실에서 눈물도 훔쳤어.

간밤에 낑낑대는 소리를 듣고 마당으로 나와 보니, 네가 아무 탈 없이 물을 먹기에 별일이 없는 줄 알았어. 손전등 불빛에 드러나는 너의 우울한 표정을 보고도 시간이 흐르면 괜찮아진다고 달랬는데, 불과 몇 시간 만에 갑자기 숨을 놓아 버리니 꿈인 것 같고, 지금도 믿어지지 않아. 얼마나 마음이 아팠을까. 아직도 아물지 않았을 네 젖몸살을 생각하니, 주혁이가 네 아들을 죽이려고 했을 때부터…… 우리가 네 아들을 데리고 나가는 것을 보면서, 개라는 죄로 어미 노릇을 하지 못했던 너를 생각하니 가슴이 미어진다.
얼마나 우리를 원망했니? 같은 여자인 내가, 아마도 아기를 낳아 본 적이 없어서 그랬는지 모르지만, 젖이 퉁퉁 붓고 미치도록 젖몸살을 해 보지 않아서 그랬는지 모르지만, 어쩌면 엉터리로 아기를 길러 보아서 그랬는지 모르지만……. 아기 잃은 어미의 표정 하나 알아보지 못했으니, 아, 미안하다, 미안하다…….
눈빛이 맑고 따스하여 내 친구 같던 개여, 이제 이승에서의 미련이나 아픔은 놓아 버리고 잘 가라. 너의 가죽을 벗기고 구탕이라도 해 먹고 싶은 마음 없지 않으나, 내 삶의 두께가 얇아 감히 그런 생각을 우려내지 못하고 너를 흙으로 돌려보내노니, 주전자야, 어서 흙이 되어 푸르른 나무의 살이 돼라. 내 살로 만들지 못하는 것 또한 미안하다. 대신 나무의 살이 돼라. 영혼이 맑은 나무의 마음이 돼라.

죽은 너의 무게를 온몸으로 감당하면서, 새삼 개와 인간의 삶이 별로 다르지 않음을 느꼈다. 너를 끌고 가기가 벅차 더 가지 못하고, 네가 아들이랑 정답게 뛰어놀던 그 도토리나무 밑에다 너를 묻는다. 비록 네 피붙이 상주는 없으나 우리 모두가 상주 노릇을 할 것이니 너무 슬퍼 마라.

주전자야, 네가 보고 싶으면 그 나무를 슬쩍 돌아다볼 터이니, 너는 바람을 불러 살짝 가지를 흔들어 주렴. 이제 혼자 가는 산길이 쓸쓸할 때면 너의 모습이 더욱 그리울 테지만, 주전자, 새벽마다 내가 가는 산길에 길동무가 되어 준 개여, 이제 훨훨 날아가라. 더 이상 너를 부르지 않겠다. 메아리마저도 슬퍼서 나오지 않을 것이니, 휘파람은 더더욱 나오지 않을 것이니, 더 이상 부르지 않고 그냥 묻어 두겠다.

주전자야, 땅을 파고 너를 눕히고, 낙엽으로 너를 가리고 흙을 덮었다. 그 흙을 밟아 주고 돌아서면서 아련히 내려다보는 우리 집이 안개 속에 잠겨, 어디선가 네가 꼬리를 흔들면서 달려들 것만 같아, 그 그리움을 아무래도 감당하지 못할 것 같아, 더 이상 돌아서지 않고 내려간다. 상향.

4

수문이는 다시 뜨거워지는 가슴을 눌렀다. 왜 하필이면 주전자의 얼굴을 그리게 되었는지 모르겠다. 수문이는 작품 번호를 HSM-261이라고 쓰고 제목은 '반은 수문이 반은 주전자'라고 붙였다. 그 위에는 수문이가 뱀이 되어 햄버거를 먹는 그림이, 그 옆에는 베짱이를 타고 이사 오는 장면, 버섯밥을 먹는 이모랑 아저씨, 물속에서 살아가는 수문이, 춤추는 뱀닭, 무당이 되어 춤추는 이모, 까만 망토를 입고 하늘을 날아가는 개구리…… 거기까지 보다가 침대에서 내려왔다. 나이 든 감나무 한 그루가 온화하게 웃고 있는 마당에 발가벗은 두 아이가 뒤엉켜 있는 그림이 눈에 들어왔다.

HSM-35, 고해 성사

이건 수문이가 열네 살 때 그린 그림이다. 작년까지만 해도 이 그림을 볼 때마다 가슴이 두근거리고 얼굴이 달아올랐지만 이제는 가슴이 아리다.

5

 -수문아, 나 때문에 못 잤지? 미안해. 아무리 생각해도 자신 없어. 무서워. 네가 나를 이해한다고 했지만……. 우리는 두 날개에다 항상 모든 걸 다 걸어야 해. 그래야만 살 수 있거든. 작은 재잘거림 하나, 작은 발짓 하나, 날갯짓 하나하나가 우리의 생명을 좌지우지하거든. 아, 지금도…… 유리창에 부딪힐 때 몸이 모래알처럼 터져 버리는 줄 알았어. 그 생각만 하면 몸이 오그라들고, 어지럽고, 두려워.

 -나라도 그럴 거야, 그래……. 하지만 맘 편하게 해도 돼. 서툴게 해도 돼. 우리의 마술을 보고 얼마나 많은 사람들이 새들의 아픔을 느끼게 될지 그건 몰라. 단 한 사람이 본다고 해도. 얼마나 많은 새들이 지금도 유리창에 부딪혀서 고통스럽게 죽어 가는지……. 그러니까 힘들어도 사명감을 가지고 했으면 해. 네 일이라고 생각해 주면 안 될까?

 책상 위로 날아온 호랑지빠귀는 갑자기 밀려오는 졸음에 항복하듯이 꾸벅꾸벅 졸기 시작했다. 수문이는 호랑지빠귀를 부드럽게 안아서 베란다로 간 다음 새장 속에다 넣어 주었다. 새장은 까만 천으로 가려져 있어서 개구쟁이 빛이라고 해도 엿볼 수 없었다.

6

9시 34분이었다. 적어도 9시까지는 일어났어야 하는데. 10시에 카페 '꽃을 마시고 싶다'에서 마술 연습이 있다. 카페까지 가려면 한 시간가량 발품을 팔아야 한다. 3년 전에 만들어진 오로라매직스쿨 155기 모임 악다마는 그동안 흐지부지되었다가 지난가을부터 활기를 띠기 시작했다. 그들은 일주일에 한 번씩 현이 사촌 누나네 카페 '꽃을 마시고 싶다'에서 마술 연습을 하였다.

다음 주에 있을 공연 장소도 그 카페였다. 마술이란 자꾸 무대에 서 보아야만 발전을 한다는 현이의 말에 모두가 수긍하고 작지만 아름다운 무대를 꾸며 보자고 했으나, 지금은 판이 상상할 수 없을 정도로 커진 상태였다. 친정이나 다름없는 오로라매직스쿨에서 마술 도구와 행사비 일체를 보조해 주는 대신 동영상을 찍어서 홈페이지에다 올리겠다고 하였고, 오로라 원장님이 우정 출연을 하여 자신이 사라지는 고급 마술을 보여 주겠다고 하였고, 다른 기수 모임에서도 우정 출연 요청이 쇄도했다. 이래저래 판이 커지자 정작 주인공인 악다마 회원들의 고민만 깊어졌다. 그들 중에는 현이를 제외하고는 무대에서 마술을 해 본 사람이 없었다. 식탁 위에는 초대장이 놓여 있었다.

당신을 악다마 마술쇼에 초대합니다!

늘 꿈을 꾸거나 가끔씩 하늘을 날고 싶은 분들, 누군가에게 말을 걸고 싶거나 현실에서 벗어나고 싶은 분들, 누군가를 사랑하고 싶거나 외로운 분들, 세상을 따뜻하게 살고 싶거나 잊혀져 가는 그리움을 사랑하는 분들, 큰 것보다는 작은 것을 좋아하고 빠름보다는 느림을 더 좋아하는 분들, 누구나 다 환영합니다.

(악다마:악당들을 다시 생각하는 마술사들의 모임)

어제 현이가 초대장을 다섯 장이나 수문이한테 내밀었다. 수문이는 눈앞이 캄캄했다. 초대장을 감당할 수가 없었다. 악다마 회원들 말고는 친하게 지내는 사람이 없었다. 중학교 때

밴드를 했던 '천방지축베짱이' 친구들이 떠올랐으나 연락을 끊은 지 오래고, 이모랑 아저씨 얼굴이 잠깐 떠올랐으나 역시 도리질하였다. 수문이는 단 한 장의 초대장도 소화할 여력이 없다. 비참해도 지금 자신이 서 있는 존재적인 위치를 인정할 수밖에 없었다.

수문이가 단 한 장도 필요 없다고 하자 모두의 눈동자가 커졌다. 이번 마술쇼에서 네 마술이 하이라이트인데, 네가 한 사람도 초대하지 않는다니 말이 되느냐고. 초대장을 가지고 오면 무료로 커피가 제공되고 마술까지 볼 수 있기 때문에 다른 사람들은 수십 장씩 챙기려고 하였다. 그들은 격론 끝에 일 인당 세 장으로 제한했다. 카페에 들어올 수 있는 인원이 백오십 명 정도고, 오로라매직스쿨에서 공부하는 학생들은 물론 졸업한 다른 기수 모임에서도 참가할 예정이고, 자연스럽게 카페에 찾아온 일반 손님들도 있을 테니까 인원을 제한할 수밖에 없다고. 현이는 그래도 꼭 초대하고 싶은 사람이 있을 거라고 하면서 수문이한테 세 장을 내밀었다. 수문이는 한 장만 뽑았다. 마땅히 누구를 떠올려서가 아니다. 그냥 자기 자신을 초대하고 싶어서였다.

얼굴을 씻고 나오자 휴대 전화가 울렸다. 놀랍게도 이모의 목소리가 흘러나왔다. 수문이는 의심할 여지가 없는데도 지금 전화기에서 흘러나오는 목소리를 자꾸만 부정하려고 했다. 수문이는 열네 살 때 혼자가 되었다. 그래도 명절이나 생신날에는 이모한테 연락하였다. 수문이가 이모한테 연락하는 건 그리워서도 아니고 조카로서 의무를 다하기 위해서도 아니다. 이모를 자기 자신으로부터 멀리 떨어트리기 위한 예비 작업일 뿐. 갑자기 그 핏줄의 끈을 툭 끊어 버리면 자기 자신이 견디지 못할까 봐, 순전히 자기 자신을 위해서 속도 조절을 하고 있던 셈이다. 수문이는 자기 입에서 나오는 말인데도 타인의 목소리로 공명이 될 정도로 낯설게, 이모가 어쩐 일이냐고 물었다.

−이놈의 지지배 말 부리는 꼬락서니 봐라. 아무리 이모가 서운하게 했다고 해도……. 꼭 고양이가 개 새끼들한테 걸려 온 전화 받듯이 하니…….

수문이는 이모의 목소리를 어떻게 받아들여야 할지 몰라 계속 허둥거렸다. 이모는 몇 차례 한숨 자락을 늘어놓더니 느닷없이 살려 달라고 목소리를 높였다. 황당했다. 이무기가 쫓아오고 있다니. 수문이는 이모, 하고 버럭 소리 지를 뻔했다. 어린 조카를 혼자 살게 내보내 놓고도 어찌 사는지 얼굴 한 번 내밀지 않았던 이모가 갑자기 전화를 하여 이무기한테 쫓기고 있으니 살려 달라고 하다니. 그 말을 믿으라는 말인가. 짜증이 났다. 수문이는 적당한 구실을 잡아서 전화를 끊어 버려야겠다고 머리를 옆으로 심하게 흔들어 댔다. 마음이 불안할 때마다 나타나는 틱 증세였다. 이모는 농담이 아니라고, 살다 보면 믿을 수 없는 일도 벌어지는 법이라면서 어서 나오라고 하였다.

 수문이는 전화를 끊고 나서도 한동안 벽에다 머리를 기댄 채 머리를 심하게 흔들어 댔다. 아저씨라면 이해할 수 있어도 이모가 공중전화를 이용한다는 건 이해할 수 없었다. 아저씨는 시대의 흐름을 전혀 의식하지 않고 당신만의 방식으로 살았다. 당연히 휴대 전화를 개똥 취급했고 운전면허증 따위는 아예 쳐다보지도 않았으며 인터넷도 못 하는 그야말로 먹통 인간이었다. 반면 이모는 자동차도 있고, 최신형 휴대 전화도 사용했으며, 생활에서 필요한 물건들 중 상당수를 인터넷으로 구입하는 최신형 디지털 인간이었다. 그런 이모가 이무기한테 쫓기고 있다니. 이무기는 여의주를 좋아하니까 혹시 둥글둥글한 사탕이 있으면 들고 나오라는 말까지 덧붙이는 이모의 말을 믿으란 말인가.

7

 그렇지 않아도 후덥지근하거늘 밤새 천둥 번개까지 끌어다가 온갖 폼을 다 잡아 놓고는 겨우 비 한줄기 뿌리는 흉내만 낸 장마 전선 때문에 환장하도록 더웠다. 순한 이들의 입에서도 지랄 같은 날씨라는 말이 절로 나왔다. 골목길에는 수천 아니 수억만 마리의 된장잠자리들이 흥겨운 굿판을 벌이고 있었다. 어디서 이 날을 기다리며 숨어 있었는지, 자기들만이 아는 비밀의 세계에서 일시에 쏟아져 나온 된장잠자리들로 골목은 북새통이다. 어제까지만 해도 단 한 마리도 보이지 않더니, 누군가의 계시를 받은 듯 일시에 쏟아져 나온 이유를 알 수 없었다. 수문이는 이게 무슨 징조인지 모르겠다고 투덜거리며, 된장잠자리들 속에서 이모가 튀어나올 것만 같아서 빠르게 발을 놀렸다. 마을버스가 보이자 잘됐다 싶어 달려갔다. 차 안도 북새통이다. 에어컨이 낑낑대고는 있으나 워낙 그 힘이 달려서 수문이의 목으로 기어 나온 땀지렁이 한 마리 쫓아내지 못했고, 차가 조금만 몸을 틀어도 승객들이 도미노가 되어 이리저리 쓰러지려고 하였다. 그래도 사람들은 별말 없이 버틸 뿐이었다. 버티는 데 익숙해진 사람들만이 타는 차인지도 모른다.

수문이가 마을버스에서 내리자 이모가 폴딱폴딱 뛰면서 손수건 닮은 손을 흔들었다. 청바지에다 회색 반팔 티셔츠 차림으로, 맨발에 까만 슬리퍼를 끌고 있었다. 수문이는 어리둥절했다. 이모의 차림새가 너무 허술했다. 몸에다 비싼 옷을 두르지는 않았어도 항상 단정하게 옷차림을 가꾸던 이모였다. 더구나 여기까지 슬리퍼를 끌고 오다니, 수문이는 도저히 이해할 수가 없었다.

이모는 수문이를 인근에서 가장 목이 좋아 보이는 빌딩 옆으로 끌고 가더니, 한마디 물을 새도 없이 여기까지 오게 된 과정을 당신 특유의 넉살까지 양념 치면서 풀어놓았다.

―장맛비가 자정을 넘기면서 그악스럽게 퍼붓기 시작했는데, 진짜 하늘에 있는 호수 바닥에 구멍 난 것 같더라. 살다 살다 그런 비는 처음이다. 집 앞이 물바다로 변해 버렸어. 수양버들 연못도 다 덮여 버렸고. 너도 그 연못에 이무기가 살고 있다는 이야기 고욤나무집 할머니한테 들었지? 그놈은 아주아주 오랜 옛날 손오공이라는 위대한 원숭이가 갇혀 있던 신령스런 바위 앞에서 오백 년 동안 도를 닦고, 꼬리가 아홉 개나 달린 위대한 구렁이를 찾아가서 오백 년 동안 마법을 배우고서야 이 연못으로 들어온 놈이란다. 하여간 그놈은 벌써 삼천 년 동안이나 승천하기 좋은 날을 기다리고 있었던

거야. 오늘 새벽이 그날이었던 거야. 이무기는 본능적으로 그걸 느끼고 주위를 두리번거렸지. 이무기를 가르친 구렁이는 아무도 보는 눈이 없을 때 승천을 해야 한다고 했어. 누군가 보면 부정 타서 승천할 수 없다고. 이무기는 주문을 읊조렸어. 연못이 부글부글 끓었지. 파르스름한 안개가 깔리더니 이무기가 하늘로 솟구쳤는데…….

원통하도다! 원통하도다! 원통하도다! 이무기의 통곡 소리가 골짜기를 흔들어 댔지. 이무기가 떨어진 건 나 때문이야. 내가 이무기의 승천을 보았거든. 일부러 그런 건 아니야. 나도 억울해. 난 하도 비가 많이 쏟아지자 걱정되어 나온 거야. 처음에는 수양버들 나무가 뿌리째 위로 솟구쳐 오르는 줄 알았다가 멀쩡하게 서 있는 수양버들을 보고서야, 아차 이무기구나 하고 눈을 감았지만 이미 소용없었지. 이무기는 눈 깜짝할 새 사라졌다가 다시 떨어졌어. 나는 그대로 몸이 굳어 버렸어. 분노에 찬 이무기의 눈에서는 탱크를 단숨에 녹여 버릴 수 있을 정도로 뜨거운 불길이 타오르고, 미사일에 맞아도 끄떡하지 않을 정도로 완벽한 이무기의 비늘이 빳빳하게 일어서 있었지.

난 집 안으로 숨었다가 이무기가 마당까지 쫓아오자 다락 창문을 열고 밖으로 빠져나왔지. 나는 지붕 위로 올라갔어. 갑자기 폭풍이 불어닥쳤어. 나는 몸을 웅크리면서 뭔가를 잡으려고 하였어. 그때 손에 버섯이 잡히는 거야. 내 손에 잡힌 버섯은 삽시간에 우산만큼 커졌어. 버섯을 타고 이무기가 쫓아올 수 없는 곳으로 날아갈 수만 있다면 얼마나 좋을까. 그런 생각을 하자마자 몸이 붕 떠오르는 거야. 나는 이 세상이 보이지 않는 곳까지 날았단다. 무지개가 눈에 들어오고, 무지개 굴다리 밑을 지나자 짙은 안개에 덮인 도시가 보였어. 나는 천천히 땅으로 내려오기 시작했지. 안개 속에 잠긴 거대한 도시의 뼈가 보였어. 나는 내려오고 싶지 않았어. 다른 세상으로 달아나고 싶었지만 버섯을 맘대로 조종할 수 없었어. 내가 땅에 내려오자 안개가 사라지고 버섯도 작아지더니 이내 말라 버렸지. 나는 자꾸만 뒤를 두리번거렸어. 이무기가 사람으로 변해서 쫓아오고 있음을 본능적으로 알 수 있었거든. 나는 지쳐서 더 이상 걸을 수 없을 때가 되어서야 수문이 너를 떠올린 거야.

이놈의 지지배야, 이모는 지금 진지하게 말하는 거야. 웃지 마! 진짜 이무기가 쫓아온다니까. 혹시 미행해 온 사람 없었니?

이모는 완벽한 배우였다. 어쩌면 조카하고 하도 오랜만에 만나 어색함을 피하려고, 당신에 대한 조카의 서운한 눈빛을 무디게 하려고 일부러 엉뚱한 이야기를 꾸며 냈을지도 모른다. 이모라면 충분히 그럴 수 있다. 수문이는 알았으니까 그만하라고 쏘아보았다. 진지하게 비밀의 보따리를 풀어 놓던 이모는 약간 입을 헤벌렸다. 야, 사탕 있으면 하나만 주라, 꼭 그런 표정. 간절하게 단맛을 갈구하는 눈빛.

8

　-그래, 나라도 안 믿겠지. 요즘 세상에 이무기라니……. 그만두고, 가만 보자…… 지지배, 이제야 얼굴 나네. 예뻐졌어. 너는 태어났을 때 축구 선수 같았어. 잘 먹지도 않는 계집애가 어찌나 쑥쑥 크는지. 피는 못 속이지. 니네 할아버지는 하도 키가 커서 남의 집 문지방을 넘을 때마다 머리를 부딪히지 않으려고 고개를 지나치게 숙이는 버릇이 있었단다. 그때마다 마을 사람들은 오냐오냐, 키다리 양반이 나한테 절을 하는구나. 그렇게 농담을 했대.

　수문이는 어려서부터 지나치게 웃자란 키 때문에 혼란스러웠다. 유치원에 들어가서야 자신이 또래들보다 키가 엄청 크다는 사실을 알았다. 유치원 원장님은 수문이를 초등학교

6학년이라고 해도 믿겠다고 커다란 눈알을 소리가 나도록 굴렸다. 수문이의 눈에는 또래들이 난쟁이로 보였다. 그때까지 수문이는 친구를 몰랐다. 수문이는 늘 혼자 상상하고, 혼자 놀고, 혼자 먹고, 혼자 잤다. 그러다가 어느 날 또래라고 하는 아이들을 만났을 때 어찌나 눈이 부시던지 차마 쳐다볼 수 없었고, 아이들은 아이들대로 수문이를 보고 놀라면서 목울대가 늘어날 정도로 고개를 젖히고 올려다보다가 뒷걸음질 쳤다. 도저히 자기들 또래로 받아들일 수 없다는 뜻이었다. 아이들은 수문이를 보고 무섭다고 얼굴을 찡그렸다. 맨 처음 짝꿍이었던 머리가 노란 남자아이는 수문이가 쳐다보기만 해도 무섭다고 울어 버리는 통에 그 아이의 엄마가 와서 짝을 바꿔 달라고 항의를 하였고, 결국 수문이는 맨 뒤에 혼자 앉게 되었다. 그게 다 키 때문이었다. 수문이를 이모라고 부르는 아이도 있었다. 수문이가 대학생인 자기 이모랑 키가 비슷하다면서.

수문이는 일곱 살에 초등학교에 입학했는데 그때부터 젖가슴이 고봉으로 부풀어 올랐고, 초등학교 3학년 문턱을 지날 즈음 키가 170센티미터를 넘어섰다. 초등학교 3학년 봄부터 생리를 하였고, 그때부터 또래들이 더욱 어리게 보였다. 수문이는 자신의 정신 연령이 대학생이나 고등학생쯤 된다는 망상을 키우고 살았다. 또래들이 보는 동화책 따위는 쳐다보지도 않았고, 어른들 몰래 인터넷 소설이나 로맨스 소설에 푹 빠져서 스스로가 성숙하다고 자부했으며, 또래들이 러브장 따위를 만들어서 주고받을 때는 유치하다고 비웃어 주었다.

이모가 다시 입을 열었다. 제대로 챙겨 먹지도 못할 텐데 얼굴색이 봄비 먹은 숲 같은 걸 보니 신기하다고 눈심지에다 힘을 주었다. 어미나 다름없는 그 특유의 촉촉한 눈빛이 아니었다. 벌써 성숙한 여자로 업그레이드되었네. 그렇게 동등한 여자로서 젊은 여자를 부러워하는 질투 어린 눈빛에 가까웠다고나 할까.

-그 꿍한 얼굴에도 꽃이 피어나네. 더 빨리 혼자 살게 모든 고삐를 풀어 버렸어야 했나 보다. 그래도 꼴에 이모라고 이것저것 생각하느라고 널 풀어 주지 못했나 보다. 그걸 더 빨리 깨우쳤어야 하는데, 어른이라는 인간들은 그게 참 안 돼.

대체 이모가 왜 이러는 걸까. 왜 갑자기 나타난 걸까. 수문이는 아무리 궁리해도 그 속내를 짚어 낼 재간이 없었다. 이제 더 이상 둘 사이에 무엇인가 풀고 말고 할 매듭도 없을 텐데. 수문이는 더 이상 이모에 대해서, 엄마에 대해서, 가족에 대해서 알고 싶은 찌꺼기도 없다. 그냥 이렇게 살다가 이모라는 존재를 적당히 지워 버릴 궁리를 하고 있었는데, 갑자기 나타나서 이무기가 어쩌고저쩌고하더니 이제는 얼굴이 예쁘다는 말까지 생뚱맞게 질러 대자 속이 울렁거렸다. 더구나 수문이에 대한 이모의 평은 계모나 다름없었다.

  -지지배가 왜 이렇게 콧대도 낮니. 네 엄마도 콧대가 높았는데.
  그 뒤로 수문이는 코를 움켜쥐고 위로 추켜세우는 버릇이 생겼다.
  -지지배가 광대뼈 튀어나온 걸 봐라. 어린것이 광대뼈라니.
  그 뒤로 수문이는 광대뼈를 주먹으로 눌러 대는 버릇이 생겼다.
  -지지배가 입술은 왜 이렇게 얇아. 여자는 입술이 잘생겨야 하는데.
  그 뒤로 수문이는 입술을 손으로 잡아당기는 버릇이 생겼다.
  -지지배가 목소리까지 남자 같구나. 꼭 오리 수컷 같애.
  그 뒤로 수문이는 일부러 입을 작게 벌리면서 최대한 부드럽고 낮으면서도 여성스러운 목소리를 지어내려고 하는 바람에 은연중에 턱을 당기는 버릇이 생겼다.
  -발은 황소 발이구나. 도둑놈 발이구나. 여자는 발이 예뻐

야 하는데.

 그 뒤로 수문이는 발이 커지지 않게 하려고 일부러 작은 운동화를 신었고, 잠자기 전에는 발을 걸레 짜듯 손으로 눌러 대는 버릇이 생겼다.

 ─아이고, 손도 도둑놈 손이네. 이걸 누가 여자라고 하겠어.

 그 뒤로 수문이는 날마다 주먹을 쥐고 작아지라고 주무르는 버릇이 생겼다.

 ─제발 웃고 좀 살자. 웃으면 복이 온다는 말도 있잖아.

 그 뒤로 수문이는 억지로 웃으려고 했고, 그러다 보니 왼쪽 볼이 심하게 경직되어 버려, 경직된 곳을 풀기 위해서 늘 왼 볼을 문지르는 버릇이 생겼다.

 ─지지배가 안짱다리라니, 어이구 보기 싫어. 똑바로 걸어.

 그 뒤로 수문이는 이모가 보고 있을 때는 로봇처럼 다리에다 힘을 주고 빳빳하게 걸었는데 다른 사람을 의식하노라면 저도 모르게 다리에다 힘을 주는 버릇이 생겼다.

 그런 아이였다, 수문이는.

9

　수문이는 어떤 빌딩 앞에서 걸음을 멈추고 잘 편집되어 있는 간판들 속에서 커피숍 이름 하나를 솎아 냈다. 수문이가 건물 안으로 들어가려고 하자 이모가 엉덩이를 뒤로 뺐다.

　-수문아, 담배나 하나 주라.

　수문이는 하도 어처구니가 없어서 이모를 멍하니 내려다보았다. 황당했다. 아무리 조카가 담배를 피운다고 해도 사람들이 바글거리는 한낮 길거리에서 찌렁찌렁하게 담배를 달라고 하다니, 이게 이모가 할 소리인가. 이모는 그런 수문이의 눈빛을 무시하면서 또박또박 담배 한 대 달라고 재차 말했다. 수문이는 당황하면서도 이모가 술 한잔에 젖어서 담배 연기를 달게 삼키던 모습을 떠올렸다. 수문이는 그 모습을 몇 번이나 그리고 싶었다. 그만큼 담배 피우는 이모가 편안해 보였다는 뜻이다. 수문이도 담배 피우면서 모든 근심을 놓아 버린다. 아무리 해롭다고 여기저기서 나발 불어도 그 연기가 밥보다 더 좋은 걸 어쩌란 말인가. 힘들거나 피곤하거나 머리가 지글거리거나 뭔가 맘대로 풀리지 않거나 화가 나거나 잠이 안 오거나 그럴 때 담배야말로 마법의 약이다.

 그렇다고 가방 속에 있는 꽁초를 꺼낼 수는 없었다. 누군가에게 버려진 것들. 그렇게 버려진 꽁초들이 수문이한테는 비상 약이다. 한때는 신경 안정제를 지갑 속에다 꼭 챙겨서 가지고 다녔다. 잠깐 인근 학교 운동장으로 운동을 갈 때도 신경 안정제가 든 지갑을 챙기지 않으면 불안해서 걸을 수가 없었다. 수문이는 담배를 많이 피우는 편은 아니다. 기껏해야 하루에 한두 개비 정도. 어떨 때는 일주일에 한 개비 정도. 특히 집 밖에서는 거의 담배를 입에 대지 않는다. 그러니까 수문이가 피우는 담배는 집 화장실에 모셔져 있었다.

 새삼 꽁초를 줍던 날이 떠올랐다. 이모네 집에서 나온 수문이는 이삿짐도 풀지 않고 자정이 되도록 웅크리고만 있었다. 누군가에게서 전화를 받고 싶었다. 이사 잘했냐고, 혼자 살아야 하니까 마음 단단히 먹으라는 뭐 그런 투의 위로 전화. 물론 전화 한 통 오지 않았다. 이모한테서 독립을 하면 자유로울 줄 알았는데 이상하게도 그 집에 있을 때보다 더 답답했다. 뛰쳐나가고 싶었다. 안타깝게도 수문이는 더 이상 갈 곳이 없었다.

 이제 어떻게 살아가지. 무얼 하고 살아가지.

자기 자신한테 물음표를 던졌다. 수문이는 어떻게 해서든 살아갈 자신이 있었다. 이모의 눈치를 보지 않고, 이모가 걱정하지 않을 정도로 자신의 생을 가꾸어 갈 자신이 있었다. 그런데 막상 혼자가 되자 막막해졌다. 뭘? 어떻게? 그런 질문에 대답할 만한 밑천이 없음을 뒤늦게 깨달았다. 수문이는 부모도 없고, 형제도 없고, 혼자였다. 중학교도 졸업하지 못했다.

 수문이는 자신이 한심하고 측은해졌다. 자신을 이 세상에다 모종해 준 인간들이 저주스러웠다. 살아오면서 즐거움으로 웃음꽃을 터트리면서 몸을 떨어 본 적이 있던가. 없다. 왜 사는지, 왜 살아가야 하는지 모르겠다. 살아 있으니까 살아야 한다면, 무얼 하면서 살아야 하지. 막상 혼자 떨어지고 나니까, 이모한테 갇혀 있었던 게 아니라 자기 자신한테 갇혀 있었다는 걸 알았다. 너무 빨리 알아 버렸다. 두려웠다. 이제는 그 누구도 도와줄 사람이 없다. 더 이상 도망칠 곳이 없다. 어지러웠다. 이모가 방 한 칸이야 장만해 주겠지만 그 뒤부터는 스스로 해결을 해야 한다고 했을 때 수문이는 걱정 말라고 큰소리쳤다.

 그다음 날도 수문이는 입안에다 물 한 모금 적시지 않고, 앞으로 어떻게 살아야 하는지에 대해서 궁리만 했다. 잠깐잠

간 토막 잠이 들었으나 30분 이상 달게 자지 못했다. 그렇게 사흘을 뭉그적거리자 현기증이 나고, 손발이 떨리고, 입안에서 뭔가를 간절히 갈망했다. 밥도 아니었다. 물도 아니었다. 니코틴이었다. 수문이는 가방을 뒤졌다. 담배가 보이지 않았다. 그러자 입술이, 혓바닥이, 목구멍이, 식도와 위가, 간과 콩팥이, 나중에는 뇌까지, 발가락과 손가락까지 맹렬하게 담배를 달라고 부르짖었다.

수문이는 3층 원룸 계단을 어떻게 내려왔는지 기억이 없다. 골목 아래쪽 허름한 건물에 역시 허름한 간판 하나가 '그린마트'라는 희미한 글자를 간신히 붙들고 있는 게 보였다. 수문이는 마트 안으로 뛰어들자마자 계산대 앞에 있는 담배부터 집어 들었다. 긴 생머리를 외가닥으로 묶은 주인아주머니의 눈빛이 수문이를 훑어 내렸다. 수문이가 하도 당당해서 그런지 아주머니는 잠깐 멈칫했으나 이내 이런 일을 오래 해 온 경험이 풍부한 눈빛을 조절하다가, 아무리 키가 커도 아직은 눈빛이 어리다는 사실을 간파해 내고는 단호하게 담배를 낚아챘다.

-학생 맞지? 운동선수야? 그럼 더더욱 안 되지. 더구나 여긴 동네 장사라서 더 안 돼. 처음 보는 얼굴인데, 어디 살아?

수문이는 이대로 물러나서는 안 된다고 눈에다 힘을 주었다. 진심으로 선하게 웃음을 흘리는 아주머니한테는 미안했으나 눈을 똑바로 뜨고 내가 피우고 싶어서 그런다고 당당하게 맞섰다. 제발 한 갑만 팔라고. 너무너무 피우고 싶어서 미칠 지경이라고. 아주머니의 얼굴에 약하게 흐르던 웃음이 갑자기 증발되었다. 아주머니는 이내 훈육자들 특유의 목소리로, 학생 몇 살이냐고 수문이의 급소를 푹 찔러 보았다. 웃음이 터질 뻔했다. 치사하고 유치했다. 수문이는 터져 나오는 헛웃음을 간신히 삼켜야 했다. 동네 장사를 한다는 아주머니는 당장 부모한테 가자고 목소리를 높였다.

 -나 장사 안 해도 좋아. 아무리 세상이 변했다고 내 딸보다 어린 여자아이가 와서 담배를 피우고 싶으니까, 담배를 팔라고 하다니……. 너라면, 오냐 맛있게 피워라 하고 주겠니? 난 네 부모님을 꼭 만나야겠다. 어서 부모님 오시라고 해. 아니면 내가 불러낼까? 전화번호가 뭐야? 너, 이거 말하기 전에는 여기 못 나간다.

 진짜 혼을 내 주겠다고 선전 포고를 한 아주머니가 수문이의 손을 잡았다. 수문이는 거칠게 뿌리쳤다. 힘이라면 지지 않을 자신이 있었고, 입에서는 이미 욕설이 튀어나왔다.

 -씨발, 졸라 우끼네. 아주머니가 뭔데 나한테 이래요. 내가 무슨 큰 죄를 지었나요? 뭘 훔치기를 했나요, 아니면……. 담배 피우고 싶어서 담배 좀 사려고 했는데 씨발, 그게 죄예요? 씨발, 그게 죄냐고요! 나도 우리 부모님 불러오고 싶어요. 저

세상까지 휴대폰 터지기만 한다면 당장이라도 불러오고 싶다고요! 하도 힘들어서 담배 한 대 피우고 싶었다고요. 그러면 안 돼요. 왜? 왜? 왜 안 되느냐고요……. 씨발, 개졸라……. 애들도 미치고 싶을 때가 있고…….

괜히 눈물이 나오려고 했다. 계속 그곳에 있었다가는 스스로 울면서 무너져 버렸을지도 모른다. 수문이가 아주머니를 밀치고 뛰쳐나갔다. 설움이 복받쳤다. 누군가 담배 한 개비하고 손가락 하나를 바꾸자고 한다면 미련 없이 담배를 택하고 싶었다. 그게 중요했다. 어리다는 이유만으로 담배를 팔지 않는다는 건 절대로 받아들일 수가 없었다. 그건 가장 먼저 고쳐져야 할 악법이라고 부르짖다가 눈앞에 떨어져 있는 담배꽁초를 보았다. 수문이는 담배꽁초를 줍기 시작했다. 버려진 꽁초들을 손아귀 가득 주웠을 때의 포만감. 돈을 주고 담배를 샀을 때는 감히 상상할 수도 없던 희열이 온몸에서 굽이쳤다.

지금 가방 속에 있는 담배꽁초도 그때 주워 모은 것이다. 이상하게도 그 꽁초들을 보면 마음이 편해졌다. 수문이는 가방 속에서 담뱃갑을 끄집어낸 다음 흔들었다. 담배꽁초가 있기는 하지만 이건 마술 용품으로 쓰기 위해서 가지고 다니는 거라고 했다.

10

 -꽁초면 어떠니? 괜찮아. 나도 일찍부터 담배 피웠어. 좁은 동굴 같은 봉제 공장에서 일을 하는데, 며칠 철야를 하다 보면 너무 졸려. 미싱 바늘이 내 손톱을 뚫고 가도 아픔을 느끼지 못할 만큼 졸려. 넌 '타이밍' 약 모르지? 그것 먹으면 잠 안 온다고 하는데 나한테는 소용없어. 하도 내가 조니까, 같이 일하던 아줌마가 담배 피우면 잠이 안 온다고 해서…… 독한 연기를 캑캑거리면서 삼켰지. 눈물 흘리면서도 억지로 삼켰어. 진짜 잠 안 오더라. 아이고, 이제야 살겠다. 너도 이래서 담배를 피우지?

 수문이는 커피숍에 가자고 했다. 이모는 다시 엉덩이를 뒤로 빼면서 너 사는 꼬락서니도 볼 겸 집으로 가자고 하였다. 최악의 사태였다. 수문이는 화가 나서 이모를 쏘아보았다. 말을 돌리기 싫었다. 화난 표정도 감추지 않고, 무슨 일이냐고, 조카가 보고 싶어서 찾아왔을 리는 없지 않느냐고 물었다. 이모는 수문이의 눈빛을 보고도 전혀 표정의 변화가 없었다.

 -아까 말했잖아. 이무기한테 쫓겨서……. 그래서 온 거야.

네가 보고 싶어서 온 것도 아니고, 무슨 볼일이 있어서 온 것도 아니고, 이무기한테 쫓기다가 여기까지 온 거야.

 더 이상 할 말이 없었다. 수문이는 마을버스에 탄 뒤에도 입술에다 힘을 꾹 주고는 일부러 이모를 외면했다. 버스가 흔들리자 이모가 기습적으로 팔을 잡았다. 수문이는 하마터면 손을 뒤로 뺄 뻔했다. 꼭 낯선 남자가 자신의 손이라도 잡은 것처럼. 이모가 손을 잡다니, 믿어지지 않았다. 얼마나 간절하게 이모를 엄마라고 부르고 싶었는지, 단 한 번만이라도 좋으니까 마음 놓고 엄마라고 부르고 싶었는지, 엄마라는 메아리를 가슴에다 심고 싶었는지 이모가 알까. 수문이의 입가에서 씁쓸한 웃음이 새어 나왔다. 이모는 아직도 예쁘다. 아무리 보아도 질리지 않는 얼굴이다. 수문이는 이모의 얼굴에 대한 숱한 평판을 거의 다 기억했다.

 ―아기가 엄마를 닮았다면 더 예뻤을 텐데.
 열에 아홉은 그렇게 말했다.
 ―아빠를 닮았나 봐요. 엄마랑 하나도 안 닮았어요.
 그 누구도 이모하고 아기가 닮았다는 평을 해 주지 않았다. 그럴 때마다 수문이는 사람들이 미웠으며, 이모와 자신을 비교하면서 닮은 데를 찾아내려는 사람들의 작은 관심이 어린

아이에게 얼마나 잔인한지, 얼마나 큰 상처인지 때로는 항의하고 싶었다. 수문이는 어른이 된 뒤에도 아기와 엄마를 비교하면서 닮은 데를 찾아내려는 유치한 짓 따위는 절대 하지 않을 거라고, 얼마나 맹세했는지 모른다.

 아이들은 이모만 나타나면 수문이 엄마다, 하고 소리쳤다. 니네 엄마 참 예쁘다. 적어도 수문이를 아는 동무들이라면 그런 말을 한 번쯤 내뱉지 않은 이가 없었다. 그럴 때 수문이는 세상 모든 걸 얻은 기분이었다. 이러저러한 유치원 행사 때 모인 엄마들 무리에 섞여 있는 이모는 더욱 도드라졌다. 평범한 옷차림에다 거의 화장을 하지 않았어도 단연 돋보였다. 알 수 없는 빛이 늘 이모를 감싸고 있었다. 단순히 눈에만 예쁘게 보이는 게 아니라 인간의 오감으로 느낄 수 있는 독특한 분위기를 우려내고 있었다. 수문이는 그런 이모의 손을 잡고 갈 때가 가장 좋았다. 그때마다 이모는 덥다, 힘들다, 피곤하다, 땀 난다…… 온갖 구실을 앞세워 수문이의 손을 떼어놓았다.

 차가 흔들릴 때마다 이모의 무게가 수문이의 팔에 얹혔다. 그때마다 수문이는 따스한 돌멩이 하나가 손아귀에 쥐여 있다가 소름 끼치도록 차가워지면서 어디론가 추락하는 상상을 하였다. 저도 모르게 몸을 떨어 대다가 이모의 손을 보았다. 희고 가느다란 손, 희고 가느다란 팔뚝으로 눈을 옮겨 가다가 하마터면 이모, 하고 크게 부를 뻔했다. 이모의 팔뚝에는 작은 반창고 하나가 붙어 있고, 그 언저리에는 링거 주삿바늘이 꽂혔던 것으로 추정되는 흔적이 대여섯 개나 보였다. 왼쪽 팔뚝에도 그런 상처의 흔적이 보였다. 그제야 수문이는 이모의 얼굴을 유심히 내려다보았다. 이모의 얼굴은 항상 희고 고와서 특별히 달라졌음을 알 수는 없었으나 조금 창백하고 야윈 건 분명했다. 어디가 아픈가. 수문이는 이모라는 기계가 고장 날 수도 있다는 생각을 해 본 적이 없다. 그만큼 이모는 강한 기계였다. 이 세상에 존재하는 온갖 병이며 온갖 악마 들이 다 덤빈다고 해도 이모를 어찌하지는 못할 것이라고 생각한 적도 있었다.

휴대 전화가 울렸다. 화면에 '현이 오빠'라는 글자가 떴다. 수문이는 다시 폴더를 닫고 휴대 전화를 주머니에다 넣어 버렸다. 왜 오지 않느냐고 물으면 뭐라 대답할 말이 없었다. 수문이는 그 누구한테도 거짓말을 하지 않는다. 솔직하게 살고 싶다. 그게 수문이의 자존심이다. 또다시 휴대 전화가 울리고 있었다. 수문이는 마지못해 전화기를 귀로 가져갔다. 현이였다. 수문이는 미안하지만 오늘은 갈 수 없다고 낮게 속삭였다. 현이는 마술 연습 시간이 부족하다는 걸 알면서도 그러냐고 타박했다. 악다마 회원 열한 명 중에서 절반은 직장 때문에 밤에 모임을 갖고, 절반은 낮에 갖는데 이렇게 빠지면 전체적인 흐름을 이어 갈 수 없다고. 더구나 너는 막내이고 이번 공연에서 가장 중요한 마술을 해야 하는데 이렇게 빠지면 안 된다고. 수문이는 그냥 한숨만 나왔다. 직접 듣지 않아도 사람들이 어떤 불만을 쏟아 내는지 알 수 있었다.

-대체 걔의 정체가 뭐야? 지 맘대로 나왔다 안 나왔다 하고. 가장 어린것이 가장 나이 든 체한다니까. 자기 혼자 세상 고민을 다 짊어지고 사는 것처럼. 하여간 걔 정체가 뭐야? 외계인인가? 진짜 외계인 아닐까?

그렇게 입방아 찧어 댈 게 분명하다. 악다마 회원들은 열일곱 살 막내인 수문이부터 30대 중반까지 있었고, 재수생, 삼수생, 대학생, 연극배우, 보험 회사 직원, 색소폰 연주자, 가정주부, 건축일 하는 사람까지 다양하다. 현이는 오지 않는 진짜 이유가 뭐냐고 따져 물었다. 이 모든 게 이모 때문이다. 수문이는 다음에 얘기하겠다고 하면서 전화를 끊었다.

현이는 잘생긴 얼굴이 아니다. 눈매가 날카롭고 이마에는 벌써 주름살이 새겨져 있다. 보기에 따라서는 범죄형이라고 할 수 있는 얼굴, 첫인상만 놓고 본다면 생을 달관한 사람조차 후한 점수를 줄 수 없는 얼굴. 수문이는 오로라매직스쿨을 졸업할 무렵에서야 그가 의대생임을 알았고, 악다마에 소속된 여자들뿐만 아니라 다른 기수에 소속된 여자들까지 그에게 관심을 쏟는 이유를 알 수 있었다. 사실 현이는 알아 갈수록 근사한 사람이었다. 그의 진가를 보려면 인내와 시간이 필요했다. 그는 첫눈에 상대방을 압도하거나 설렘을 줄 정도로 화려하지 않고, 느리게 느리게 자신의 실뿌리를 상대방 가슴속으로 뻗어 가는 사람이었다.

수문이도 현이가 좋았다. 그러면서도 그가 남자로 느껴질 때마다 냉정해진다. 그는 괜찮은 남자다. 요즘 들어 그에게 기대고 싶을 때가 많아졌다. 그는 대학교수인 아버지의 힘에 밀려서 자신이 갈망한 천문학도의 길을 접고 의대에 입학했지만, 어떻게 해서라도 외국으로 도망쳐 버리겠다고 하였다. 그럴 때마다 수문이는 마음이 흔들렸다. 다른 사람들이라면 대책이 있느냐고 말렸을지 모르지만 수문이는 꼭 그렇게 하라고 응원해 주었다. 원래 수문이는 대책 따위를 별로 중요하게 여기지 않는다. 일단 일을 저지르는 게 더 중요하다. 대책은 그다음이다. 수문이는 그렇게 살아왔다. 현이도 그런 수문이가 마음에 든다고 하였다. 문제는 수문이의 마음속에 아직은 이성의 눈빛을 받아들일 만한 여백이 없다는 데 있다.

수문이는 아직도 첫사랑이라는 멀미에 시달리고 있었다. 한결이만 생각하면 눈빛이 아득해지고 그 이름을 메아리치도록 부르면서 달려가고 싶었다. 아직은 사랑이 무엇인지 자신 있게 말할 수 없다고 해도, 한 사람을 좋아한다는 것이 얼마나 어려운 일인지 알고 있기에 현이의 눈빛을 받아들일 수가 없었다.

악다마 즉 '악당들을 다시 생각하는 마술사들의 모임'이라는 독특한 모임이 만들어지게 된 것도 현이 때문이었다. 오로라매직스쿨에 입학한 첫날, 반장으로 뽑힌 현이가 간단하게 자기소개를 한 뒤에 오로라매직스쿨 155기 모임 이름을 정해야 한다고 했다. 고양이 마술사가 어떠냐는 말을 시작으로 환상 마술, 검은 모자, 불꽃, 먹는 돌, 유니콘 타는 마술사, 마술밥 등 수많은 말이 쏟아져 나왔지만 별다른 호응을 얻지 못했다. 그러자 현이가 악당이라는 말이 어떠냐고 했다. 갑자기 악당이라는 말을 듣자 수문이는 목구멍이 뻑뻑해졌다. 몇몇 사람이 웅성거렸고 누군가 왜 그런 생각을 하는지 구체적으로 말해 보라고 하였다.

-저는 악당이라고 하는 사람들이 뉴스에 나올 때마다 왜 저 사람이 악당이 되었을까? 진짜 악당이 맞을까? 그런 생각을 해요. 제가 못생겨서 그런지 모르겠지만 저는 영화를 봐

도 예쁘고 잘생기고 착하면서도 모든 것을 다 잘하게 만들어진 주인공이자 영웅으로 추앙받는 캐릭터보다 악역을 담당한 개성 있는 캐릭터를 더 좋아해요. 〈반지의 제왕〉에 나오는 사루만이나 사우론, 〈해리포터〉에 나오는 볼드모트, 〈잉크하트〉에 나오는 카프리콘이나 새도 같은 악당들부터 〈개구리 왕눈이〉에 나오는 투투나 가재, 〈캔디〉에 나오는 닐이나 이라이저 남매 같은……. 그런 악당들이 있기 때문에 주인공이 더 빛나는 거라고요. 안 그래요?

 ─와, 그러고 보니 저도 좋아하는 악당이 있네요. 저는 만화광이기도 한데, 예전에 우리 부모님 세대가 좋아하던 만화 영화 중에 〈마징가 Z〉라고 있어요. 거기에 나오는 악당들 중에서 아수라 남작이랑 브로켄 백작이라는 캐릭터가 있는데, 전 그들을 좋아해요. 아수라 남작은 몸의 절반은 남자이고 다른 절반은 여자예요. 오른쪽으로 돌리면 남자의 목소리가 왼쪽으로 돌리면 여자의 목소리가, 각각 다른 성이 한 몸 안에 있으니 얼마나 자유롭고 멋있는 캐릭터입니까? 브로켄 백작이라는 사람은 자기 머리를 떼어서 한 팔로 안고 다녀요. 머리가 몸하고 떨어져서 살아가는 거지요. 대단하잖아요? 저도 가끔 그렇게 살고 싶을 때가 있어요.

 처음 보는 자리인지라 서름서름할 수밖에 없었을 텐데 사람들은 악당이라는 말을 듣는 순간 마치 부당하게 억눌린 자신의 과거라도 털어놓듯이 자연스럽게 입을 열었다. 고양이를 좋아하는 사람은 왜 고양이는 악당으로만 나오느냐고 불만을 털어놓았다. 〈개구쟁이 스머프〉라는 만화 영화에서 마법사 가가멜의 조수로 나오는 고양이 아지라엘이 멍청한 악당으로 표현된 것을 비롯하여 〈톰과 제리〉에 나오는 톰도 악당으로 나오는데 그것은 이 세상 모든 고양이에 대한 모독이라고 목소리를 높였다. 또 누군가는 〈이상한 나라의 폴〉에 나오는 대마왕과 버섯돌이가 떠오른다고 하였고, 〈드래곤볼〉에 나오는 베지터와 프리더는 참 독특한 캐릭터라고 하는 이도 있었고, 〈포켓몬스터〉의 로켓단과 나옹이는 참 귀여운 악당이라고 말하는 이도 있었다. 그때까지 한 마디도 하지 않은 수문이는 수많은 눈길이 자신한테 쏟아지는 걸 느꼈다. 수문이는 〈신비한 바다의 나디아〉에 나오는 가고일이 떠오른다고 하였다.

  -꼭 악당이라는 말을 넣지 않아도 됩니다. 저는 다만 우리가 모일 때만이라도 생각을 역으로 해 보자는 거지요. 우리가 악당을 찬양하는 것도 아니고, 세상에서 흔히 악이라고 하는 것에 대해서 생각해 보자는 것일 뿐······.

  모두 현이의 말에 공감하는 뜻으로 박수를 쳤고, 곧이어 악당이라는 단어가 들어간 이름들이 쏟아져 나왔다. 악당 클럽,

악당 고양이, 악당과 마술사, 악당 시대, 악당 통조림, 악당과 라면, 악당은 무엇으로 사는가, 진짜 악당, 악당들의 숲, 작은 악당들, 악당 레시피. 그러다가 현이의 입에서 악다마라는 말이 나왔다. 악다마라니? 모두의 눈길이 모이자 현이는 천천히 '악당들을 다시 생각하는 마술사들의 모임'의 줄임말이라고 하였다. 누군가 괜찮은데? 하자, 또 다른 사람이 정말 괜찮다고 했고, 곧이어 박수가 터졌다. 오로라매직스쿨 원장인 오로라 선생님도 역대 기수 모임 중에서 가장 독특한 이름이라고 추켜세웠다.

 -뭐, 악다마? 이게 뭐야? 뒷다마도 아니고. 아아아, 악당들을 다시 생각하는 마술사들의 모임이라……. 이야, 좋은데. 붉은 악마보다 더 좋아요. 사실 그런 이름이 처음 나왔을 때만 해도 많은 어른들이 좀 불편하게 생각했던 건 사실입니다. 수많은 이름 중에서 하필 악마냐고요? 특히 보수적인 종교인들이 무척 거북하게 생각했지요. 붉은색은 빨갱이를 떠올리게 하고, 악마라는 말은……. 하지만 지금은 다르잖아요. 사실 우리는 선과 악을 옳고 그름으로 구별하지 않아요. 자신들에게 얼마나 이로우냐 해로우냐로 구분하는 경향이 많거든요. 자신들이 먹고사는 데 도움이 되면 악이라는 걸 알면서도 선이라고 하니까요.

11

 -너만 할 때는 이성 문제가 가장 중요하지. 나는 사춘기 내내 미쳐 버릴 것 같았는데……. 내가 좋아하는 오빠를 더 오래 보고 싶고……. 그때가 그럴 나이야. 아주 자연스럽고 아름다운 시절이야. 청소년이라고 나중에 마음껏 연애하라고 막는 건 죄악이야. 나 의식하지 말고 약속 있으면 갔다 와. 니네 집에다 나를 떨궈만 주고…….

 이모는 마을버스에서 내리자마자 수문이를 보고 말했다. 수문이는 괜찮다고 하려다가 하마터면 돌부리에 걸려 넘어질 뻔했다. 세상을 살다 보면 괜찮지 않은데도 괜찮다고 해야 할 때가 너무 많다. 이제 괜찮다는 말은 그 본래의 의미보다는 정반대의 의미일 때 더 많이 쓰인다. 괜찮지 않은데도 상대방을 배려하기 위해서 일부러 괜찮다는 말을 쓴다는 뜻이다.

괜찮다 1. 그만하면 쓸 만하다. 상관없다. 무방하다.
   2. 별로 나쁘지 않고 보통 이상이다.

 사전에서 괜찮다는 말을 검색해 볼 때마다 늘 헷갈린다. 그러니까 괜찮지 않을 때도 괜찮다는 말을 써도 된다는 뜻인지 꼭 괜찮을 때만 그 말을 써야 하다는 뜻인지, 괜찮다는 말이 살아 있다면 꼭 물어보고 싶다.

이모가 중요한 약속 같은데 갔다 오라는 말을 다시 읊조리자 수문이는 알았으니까 그만하라고 쏘아붙였다. 마술 연습하는 모임인데 하루 빠진다고 지구가 망할 리도 없으니까 걱정하지 말라고. 이모가 마술을 배우냐고 물었다.

수문이가 여섯 살 때, 이모는 해질녘이면 신령스런 산그늘의 발길이 닿는 북한산 밑자락에서 찻집을 하고 있었다. 유치원은 이모의 표현대로 지렁이가 기어가도 동요 하나 부를 정도면 갈 거리에 있었는데도, 수문이는 제시간에 맞춰 간 적이 없었다. 엄마 손을 잡고 가는 아이를 보면 저도 모르게 넋을 잃고 바라다보고, 뭔가를 주워 먹는 비둘기를 보면 또 그놈한테 넋이 빠져서 시간 가는 줄 모르고, 낡은 유모차를 밀고서 골목골목을 뒤지는 어떤 할머니를 만나면 또 그 할머니의 몸짓에 넋을 놓고, 쓰레기차를 보아도, 고양이를 보아도, 지나가는 개를 보아도⋯⋯. 눈에 무언가 보이기만 하면 그렇게 푹 빠져 버렸다. 이모는 그런 수문이를 뒤에서 낚아챈 다음, 바빠 죽겠는데 꼭 이런 식으로 시간을 처박게 해야겠냐고 엄청난 힘으로 끌고 갔다. 이모는 다시 한 번만 해찰 부리면서 늦게 가면 강아지 목줄 해서 끌고 가겠다고 엄포를 놓았다. 수문이는 늦지 않겠다고 약속했다. 하지만 다음 날에도 걸음은 늦어졌다. 한번은 이모가 유치원 앞에 있던 원장 선생님한테 수문이를 인계하면서 하소연했다. 원장 선생님은 멀지 않으니까 어머니께서 운동 삼아 같이 오시라고 덧니를 드러냈다. 어머니라는 말이 거슬린 이모는 하늘을 슬쩍 올려다본 다음 바빠서 그럴 수 없다고 잘라 말하고는 수문이가 친구들이랑 잘 지내냐고 목소리를 낮췄다.

 ─어머니, 그렇지 않아도 한번 연락해서 뵈려던 참이었어요. 수문이가 아이들이랑 별 탈 없이 지내기는 하지만…… 도무지 웃지를 않아요. 의리도 있고, 학습 능력도 뛰어나고 그렇지만 어떨 땐 애 같지가 않아서……. 게다가 수문이가 유독 크잖아요.

 수문이는 아무리 웃으려고 해도 맘대로 되지 않았다. 잘 웃는 친구들을 보면 신기했다. 어떻게 하면 잘 웃을 수 있을까. 웃으려고 입을 벌리면 얼굴부터 찡그려지거나 때로는 입이 굳어 버렸다. 선생님들은 재미있는 이야기를 들려주거나 우스운 농담을 할 때면 수문이 얼굴부터 살폈다. 다른 아이들은 모두 웃어도 수문이 입에는 웃음이 고이지 않았다. 수문이는 선생님한테 웃는 방법을 가르쳐 달라고 했다. 선생님은 웃는 방법이 따로 있는 게 아니라 숨 쉬고 말하고 먹는 것처럼 그냥 자연스럽게 입을 열고 웃으면 되는 거라고, 네가 못 하는 게 아니라 안 하는 거라고 했다. 수문이는 답답했다. 아무리 안 하는 게 아니라 못 하는 거라고 해도 믿지 않았다. 억울했다. 이모까지 한통속이었다.

 -어린것이 무슨 한이 있다고 얼굴을 찡그리고 다니니? 내가 너한테 잘 못한다는 건 알지만 그렇다고 이렇게 찡그리며 살 필요는 없잖아! 어떻게 웃어지지 않을 수가 있니? 넌 아기였을 때는 잘 웃었어.

 수문이가 언제부터 웃음을 잃어버렸는지 그건 알 수 없다. 다만 유치원에 다닐 무렵, 이모는 수문이를 데리고 가면서 이렇게 투덜거렸다. 세상에서 웃음을 잃어버린 아이는 너 하나뿐일 거다. 볼살이 통통하게 솟아오른 신경 정신과 여의사는 수문이가 잘 알아들을 수 없는 말을 하였고, 그때마다 이모는 두 손으로 턱을 괸 채 심각한 표정을 지었다. 의사 선생님은 수문이한테 이것저것 캐물었다.

 -무슨 과자 좋아하니? 사탕은? 아이스크림 좋아하니? 피자는? 무슨 만화 영화 좋아하니? 좋아하는 것은 뭐니? 친구는?

 그때마다 수문이 입에서는 없어요, 몰라요, 안 돼요, 아니요…… 그런 대답만이 흘러나왔다. 그럴 수밖에 없었다. 수문이는 과자도 아이스크림도 좋아하지 않았고 친구도 없었다.

아무리 눈을 감고 즐거웠던 기억을 끄집어내려고 해도 머릿속이 까매질 뿐 떠오르는 게 없었다. 수문이는 이모가 병원에서 받아 온 하얀 알약이 웃음을 만들어 주는 마법의 약이기를 바라면서, 하루에 한 알씩만 먹어야 한다는 이모의 말을 무시하고 다섯 알을 한꺼번에 목구멍으로 욱여넣은 적도 있었다. 아무리 약을 많이 먹어도 웃음은 생겨나지 않고 졸음만 밀려왔다. 수문이는 의사 선생님이 뭐가 착각을 하여 졸음이 오는 약을 주었을지도 모른다고 생각하고는, 졸음이 오는 약이 아니라 웃음이 생기는 약을 달라고 말을 하기도 했다. 의사 선생님은 알았다고 했지만, 수문이는 여전히 졸리기만 할 뿐 웃음이 생기지는 않았다.

그러던 어느 날이었다. 수문이 앞에 앉은 남자아이가 오늘 마술사가 온다고 귀띔했다. 그 표정에는 마술이란 아주 재미있는 거라고 쓰여 있었다. 수문이는 마술사라는 말을 마법사라고 알아들었다. 동화 속에 나오는 마법사. 악마를 물리치는 정의의 마법사. 잠자리나 빗자루를 타고 다니고 나무나 동물로 변신을 할 수도 있는 신비한 마법사. 수문이는 마법사가 나오는 이야기를 볼 때마다 마음속으로 나도 마법사가 되고 싶다고 얼마나 속삭였는지 모른다. 그런 마법사가 온다니, 괜히 발뒤축이 올라가면서 기대가 되었다.

마법사는 30대 후반의 남자였다. 아이들은 잔디 마당에 앉아 있었다. 마법사가 친구들 반가워요, 하고 허리를 굽혀 인사를 하는 찰나에 엉덩이 쪽에서 갑자기 사자의 꼬리가 불쑥 튀어나오고 등에서 폭죽이 터졌다. 아이들은 놀라면서도 환호성을 질렀다. 마법사가 움직일 때마다 몸 곳곳에서 개구리 소리, 까치 소리, 참새 소리가 났다. 신기하고 놀라웠다. 마법사가 긴 연필을 바람개비처럼 돌리더니 공중으로 던졌다. 팍, 하고 터지는 소리가 났다. 연필이 팝콘으로 변했다. 마법사가 팝콘을 받아 먹자 갑자기 코가 빨개지면서 길어졌다. 마법사는 다시 연필을 끄집어내서 코끝을 문질렀다. 코가 원래대로 줄어들었다. 아이들이 박수를 치자 마법사가 그 연필을 맨 앞에 앉은 아이한테 던졌다. 신기하게도 그 연필은 사탕이 되었다. 수문이는 그저 멍하니 입만 벌리고 있었다. 마법사가 까만 모자를 벗었다. 다시 폭죽이 터졌다. 까만 모자에서 비둘기가 나왔다. 토끼도 나왔다. 장미꽃 한 다발도 나왔다. 마법사는 그 장미꽃을 아이들한테 던졌는데, 그게 수문이 품으로 날아와서 착 안겼다. 마법사가 행운의 선물이라고 소리쳤다. 당황스러웠지만 웃었다.

-수문이가 웃었다아아아아!

누군가의 메아리가 수문이 고막을 흔들었다. 모든 선생님과 아이 들이 수문이를 쳐다보았다. 수문이는 보란 듯이 더 크게 웃으면서 이다음에 크면 꼭 마법사가 되어야지 하고 몇 번이나 다짐을 했다. 아쉽게도 그 뒤로는 마법사를 볼 기회가 없었다. 그래도 수문이의 마음속에는 그 마법사의 얼굴이 깊숙하게 자리를 잡고 있었다.

수문이는 이모로부터 독립을 하고 석 달이 지나도록 아무런 일도 하지 않았다. 방 값을 해결하기 위해서는 돈이 필요하다는 사실을 알면서도 몸이 움직여지지 않았다. 아무리 물을 마셔도 늘 목마름이 느껴졌고 몸속에 외풍이 있는지 늘 추웠고 눈앞은 늘 황사를 보듯이 뿌옜다. 수문이는 그냥 버려진 씨앗이었다. 수문이는 자신이 얼마나 무기력하고 한심한 존재인지 인정하지 않을 수 없었다. 살아가는 행위란 단순하게 먹고 자는 게 아니다. 스스로 즐거울 수 있도록 무엇인가 가치 있는 일을 해야만 하고 그렇게 자신을 다듬어 가야만 버틸 수 있다. 수문이는 부모도 없고 돈도 없고 형제도 없다. 그렇다면 다시 공부를 해야만 하는가. 정말 공부밖에, 공부밖에, 공부밖에 없을까. 수문이는 자기 꿈에 대해서 생각했다. 잠잘 때 꾸는 꿈이 아니고 무엇인가 되고 싶은 거, 이루고 싶은 거. 수문이는 머릿속이 텅 비는 것 같았다. 없다. 수문이는 선생님을 꿈꾸지도 않았고, 의사나 연예인, 발레리나, 피아니스트, 수의사…… 아무것도, 아무것도 꿈꾸지 않았다. 그러다가 그 마법사를 떠올렸다. 그 순간 얼마나 기뻤는지 모른다.

내게도 꿈이 있었구나.

수문이는 마법사를 믿는 나이가 아니었다. 그건 아무런 문제가 되지 않았다. 수문이는 마법사는 될 수 없지만 마술사는 될 수 있다고 확신하였다. 수문이는 인터넷을 뒤져서 마술을 가르치는 오로라매직스쿨에 입학을 하였다.

12

-그러고 보니 언젠가 네가 한 말이 생각나는구나. 이모, 혹시 마법사 되고 싶어요? 그렇지 않고서야 이렇게 많은 버섯을 따다가 시험할 리가 없지요. 죄다 독버섯 같은데……. 내가 대답했지. 그래, 마법사가 되고 싶다. 마법사가 되어서 나무도 되고, 뱀도 되고, 개구리도 되고, 못된 사람들을 지렁이

로 만들어 버리고 싶다. 마법사가 되려면 마법약을 만들어야 해. 마법약에는 지네 독이랑 독사의 쓸개, 사람의 발톱이랑 머리카락, 독버섯이 들어가는데, 나는 아직 마법약에 쓰이는 버섯을 찾아내지 못했다. 그래서 날마다 버섯을 따다가 시험해 보는 거야, 하고 말했지.

 이모는 이 세상에다 발을 뻗은 모든 버섯을 다 따다가 질경질경 씹어 삼켰다. 수문이는 그런 이모를 볼 때마다 저러다가 이모가 죽으면 어쩌지, 하고 걱정했다.
 ―이야, 수문이가 이모 걱정을 하다니……. 걱정 마라. 이모는 안 죽어. 네 눈에는 독버섯으로 보이지만 이건 다 독이 없는 거야. 사람들은 버섯이 화려하게 생겼으면 독버섯이라고 단정 짓는데 실은 그렇지 않아. 오히려 단색인 버섯들 중에 독버섯이 많아. 이건 그물버섯이라고 하는데 생김새를 보면 독버섯 같지. 자, 냄새 맡아 봐. 구수하잖아? 그치? 다 먹는 버섯이야.
 나는 여러 가지 방법으로 독버섯인지 아닌지 구별해. 우선 따자마자 혀끝으로 살짝 맛을 봐. 진짜 독버섯은 혀를 펜치로 잡아채는 느낌이 들 정도로 강해. 물론 독버섯이라고 해서 다 그런 건 아냐. 먹는 버섯처럼 맛이 좋은 것들도 있어. 냄새도 맡아 보지. 나는 냄새만으로도 독이 어느 정도 강한

지 약한지 알 수 있어. 그래도 구별이 안 되는 버섯이 있어. 그래서 삶아 먹는 거야. 독이 있어도 물에다 푹 삶으면 독이 빠지거든. 독이 많은 것처럼 보이면 푹 삶아서 사흘 정도 그대로 담가 두면 독이 빠져. 그래도 독이 빠지지 않는 버섯이 있는데…….

 한번은 버섯을 먹은 이모가 눈이 뒤집히면서 피를 토하더니 정신을 놓아 버렸다. 놀란 수문이가 119를 부르려고 하자 아저씨는 숯가루 탄 물을 수저로 떠서 이모의 목구멍으로 넘겨 주면서 괜찮을 거라고 했다. 수문이는 그 말을 믿지 않았다. 이모가 깨어나지 못하면 장례식이고 뭐고 다 팽개치고 이 집을 떠나겠다고 염소한테 하소연했다. 사흘 밤이 지나도 이모는 깨어나지 않았다. 숨을 쉬고 있는지 몇 번이나 귀를 들이대고 손목을 잡아 보았다. 이모는 나흘째 되는 날 아침에 번쩍 눈을 떴다. 아주 잘 잤다는 표정으로 아저씨가 준 숯가루를 먹었고, 다시 버섯을 먹었다.

 정말 이해할 수 없는 인간들이었다. 이모는 밥보다 버섯을 즐겨 먹었고, 아저씨는 밥보다 숯가루를 더 즐겨 먹었으니까.
 ─왜 이 세상에는 믿어야 하는 게 많은지 모르겠다. 불신의 세상이라서 그런가? 아무튼 나도 버섯을 먹다가 죽을 수도

있다는 걸 알지만 그렇다고 피하고 싶지는 않았어. 그게 우리의 삶이니까. 세상사라는 것도 다 그래. 직접 체험해 봐야 하는 것이지. 물은 건너 보아야 알고, 사람은 지내보아야 알고, 버섯은 먹어 보아야 안다는 것이 내가 깨달은 진리야. 두려워하면 아무것도 못 해. 삶에는 늘 죽음이 있는 것이고. 그렇게 마음을 비우니까 겁나지 않았어. 아마 내가 먹어 보지 않은 버섯은 거의 없을 거다……. 수백, 수천 가지…… 아무튼 신기한 버섯이 있다는 말을 들으면 어디라도 다 찾아갔으니깐. 별 이유는 없어. 우선 버섯을 따다가 팔아야 했고, 그러기 위해서는 독버섯인지 아닌지 구별해 내야 했지. 나는 버섯에 대한 책 한 권 보지 않았고, 누군가에게 버섯에 대한 귀동냥 한 번 하지 않은 상태였으니까.

버섯은 생김새로 판단하면 안 돼. 그건 사람도 마찬가지야. 그치? 세상 사람들은 너무 겉모습만 보고 판단을 하는데, 나는 버섯을 보면서 그게 아님을 알았어. 그래서 내가 버섯을 좋아하는 거야…….

버섯은 사람이나 똑같애. 참 신비로운 생명체야. 사람으로 치자면 장의사 역할을 하는 거야. 모든 생명체들의 가장 끝에서, 죽은 것들을 치우는 일을 하잖아. 다른 풀처럼 화려하게 꽃을 피우지도 않고, 풍성하게 열매 한 번 차려 놓지도 않고, 사치라는 것을 모르고 살아가지. 그렇지만 늘 열정적으로…….

 이모는 원룸 계단을 올라가면서 자꾸만 벽을 짚었다. 숨이 차는 모양이었다. 들개들보다 더 산을 잘 타는 이모가 이 정도 계단을 올랐다고 힘들어하다니. 착각일까, 이모의 입술이 일그러지면서 부들부들 떨리는 게 보였다. 수문이는 이상하다고 중얼거리다가 어디 아프냐고 물었다. 이모는 갑자기 왜 그런 말을 하느냐고 물었다. 날씨가 하도 더워서 숨이 차는 것뿐이라고, 수문이를 똑바로 보았다. 수문이는 망설이다가 다시 이모의 팔목을 보았다. 그제야 이모는 당신의 팔목을 보고는, 이것 때문이구나 하고 낮게 헛웃음을 지었다. 이모는 짧게 한숨을 내뱉은 다음 말했다. 한 달 전에 생전 처음으로 심하게 독감을 앓았는데, 어찌나 독한 놈인지 별별 민간요법을 동원해도 물러가지 않아서 어쩔 수 없이 병원에 끌려갔는데, 의사라는 놈들은 몸이 쇠약해져서 그렇다고 하면서 날마다 링거 바늘만 꽂아 댔노라고. 이게 다 그 흉터라고, 이제 주삿바늘처럼 뾰족한 것만 보면 온몸이 아픈 것 같다고 눈살을 찌푸렸다. 그러면서 이모는, 나는 세상의 온갖 버섯이라는 버섯을 다 먹었기 때문에 나쁜 병들이 선전 포고를 하려면 단단히 마음을 먹어야 할 것이라고 낮게 중얼거리고는, 너나 몸단속 잘하라고 말했다. 수문이는 이모의 말을 끝까지 듣고 나서야 아저씨를 떠올렸다. 먼저 아저씨의 안부를 물었다. 그런 다음 이모가 대답하기도 전에 혹시 아저씨랑 싸웠느냐고 물었다. 아무래도 이모가 갑자기 들이닥친 게 수상하다는 눈빛으로.

─나도 한번 싸워 봤으면 좋겠다. 내가 생각해도 신기해. 우린 엄청 다르잖아? 나이하고 고향만 같을 뿐……. 신기해. 그 사람은 나한테 불평 한마디 하지 않고, 나 역시 그 사람한테 불평하지 않고, 그 사람은 나를 힘들게 한 적이 없고, 나 역시……. 어쩌면 우리는 사랑하지 않았는지도 몰라. 그냥 서로가 필요해서 같이 살게 되었는지도 몰라. 서로의 세계를 절대 침범하지 않고, 그렇게 서로를 인정해 주면서 살자는 암묵적인 동의를 한 거지. 그러니까 우린 비정상으로 살아왔는지도 몰라.

수문이는 이모네 부부랑 왕이모네 부부를 지켜보았다. 왕이모네 부부는 일일 연속극에 나오는 가난한 서민의 판박이다. 늘 피로에 절어 있고, 늘 살아가는 걱정으로 가득 차 있다. 수문이는 왕이모네 부부를 보면서 과연 저 사람들이 섹스를 할까, 섹스할 여유나 있을까, 그런 생각을 무시로 했다. 두 사람은 산다는 것 자체를 버거워하고, 둘 사이에 살을 비비고 섹스를 할 만큼 서로에게 간절하지도 않았다. 그냥 살아 있으니까 살아갈 뿐. 그에 비해 이모네 부부는 참 신비로웠다. 왕이모네보다 가난함에도 아등바등하지 않았다. 아무런 계획도 세우지 않았다. 그래도 불안해 보이지 않았다. 이모랑 아저씨의 삶이란 신조차 알 수 없는 미지의 세계였다.

 ―여름 손님은 호랑이보다 무섭다고······. 더구나 보기 싫은 이모니 오죽하겠냐. 그래, 안다만 너무 걱정 마라. 오늘밤만 묵어가자.

13

 원룸으로 들어가자 이모가 왕이모네 집에 나타났을 때의 기억이 떠올랐다. 그때도 이모는 갑자기 들이닥쳤다. 하늘에서는 달착지근한 빗물이 풀어져 내리고 날씨도 포근하여 씨앗이 허물을 벗고 다른 존재로 거듭나기 좋은 날씨였다. 수문이는 비에 젖은 머리카락을 쓸어 올리며 갑자기 나타난 이모를 보았다. 왕이모네 집에서 사니까 좋지, 하고 불쑥 물었을 때는 얼른 아니라고 도리질하고 싶었으나 왕이모를 의식하고는 얼굴만 붉혔다. 이모의 말은 다 사실이었다. 왕이모는 꼼꼼하게 밥도 챙겨 주었고, 이모부도 친딸 이상으로 다독여 주었다. 이모는 왕이모가 안방으로 들어가자 속삭였다. 이모랑 같이 갈래, 여기서 그냥 살래? 수문이는 멍해졌다. 이게 꿈인가. 이모가 고개를 들면서 돌아섰다. 그래, 나라도 여기에서 살겠다고 하지. 알았다. 수문이는 온 힘을 다해서 이모를 불렀다. 뭔가 마음속에서 강하게 끓어올랐다.

-이모랑 같이 살래요!

행여 이모의 귀에 도달하기 전에 사라지기라도 할까 봐 단어 하나하나에다 힘을 주었다. 이모는 너한테 잘해 준 것도 없고, 앞으로도 잘해 줄 자신이 없다고 하면서 살짝 눈을 감았다. 수문이는 입술을 똑바로 모으면서 고개를 끄덕였다. 이모랑 같이 살 수 있다는 사실이 중요했다. 왕이모는 특유의 잔정 많은 눈시울에 눈물을 글썽거리면서, 너를 봐서는 잘된 일이라고 하면서도 시름 어린 눈빛을 감추지 못했고, 이모부는 어른이 된 뒤에도 오빠랑 가깝게 지내라면서 웃어 주었고, 수문이를 친동생보다 더 아껴 준 윤식이는 갑작스런 이별을 선뜻 받아들이지 못한 채 두 손으로 얼굴만 문질러 댔다.
이모는 학교 친구들하고 갑자기 헤어지는 게 아쉬우면 조금 더 있다가 올라와도 된다고 하였다. 수문이는 이모의 말이 끝나기도 전에 중학생이 된 지 한 달밖에 되지 않았기 때문에 상관없다고 하였다. 그랬다. 수문이는 젓갈 비린내로 가득한 그 작은 항구 도시를 정리하면서 눈곱만큼의 미련도 없었다. 눈을 감고 지나온 세월을 떠올려 보아도 그리움이 묻은 얼굴 하나 달게 녹아내리지 않았다. 왕이모네 집에서 초등학교 시절을 보냈다. 엄청난 세월이었다. 그런데도 작별 인사를 하고 싶은 얼굴 하나 또렷하게 그려지지 않았으니. 그 긴 세월을 왕이모네 집에서 보냈다는 사실이 믿어지지 않았다. 하루하루 똑같은 날의 연속이었고, 그런 흐름 속에서 수문이는 낮달 모양으로 희미하게 살아왔다. 특별하게 즐거운 날도 없었고, 특별하게 슬픈 날도 없었다. 수문이는 어서 왕이모네 집을 빠져나가고 싶었다.

수문이는 이모의 승용차에다 몸을 던진 순간 많은 생각을 하였다. 이모한테 좋은 아이가 되고 싶었다. 나중에 어른이 되었을 때 이모가 자랑스러워할 그런 사람이 되어야지 하고 입술을 깨물었다. 이모가 신경 쓰지 않아도 혼자 모든 일을 척척 해내는 사람이 될 테야. 공부는 기본이고 늘 칭찬받는 사람. 그럴 자신도 있었다.

차가 고속 도로로 뛰어들자 그제야 마음이 헐거워지면서 눈꺼풀이 무거워졌다. 수문이는 모자를 푹 눌러쓴 채로 잠을 받아들였다. 눈을 떴을 때는 서울이 아니라 구불구불한 시골 길을 달리고 있었다. 수문이는 심하게 눈멀미를 하면서 여기가 어디냐고 물어보려다가 꾹 참았다. 이모의 차는 어느 한 정식집에 도착했다. 이모가 카운터로 가서 뭐라고 하자 식당 주인으로 보기에는 너무 젊어 보이는 여자가 미닫이문이 달린 방으로 안내했다. 문을 열자마자 남자 어른이 수문이를 보고는 어설프게 손을 흔들면서 웃었는데, 수줍은 웃음이 보는 이로 하여금 나이를 가늠할 수 없게 하였고 무엇보다도 손이 곱고 가늘었다. 소년의 손이었다. 세월이 정지된. 그 옆에는 150센티미터가 될까 말까 한 작은 아이가 있었다. 여자 옷만 입혀 놓으면 삼신할미도 속아 넘어갈 정도로 곱상한 얼굴. 초등학교 4학년이나 되었을까, 좀 후하게 쳐 준다면 5학년 정도. 전형적인 서울 아이. 하얀 얼굴이었으나 눈은 혼돈 속에서 자주 깜박였다.

―수문아, 인사해라. 앞으로 같이 살 식구다.

식구라는 말이 고막에 접수되는 순간, 이건 말도 안 된다고 부르짖는 누군가의 메아리가 뼛속으로 맹렬하게 질주해 갔다. 식구라니, 왜 미리 이런 상황을 귀띔하지 않았는지 이모가 원망스러울 따름이었다. 그 아이 이름은 주혁이였다. 그 아이가 열다섯이라니, 게다가 남자아이라니, 이 세상에 존재하는 열다섯 살 아이들 중에서 가장 작을 것이다. 얼굴도 작았다. 아저씨의 목소리는 낮고 부드러웠다.

  -수문아, 주혁이가 너한테는 오빠구나. 얘가 낯가림이 심해서……. 잘 좀 부탁하자.

  주혁이는 수문이하고 눈이 마주치자 얼른 고개를 돌려 버렸다. 낯가림이 저 정도라면 살아가는 데 많은 지장이 있겠구나 하고 동정심이 느껴질 정도였다. 주혁이가 떨군 눈빛의 각도만큼 수문이의 눈빛도 주혁이를 비껴갔다. 그들의 첫 만남은 밥조차 제대로 먹을 수 없을 정도로 어색했다. 계산을 하던 주인 여자가 주혁이랑 수문이를 보고 닮았다고 했다. 수문이는 욱여넣은 음식을 다 토할 뻔했다. 우리가 어디 닮았냐고, 만약 닮은 구석이 조금이라도 없으면 당신을 모독죄로 고발하겠다고 짖어 대고 싶었다. 어쨌거나 그들은 가족의 대열을 갖추고 있었다. 수문이는 공깃돌 모으듯이 일정한 숫자만 채우면 가족이 된다는 걸 그때 처음 알았다.

  -이제 우리 살 집으로 가자.

한 번도 우리라는 말을 가슴에다 담아 본 적이 없는데, 아무런 교감도 없이 저 낯선 사람들이랑 우리가 되어야 하다니. 수문이의 가슴속으로 들어온 우리라는 말이 가시가 되어 굴러다녔다.
　차는 골짜기 끝에서 길이 매듭을 짓자 왼쪽으로 몸을 틀었다. 작은 기와집 하나가 눈에 들어왔다. 차는 그 기와집 앞에 섰다. 집 앞으로 달려가는 계곡물에다 발을 담그고 사는 복사꽃들이 한 타령으로 몸을 흔들어 대고 있었다. 이모는 연분홍색의 마술을 부리고 있는 복사꽃을 보면서, 참 아름답지, 그치, 하고 반드시 수문이의 입에서 예, 라는 도장을 받아 내고야 말겠다는 기세로 묻고 또 물었다.

　도대체 아름답다는 건 뭘까. 뭘 기준으로 아름답다고 정의할까.
　수문이는 이모가 아름답지 않으냐고 강요하는 풍경들이 하도 낯설어서 제 눈을 사금파리로 찔러 버리고 싶은 충동으로 몸을 떨었다. 견딜 수 없었다. 아무리 눈을 문질러도 복사꽃 잔치가 아름답게 다가오지 않았다. 어떤 풍경을 봐야 아름답다고 할까. 수문이는 세상 사람들이 가지고 있는 아름답다는 가치관에 대해서 맹렬하게 부정해 댔다. 단순한 색의 조화에 빠져드는 사람의 눈. 수문이는 오로지 눈으로만 판단하는 아름다움의 근원을 부정하였지만, 누군가 그렇다면 넌 무엇이 아름답다고 생각하느냐고 물으면 역시 대답할 밑천이 없었다. 아직까지 아름다움에 대해서 깊은 궁리를 해 본 적이 없었다. 아니 아름다움에 대해서 궁리할 겨를이 없었다.

눈앞에 있는 꽃들이 피가 흐르지 않는 조화로 보였다. 아무리 피가 흐르는 생화로 보려고 해도 색이 요술을 부리는 봄꽃을 볼 때마다, 저건 가짜야, 진짜가 아니야, 하고 단정해 버렸다.

뭐가 아름답단 말인가. 저건 복사꽃이고, 그냥 피었을 뿐이고, 그래서 어쩌란 말인가.

그렇게 비웃어 주고 싶었다. 수문이는 복사꽃에게 눈길을 주지 않았다. 그만큼 꽃들이 낯설었다.

14

수문이는 복사꽃보다 기와집 쪽으로 자꾸만 눈이 갔다. 가까이 가서 보지 않고도 오랫동안 사람의 숨소리가 스며들지 않았음을 쉽게 알 수 있었다. 만약 그 집이 사람이라면 머리부터 발끝까지 아프지 않은 곳이 없다고 봐야 했다. 워낙 나이가 들었을 뿐만 아니라 자잘한 잔병을 치료하지 않고 그냥 묵히는 바람에 이제는 병이 커지고 커져 버려 어디서부터 치료를 해야 할지 감당이 되지 않는 상태라고나 할까. 갈라지고 떨어져 나가고 멍들고 옹이 박히고 구새 먹어 중환자나 다름없는 그런 집, 도깨비나 귀신들이 좋아함 직한 그런 집, 들고양이들조차 언제 허물어질지 몰라서 두려워함 직한 그런 집. 이런 집에서 살아야 하다니. 한숨이 나왔다. 게다가 태양의 손길이 잘 미치지 못하는 북향이었다. 그래도 집이 앉아 있는 곳이 높은 언덕배기라서 사방이 툭 트여 눈맛이 좋았다. 뒤쪽은 품이 넉넉한 산이고, 앞쪽에는 옥빛 계곡물이 흐르고, 그 너머에는 무당들의 눈에 띄면 고사떡 꽤나 얻어먹음 직하게 나이 든 수양버들이 연못지기를 하고 있고, 연못 위에는 고욤나무 한 그루가 우뚝 솟아서 가지에 걸린 하얀 비닐을 흔들고, 고욤나무 앞에는 컨테이너 하나가 스티로폼이랑 판자때기 몇 장을 뒤집어쓰고서 간신히 사람 사는 집 꼬락서니를 하고 있었다.

 수문이는 주혁이가 사라진 마당으로 들어섰다. 동그랗게 돌을 쌓아 올린 우물이 보였다. 수문이는 우물을 가린 나무 판자를 밀어냈다. 두레박이 걸려 있었다. 수문이 얼굴이 우물

속에 있었다. 수문이는 두레박을 끌어 올리다가 누군가의 소리를 들었다. 근처에서 나는 소리였다. 수문는 발소리를 죽여가면서 뒤뜰로 걸어갔다. 뒤뜰에는 따로 울타리가 없이 바로 숲으로 이어지는 길이 있고, 그 길을 조금 걸어가니까 여름에 시원한 바람의 발원지가 될 것 같은 소나무 한 그루가 서 있고, 그 밑에서 흑염소 두 마리가 수문이를 보면서 소리쳤다. 염소 소리였구나. 염소들 뒤에는 수십 마리의 닭들이 고물거리고 있었다.

닭도 키우네.

수문이는 다시 마당으로 나오다가 감나무 밑에 있는 평상 옆에 앉아 있는 누런 어미 개를 보았다. 여우를 많이 닮았다. 아저씨가 그 개를 주전자라고 불렀다. 공교롭게도 그 개 옆에는 찌그러진 주전자 하나가 있었다.

이건 수문이가 한 번도 상상하지 못한 풍경이었다.

수문이는 이모를 따라나서면서 줄곧 서울만 상상했다. 이모하고 살 수만 있다면 햇볕 한 줌 들지 않는 지하여도 상관없다고. 이건 아니다. 아저씨는 이곳이 서울에서 가까운 곳이라고 하였으나 수문이는 믿어지지 않았다. 여기서 살아야 한다고 침을 삼키자 배가 쓰렸다. 이모한테 사기당한 기분이랄까. 이모한테 그렇게 도발적인 눈빛을 쏜 것도 처음이었다. 이모는 계속 복사꽃이 예쁘지, 하고 거듭거듭 물었다.

-몇 달 전부터 여기저기 살 곳을 찾다가 우연히 여기를 왔고, 우리 둘 다 한눈에 반했다. 날마다 우리는 놀란다. 지금껏 살아오면서 느낄 수 없었던 온갖 바람 소리며 햇볕, 나무 이파리의 속삭임, 봄꽃들의 잔치……. 우리는 날마다 그 축제 속으로 빠져들어서 산다. 날마다 손님이야. 하도 복사꽃이 예뻐서, 눈물 나도록 고와서, 수문이 네가 생각났어. 너를 데려온 건 순전히 저 꽃 때문이야. 너도 좋아할 것 같아서, 꽃 많은 세상에서 살면 좋을 것 같아서……. 싫으면 언제든지 말해라.

수문이는 마지못해 복사꽃 앞으로 갔다. 분홍으로 번진 꽃송이는 객관적으로 예쁜 색을 뿜어내고 있었다. 수문이도 그걸 인정했다. 인정하기는 해도 이곳으로 와서 살고 싶다고, 삶의 근원을 이곳으로 옮겨 오고 싶다고 할 정도의 뭉클함이 뼛속을 흔들지는 못했다. 솔직히 수문이는 예쁘다는 건조한 단어 외에는 잠깐의 뭉클함도 맛보지 못했다.

예쁘다, 그래서 뭐가 어쨌다는 것인지. 봄꽃치고 이 정도 색의 조화를 부리지 않는 꽃이 있던가.

예쁜 서울 아이들 같은 복사꽃 몇 아름을 보고 무릉도원이라니, 착각도 보통 착각이 아니라고 비웃어 주고 싶었다. 여기서 살 수 있을까. 낯선 아저씨랑 어딘지 비정상적으로 보이는 아이랑, 그것도 한집에서. 자신 없다. 이곳에서 살 자신이 없다. 봄꽃들의 입김으로 환해진 골짜기가 자꾸만 흑백 사진으로 보였다.

 자, 이제 어떻게 해야 하는가. 수문이가 다시 그 작은 항구 도시로 돌아간다면 왕이모는 아이고 내 새끼 잘 왔다, 잘 왔어, 하고 뜨거운 입김을 내뱉으면서 진심으로 품어 줄 것이다. 왕이모는 수문이를 데리고 있으면서 한 번도 타박하는 눈빛을 쏘아 대지 않았다. 그런 사람이다. 그럼에도 수문이는 왕이모의 눈빛을 편안하게 받아들이지 못했다. 반대로 이모는 수문이한테 따스한 눈길 한번 주지 않았다. 그러니까 이모는 불편한 사람이어야 하거늘 불편하다는 생각을 하지 못했다. 한쪽은 불편하면서도 좋았고, 한쪽은 편하면서도 어려웠다. 누군가 이모하고 왕이모 중에서 누가 더 좋으냐고 물어 온다면 주저하지 않고 왕이모를 택하겠지만 왕이모랑 살래 이모랑 살래 하고 물으면 그때는 심란해진다. 이모하고 살고 싶다. 왕이모가 더 좋다면서 왜 이모하고 살고 싶으냐고 다그치면 이렇게 대답할 수밖에 없다. 엄마 냄새가, 이모의 몸에서는 엄마 냄새가 난다고. 왕이모의 몸에서는 그냥 왕이모 냄새가 날 뿐이다. 땀 비린내와 삼겹살 굽는 냄새.

왕이모네 식구들은 모두 식탐이 심했다. 하루 세끼 중에 한 번쯤은 반드시 삼겹살이나 통닭을 질겅질겅 씹어 삼켰다. 가난한 살림살이인데 그들은 늘 고기를 입에 달고 살았다. 물론 그들에게 고기란 삼겹살 아니면 통닭이었다. 평상시에는 수문이를 눈빛으로 옭아매는 일이 거의 없는데 고기를 먹을 때만큼은 달랐다. 늘 사람에게 순종하고 살아온 개처럼 순한 눈이 커지면서 수문이를 밥상 앞으로 바싹 끌어당긴 다음 전투적으로 고기를 뜯어 먹게 하였다. 수문이가 그들의 식탐에 동조하지 않으면 아예 따로 접시에다 고기 할당량을 담아 주었다. 수문이는 그런 왕이모의 처사가 너무 싫었고, 그래서 접시가 오기 전에 서둘러 그들과 함께 고기를 억지로 삼켰다. 설령 화장실에 가서 토하는 한이 있더라도 왕이모가 납득할 수 있을 만큼의 고기를 입안으로 욱여넣었다. 그래야만 왕이모의 눈빛으로부터 풀려날 수 있었다.

이모는 수문이를 그렇게 챙기지 않았다. 그래도 이모한테서는 엄마 냄새가 났고, 왕이모한테는 엄마 냄새가 나지 않았다. 수문이는 그 차이를 느낄 때마다 왕이모한테 미안했다. 어버이날 카네이션을 왕이모의 가슴에다 달아 주면서도 이모였으면 했고, 그때마다 죄를 짓는 기분이었다.

왕이모는 이모하고 고종사촌 간이다. 수문이는 왕이모가

자신을 친딸이나 다름없이 거두었으나 실제로 그렇게 가까운 관계인지 가끔씩 의문이 생겼다. 이모하고 엄마는 배다른 자매이기 때문이다. 그런 퍼즐을 맞추다 보면 머릿속이 까매진다. 어쨌든 왕이모는 수문이가 아는 유일한 친척이다.

이모는 수문이가 초등학교 문턱을 넘어선 봄날, 엄마의 산소를 거쳐 왕이모네 집으로 갔다. 왕이모는 그때까지 수문이가 만났던 사람 중에서 가장 뚱뚱했다. 만약 왕이모의 배에 지퍼가 있다면 스무 명이 넘는 반 아이들을 모두 숨길 수 있을 거라는 생각이 들었을 정도로. 왕이모는 초록색 바탕에 노란 꽃이 수놓인 긴치마 차림이었는데, 연립 주택 계단을 올라오는 수문이를 보고 대뜸 수문아 하고 불렀으며, 수문이가 인사할 틈도 없이 끌어당겨서 으스러지도록 안아 주었다. 비린내가 코를 찔렀다. 숨을 쉴 수 없을 정도로 강렬하게 코를 압박하여 폐 기능을 마비시키는 비린내. 수문이는 재채기를 하면서 빠르작거렸다. 왕이모는 그런 수문이를 요모조모 훑어보았다. 이모가 수문이의 생활비만큼 꼭 챙겨 보내겠다고 하자 왕이모는 너 살 궁리나 하라고 손짓했다. 있는 집 자식들 모양으로 빤질빤질 윤이 나게 거두지는 못해도 내 자식이려니 하고 어우렁더우렁 거둘 테니까 걱정 말라고.

수문이의 입에서는 왕이모라는 말이 저절로 튀어나왔다.

그녀는 왕이라는 말이 너무 좋다고 하면서 웃었다. 영락없이 하회탈이었다. 그 집은 방이 두 개뿐인 낡은 연립 주택이었다. 왕이모는 하이에나라는 별명답게 온갖 고물을 모으는 버릇이 있어서 그렇잖아도 좁은 집이 발 딛을 틈이 없었다. 안방은 장롱부터 온갖 가구 들로 들어차 바퀴벌레도 누울 자리가 없을 지경이라고 이모부는 얼굴을 찌푸렸다. 베란다 역시 온갖 중고 물건들이 텃세를 부리고 있어서 야윈 햇살 하나 비집고 들어올 틈이 없었고, 윤식이 방으로 쓰이던 작은 방 역시 사람 하나 간신히 누울 정도의 공간만 남겨 둔 상태였다. 왕이모는 그곳을 수문이만의 영토로 인정해 주었다. 나머지 식구들은 거실에서 왕이모가 주워 온 중고 물건들이랑 뒤섞여서 잠을 잤다. 왕이모의 얼굴에서는 한겨울에도 땀이 줄줄 흘렀다. 수문이는 그런 왕이모한테 손을 달라고 하지 않았다. 하지만 왕이모는 어딜 갈 때면 늘 수문이의 손을 꼭 움켜쥐고 걸었다. 왕이모와 이모의 차이는 수문이의 손을 잡느냐 안 잡느냐였다.

-선택은 네 자유야. 왕이모네 집에 가도 돼. 너 편한 대로 해.

너무나도 과시적인 복사꽃을 등진 이모가 말했다. 수문이는 가지 않겠다고 단호하게 고개를 저었다. 세상 사람들한테 버림받은 물건들로 가득 찬 그곳으로 돌아가서 버림받은 것들이랑 뒹굴면서 살 자신이 없었다. 수문이는 이모랑 복사꽃을 보면서 한번, 살아 보겠다고 비장하게 눈빛을 모았다. 이모는 새 식구가 왔으니까 환영식을 하자고 했고, 아저씨는 수줍게 웃으면서 발을 굴렀다. 어른도 아이의 표정을 지을 수 있구나. 그럴 수 있다는 사실이 신기했다.

놀라운 일은 계속 벌어졌다. 아저씨가 집 안으로 들어가서 음식을 준비하고 이모가 마당 설거지를 하는 마당쇠 역할을 하고 있었다. 이모는 뒤뜰에서 나무토막을 들고 나와 불을 살려 냈다. 아저씨가 그릇들을 가지고 나오자 이모가 고기를 구웠다. 아저씨가 집 안에서 뭐라고 소리치자 MP3를 귀에다 꽂은 주혁이가 미루적미루적 나왔다. 수문이랑 주혁이는 어른들이 만들어 놓은 이 어색한 세상에서 마네킹처럼 굳어 있었다. 아저씨가 가래떡이 똬리를 튼 접시를 가져오더니 가느다란 초를 꽂았다. 이모가 구워 온 고기가 상에 올랐다. 아저씨가 초에다 불을 붙였다.

-자, 오늘은 새 식구가 들어온 날. 우리 집에 사는 한다래, 강현종, 강주혁, 주전자, 흰별이, 흑염소들, 닭들 그리고 여기에 참석하지 않은 보일러실에 사는 딱새 부부, 쥐구멍에서 사는 쥐, 무당벌레를 비롯하여 수많은 곤충들은 진심으로 한수문을 환영하는 바이다!

아저씨의 말이 끝나자 이모가 축하한다고 다시 소리쳤다. 수문이는 망설이다가 촛불을 끄면서 주혁이를 흘겨보았다. 주혁이는 촛불에다 눈길을 주지 않았다. 당연히 박수도 치지 않았다. 수문이는 저 아이랑 남매라는 호흡으로 살아가기란 결코 쉽지 않을 것임을 예감했다.

15

이모는 보여 줄 게 있다고 눈짓하면서 수문이를 집 안으로 불러들였다. 이모가 거실 벽에 있는 작은 사다리를 타고 열세 걸음쯤 올라가더니 손으로 벽을 툭툭 쳤다. 놀랍게도 벽이 열렸다. 비밀의 문이 숨어 있었다. 말로만 들어 온 다락방이었다.

-마음에 들 거야. 여기가 이 집에서 가장 좋아. 저 창문 앞에 앉아 있으면 이 골짜기에서 사는 모든 것들, 바람까지도 다 보여. 여기가 이 집에서 가장 밝아.

수문이가 6년 동안 살았던 왕이모네 방보다 훨씬 넓었다. 수문이가 너무 커서 일어설 수는 없었지만 그런 불편함 정도는 참아 낼 수 있을 만큼 마음에 들었다. 완벽하게 독립된 이 집에서 치외 법권이 인정된 자기만의 나라를 얻은 기분이랄까. 창을 열자 부드러운 저녁 공기와 온갖 소리들이 편안하게 해 주었다. 산골짜기의 수채화가 한눈에 잡혔다.

  수문이는 앉은뱅이책상 앞에 앉았다. 아저씨가 수문이를 생각해서 만들었다는 말을 덧붙인 이모는, 사실 손재주가 없어서 자세히 보면 엉성하다고 웃었다. 그제야 수문이도 앉은뱅이책상을 자세히 보았고, 굳이 이모의 설명을 듣지 않아도 어설프게 만들어졌음을 알 수 있었다. 직사각형 판자의 길이가 맞지 않았다. 못도 순하게 들어간 녀석들은 거의 없고 옆으로 기울거나 구부러진 게 많았다.

  수문이는 이 서툰 솜씨가 마음에 들었다.

  어른한테 받은 선물이 아니라 자신을 잘 알고 있는 친구한테 받은 기분이었다. 아저씨가 도배도 직접 했으며, 수문이가 덮을 이불도 아저씨가 시장에 가서 직접 사 왔다는 말을 들었을 때는 이모의 말이 과장된 게 아닐까 하는 의구심이 생겼으나, 소꿉놀이를 하듯이 나물을 주물럭거려서 들고 나오던 아저씨를 떠올리자 수긍이 되었다. 군데군데 벽지가 울었으나 전체적으로 산뜻해 보였다. 이모가 책상 밑을 보라고 하였다. 이모는 아저씨의 비장의 선물이 바로 그 노트북이라고 했다. 한눈에 새 컴퓨터가 아님을 알 수 있었다. 이모는 누군가 버리려는 걸 아저씨가 고쳤다는 말에다 힘을 주었다. 아저씨가 가지고 있는 유일한 손재주는 이래저래 아픈 컴퓨터 치료하는 기술이라고. 수문이는 감동했고 아저씨한테 고맙다는 말을 꼭 전하고 싶었다. 수문이는 이모를 따라 거실로 내려갔다. 이모가 난로 앞에 앉았다.

 -있잖아, 수문아. 이모는 말이야, 이 작은 난로가 이 세상이랑 똑같다고 생각해. 난로에다 불을 피우면서 깨달았어. 불은 나무에 따라서 다 달라. 참나무를 태우는 불, 아까시나무를 태우는 불, 단풍나무를 태우는 불. 모든 나무가 다 잘 타는 건 아니야. 참나무는 불하고 친하지 않지만 한번 친해지면 오래가. 소나무는 불을 좋아하지만 금방 타 버려. 난로 속에서 미울 정도로 잘 타지 않는 나무들도 있어. 그런 나무라고 해서 쓸모없다고 끄집어내면 안 돼. 그런 나무를 끄집어내 버리면 잘 타고 있던 불도 꺼져 버려. 그러니까 그 나무는 다른 나무들을 위해서, 다른 나무들이 잘 탈 수 있도록 나름대로 자기 역할을 하고 있는 거야. 너무 큰 나무만 있어도 안 돼. 큰 나무, 작은 나무가 조화를 이뤄야 해. 당연히 작은 나무만 있어도 안 돼. 작은 나무만 있으면 너무 빨리 타 버려. 한쪽에서만 불이 활활 타고 있을 때 다른 쪽 불을 살리려고 성급하

게 마른나무를 지나치게 많이 넣으면, 활활 타고 있던 불이 마른나무 쪽으로 옮겨 오고 그쪽 불은 꺼져 버려. 그럴 때는 마른나무를 넣는 것보다 난로 안에 있는 불들이 골고루 붙을 수 있도록 바람구멍을 내서 도와줘야 해. 아무리 나무가 좋아도 안 타는 경우가 있어. 그건 난로가 숨을 쉬지 못하기 때문이야. 잘 타는 나무라고 좋아할 필요가 없어. 빨리 타면 그만큼 밑불이 빨리 꺼져 버려. 느리고 더디게 타는 나무의 밑불이 훨씬 오래가. 또 장작을 메워 놓고 너무 불쏘시개를 많이 쓰면 불들이 약해져서 자꾸 불쏘시개만 달라고 하고 정작 장작으로 옮겨 붙질 않아. 똑같아. 인간 세상이랑.

 난로 속으로 들어간 나무는 이모의 뜻에 순종하면서 곱고 따스한 불을 살려 냈다. 이모한테는 알 수 없는 힘이 느껴졌다. 상대방을 압도하면서 불끈 들어 모래판에다 눕히는 씨름 선수들의 일방적인 힘이 아니라 저 숲에 있는 온갖 나무들을 잘 달래서 한 타령으로 몸을 흔들어 대게 하는 바람 같은 힘. 아저씨는 난로에서 열기가 느껴지자 물 주전자를 올려놓았다. 난로 옆에는 멍석이 깔려 있었다. 거실 바닥에는 보일러 관이 지나가지 않아서 춥다고 했다. 이모랑 아저씨는 그 멍석 위에 침낭을 깔고 잔다고 했다. 이 집은 방이 두 개뿐이었다. 주혁이가 있는 방, 다락방. 대신 거실이 넓었다. 아저씨가 수문이한테 말을 걸었다. 학교생활, 좋아하는 연예인, 좋아하는 음식, 취미, 영화……. 그때마다 수문이는 최대한 짧게 대답하였다. 졸음이 왔다. 수문이가 다락으로 올라가자 알 수 없는 풀 냄새가 너무 집요하게 파고들어 조금이라도 방심하고 창문을 열어 두었다가는 그 냄새의 포로가 되어 버릴 것 같았다. 수문이는 눈을 감았다.

괜찮을 거야. 괜찮을 거야. 괜찮을 거야.

16

이모는 수문이가 사는 집에 들어오자마자 샤워를 하고, 머리카락까지 헤어드라이어로 말린 다음에야 이제야 살겠다고 하였다. 오늘은 비도 흠뻑 맞고, 거기에다 땀 벼락까지 맞아서 온몸이 끈적끈적 찝찝했다고 하면서도 눈길은 집 안 구석구석을 훑고 있었다. 살림살이라고 해 봤자 지난달에 큰맘 먹고 장만한 침대하고 밖에서 주워 온 낡은 식탁, 그릇 몇 개, 컴퓨터 한 대, 그 정도니까 눈품 팔고 말고 할 것도 없었다. 이내 이모의 눈은 벽에 붙은 그림 쪽으로 옮겨 갔다. 너 미술

할 거니, 이모의 목소리가 울렸다. 수문이는 1초도 머뭇거리지 않고 고개를 저어 버렸다. 이모도 더 이상 묻지 않고 베란다로 나갔다.

-어랄라, 넌 주전자가 아니냐? 주전자야, 네가 여기 왜 있느냐? 너 어느새 새가 되었구나. 틀림없어. 내 눈은 못 속여. 네 눈을 보니 틀림없어. 넌 그때도 어미였는데, 지금도 어미구나. 그때 못 이룬 한을 풀기 위해서 어미로 생겨난 거니?

이모가 베란다 구석에 있는 새장 안을 들여다보더니 손을 쭉 뻗어 호랑지빠귀를 끄집어냈다. 호랑지빠귀는 졸린 눈을 부비면서 주전자라니, 웬 날벼락이지, 하는 표정을 지었다. 수문이는 유일하게 호랑지빠귀들하고 말을 하지만 이모는 거의 모든 새들하고 자유롭게 의사소통을 하였다. 호랑지빠귀는 왼발로 자신의 머리를 열 번도 넘게 긁적거리고 나서야 이모를 똑바로 쳐다보았다. 당신은 누구이며, 왜 나에게 그런 말을 하느냐고 하였다. 이모는 깔깔깔 웃었다.

-넌 분명히 주전자야. 너를 딱 보는 순간 알았다. 눈빛이 여전해. 넌 기억을 못 할 수도 있어. 우리 집에서 주전자라는 이름으로 살 때는 개였으니까. 너를 여기서 다시 만나게 될 줄은 몰랐다. 그나저나 여기 왜 있니? 다쳤구나. 어쨌거나 좋은 의사를 만났네. 수문이가 비록 돌팔이지만 새들은 잘 치료하거든.

호랑지빠귀가 수문이 어깨 위로 날아왔다. 어찌어찌하여 호랑지빠귀가 이곳으로 오게 되었다는 수문이의 말을 들은 이모는 고개를 끄덕끄덕하였을 뿐 더 이상 묻지 않고 화장실로 몸을 사렸다. 호랑지빠귀는 이모가 무섭다고 몸을 떨었다.
 -수문아, 정말 네 이모가 맞아? 저 사람은 어딘지 달라. 보통 사람이 아니야. 어쩌면 마녀일지도 몰라. 마녀가 아니라면 귀신이거나. 살아 있는 사람의 눈에서 저런 빛이 나올 리가 없어. 귀신이거나 마녀이거나……. 그럴 거야. 내가 전생에 개였다니 믿어지지 않아. 늑대나 너구리였다면 모를까, 인간들에게 알랑방귀나 뀌면서 살아가는 개였다니……. 말도 안 돼. 무서워. 대체 왜 온 거니? 뭐, 이무기한테 쫓겨서 왔다고? 그럼 이 집도 안전하지 않을 텐데…….
 호랑지빠귀는 이모가 나오자 베란다로 숨어 버렸다. 수문이는 다음 주에 있을 마술 공연을 언급하면서 호랑지빠귀가 무척 두려워하고 있다고 입을 열었다. 이모는 당연하다고 맞장구쳤다. 그러면서 너무 걱정을 하지 않아도 되겠다고 하였다. 수문이는 제발 그렇게 되었으면 좋겠다고 하면서 휴대 전화를 들었다. 또 현이다. 현이가 이따 보자고 하였고, 수문이는 안 되겠다고 했다. 현이는 왜 안 되는지에 대해서 납득시켜 달라고 했다. 어처구니가 없었다.
 -내가 왜 오빠를 납득시켜야 해?

현이는 수문이 말을 무시하고 똑같은 말을 되풀이했다. 무슨 일이 있냐고, 있으면 말을 하라고, 말 못 할 이유가 뭐냐고. 뭐 그렇다고 따지는 투는 아니어도 그 정도는 알 권리가 있음을 은근히 강조하고 있었다. 수문이는 이모가 왔다고 간신히 말했다. 이모라는 말에 현이는 왜 이모가 있다는 말을 하지 않았느냐고 다시 서운하다는 말을 흘렸다. 이모의 눈이 계속 수문이를 정조준 하고 있었다. 여차하면 전화 좀 살갑게 받으라고 참견할 태세였다. 수문이는 전화를 끊고 이모를 보면서 정말 무슨 일이 없느냐고, 그렇지 않고서야 이모가 여기까지 찾아올 까닭이 없지 않느냐고 따져 물었다. 이모의 눈동자가 튀어나올 것처럼 커졌다.
　-너 내가 여기서 눌러살까 봐 그러지? 이년아, 걱정 마라. 이무기만 사라지면 네가 붙잡아도 안 있는다!
　또 이무기 어쩌고저쩌고하는데 이 세상에 이무기가 어딨느냐고 따지고 싶은 걸 겨우 참아 냈다. 이놈의 지지배가 컸다고 이모를 무시한다고 쏘아 대자 더 이상 맞불을 놓을 수 없었다. 수문이는 못 이기는 척 꼬리를 내리면서, 너무나도 사람을 대하는 요령이 없는 자신을 타박했다. 이모는 다시 이무기만 사라지면 네가 붙잡아도 여기에 있지 않겠다고 눈을 흘겼다.

수문이 머릿속에서 이무기의 후예인 뱀들이 떠올랐다. 이모의 눈에는 뱀들의 위치를 추적할 수 있는 특수 레이더 장치가 되어 있는지도 모른다. 그렇지 않고서야 숲이나 언덕의 모양, 바람이나 햇살의 감촉, 육감, 다른 동물들의 움직임만으로도 저기는 어떤 뱀이 얼마큼 있다는 것을 가늠할 수 있을까. 그 예측은 한 번도 빗나가지 않았다. 이모는 뱀 사냥을 가면서도 등산화나 장화 따위 그러니까 어금니 가득 맹독을 장전하고 있는 독사들의 공격을 최소한이나마 방어할 수 있는 그런 차림새하고는 늘 멀었고, 심지어 장갑도 끼지 않았으며 당연히 집게나 막대기도 사용하지 않았다. 뱀 입장에서 보자면, 그래도 자신은 인간의 목숨 하나쯤은 쉽게 무너트릴 수 있는 무기를 장착하고 있는데, 유사 이래로 수많은 인간들이 뱀을 두려워하고 때로는 숭배하기까지 했는데, 너무도 가녀려 보이는 여자가 불쑥 손을 내밀자 당황했고, 그 틈을 이모는 노렸을지도 모른다. 어쨌든 이모의 맨손을 이겨 낸 뱀은 이제껏 없었다. 이모의 팔뚝보다 굵고, 이모의 키보다 긴 구렁이까지, 이모의 손에 잡히면 맥을 추지 못했다.

이모는 잡아 온 뱀을 비료 부대 속에 넣어 흙으로 덮었다. 한 일주일 정도 묵혔다가 땅을 파 보면 부대 속에는 통통하게 살 오른 구더기들이 바글바글했다. 신기했다. 공기 한 점 침투할 수 없는 부대 속에 어떻게 구더기가 생기는지 이해할 수가 없었다. 이모도 모른다고 했다. 원래부터 뱀의 몸속에 구더기 알이 슬어 있었는지 파리가 인간들도 모르는 비법을 써서 부대 속에다 알을 투하했는지. 부대에서 구더기들이 떨어졌다. 닭들이 구더기를 쪼아 댔다. 무엇 때문인지 몰라도 구더기를 입안에다 넣었다가 다시 내뱉는 닭도 있고, 어떤 닭은 끝내 구더기를 먹지 않았.

구더기로 배를 채운 닭들은 털이 빠지기 시작하더니 며칠 만에 알몸이 되어 버렸다. 꽁지에만 서너 개의 깃털이 간신히 붙어 있을 뿐이었다. 살갗은 빨갛게 변해 갔다. 무서웠다. 죽은 뱀의 독이 구더기를 통해서 닭한테 옮겨 갔음을 알 수 있었다. 만약 그걸 인간이 먹는다면……. 인간의 머리털도 다 빠져 버리겠지. 온몸에 장미꽃보다 빨간 독꽃이 피어오르겠지. 수문이는 뱀독이 붉은색이라는 것을 그때 처음 알았다. 그러니까 뱀한테 물려서 죽으면 온몸이 빨갛게 변한다는 추측을 할 수 있었다. 이모는 계속 뱀을 잡아다가 구더기를 키워 닭한테 먹였다. 사람들은 그 닭을 뱀닭이라고 하였고, 어떻게 알았는지 꾸역꾸역 밀려들었다. 수문이는 뱀닭을 파는 이모나 그걸 먹는 사람들이나 제정신으로 보이지 않았다.

-이게 말로만 듣던 뱀닭이야. 옛날에는 첩을 많이 거느린 양반들이나 왕의 밥상에서나 볼 수 있었던 보약이라구. 뱀닭

이야말로 최고의 정력제야. 이 세상에서 뱀닭만큼 정력에 좋은 음식은 없어.

수문이는 그들의 얼굴이 빨개지고 민머리가 되어 버릴까 봐 걱정했으나 뱀닭을 먹고 머리가 빠지거나 얼굴이 빨개진 사람을 본 적은 없었다. 수문이는 벽에 붙은 뱀닭이라는 그림을 보면서 그때 이모가 정말 뱀을 많이 잡았다고 하였다. 이모는 그 말을 기다렸다는 식으로, 내가 죽으면 틀림없이 뱀들이 우글거리는 지옥에 갈 거라고 천장을 올려다보았다. 그렇다고 죄책감에 시달리는 눈빛도 아니고, 그렇다고 뱀들이 우글거리는 지옥으로 떨어지면 어쩌나 하고 걱정하는 눈빛도 아니었다. 뭐랄까. 왜 자신이 그럴 수밖에 없었는지 당신 자신에게 물어보는 듯한 눈빛이랄까.

17

HSM-222, 뱀옷을 입은 마법사

이모는 식탁 옆에 있는 그 그림을 오래오래 쳐다보았다. 허리 아래쪽은 뱀, 허리 위쪽은 무당. 작년 한 해 악다마에서는 한국의 마법사라는 주제로 무당에 대해서 공부했는데, 어느 날 꿈에 나온 마법사를 그린 그림이었다. 어쨌든 수문이는 무당에 대해서 푹 빠져 버렸고, 악다마 회원들이랑 굿하는 무당을 보려고 발품을 팔아 돌아다니기도 하였다. 우연히 진도에서 씻김굿을 본 날 밤새 잠을 이룰 수 없었고, 물에 빠진 넋을 건져 올리는 의식을 보면서 무당이야말로 위대한 마법사라는 확신이 들었다.

주혁이도 무당을 쫓아다녔다. 어쩌면 주혁이도 마법사가 되고 싶었을지 모른다. 주혁이는 걸핏하면 집에서 사라졌다. 수문이는 주혁이가 어디로 가든 궁금하지 않았다. 이모랑 아저씨의 발길이 닿지 못하는 곳으로 사라져 버리기를 은근히 바랐을 뿐. 이모랑 아저씨도 주혁이를 찾지 않았다. 때가 되면 돌아오겠지, 그런 눈빛이었고, 예상대로 주혁이는 돌아왔다. 그렇게 나갔다가 돌아올 때마다 주혁이의 키는 더욱 줄어들었다. 한번은 한 달이 지나도록 돌아오지 않았다. 그래도 이모랑 아저씨는 걱정하는 눈빛이 아니었다. 하지만 새벽에 걸려 온 전화 한 통을 받고는 놀란 표정을 지었고, 이내 두 사람은 어디론가 차를 타고 갔다. 오후 늦게 집에 온 주혁이는 더욱 작아져 있었다. 저러다가는 나중에 진짜 쥐며느리가 되어 버릴 것 같았다.

 -수문아, 그래도 너한테는 말을 해야 할 것 같아서. 들어 줄 거지? 주혁이 말이야, 진도에서 데려왔어. 주혁이가 그곳에서 하는 씻김굿을 보고, 무당이 되겠다고 한 모양이야. 한 칠십쯤 되어 보이는 사람인데, 막무가내 무당이 되겠다고 하는 주혁이를 쫓아 버렸더니 죽겠다고 바다에 뛰어든 모양이야. 주혁이는 무당 될 그릇이 아니래. 너무 여리고 약해서 힘들대. 무당이라도 될 수만 있다면 나는 안 말린다. 수문아, 아저씨가 무책임해 보이지? 근데 진심이야.

HSM-176, 호랑지빠귀를 쫓아가는 주혁이

 이모는 그 그림을 보면서 이게 정말 꿈 그림이냐고 물었다. 수문이는 고개만 끄덕여 주었다. 이모는 밤에 새를 쫓아다니던 주혁이가 떠오른다고 거의 혼잣말에 가깝게 읊조렸는데, 수문이를 쳐다보는 그 표정은 슬프다기보다 잃어버린 소중한 기억이 떠올랐다는 듯했다. 수문이는 그 꿈을 몇 번이나 되풀이해서 꾸었다고 덧붙였다.

 곱게 빻아진 달빛 가루가 마당으로 흐뭇하게 쏟아지고, 소쩍새들이 돌림 노래를 부르면서 자신들만의 비밀스러운 소식을 주고받던 날이었다. 수문이는 잠을 이루지 못하고 있다가 밖으로 나왔다. 이모네 집에 온 지 두 달쯤 되었을 때였다. 달은 한없이 둥글었다. 근처 어디선가 소쩍새들이 떠들어 대다가 이내 사라지고 호랑지빠귀들의 낮고 은밀한 목소리가 들렸다. 수문이는 소리가 나는 쪽으로 걸음을 옮겨 갔다. 수문이는 주전자의 무덤이 있는 도토리나무 쪽으로 올라가다가 걸음을 멈췄다. 또 다른 호랑지빠귀가 소리치고 있었다. 서툰 휘파람 소리. 온몸이 차가워졌다. 이 밤중에 누가 잠을 자지 않고……. 수문이는 몸을 낮췄다. 누군가 주전자의 무덤 뒤에서 움직였다. 주혁이였다. 주혁이는 호랑지빠귀의 말을 따라하면서 숲 속으로 들어갔다. 호랑지빠귀는 주혁이의 목소리를 듣고 조금씩 달아나고 있었다. 날개를 마음껏 휘저어서 멀리 날아가는 게 아니라 나무에서 나무로 건너뛰면서 조금씩 거리를 두고 있는 셈이었다.

수문이도 까만 숲으로 들어갔다. 상대가 주혁이라는 사실을 확인한 순간 묘하게 맥이 풀리면서 무섭다는 생각은 스러져 버렸고 또 알 수 없는 힘이 숲으로 유인하고 있었다. 주혁이는 달빛 가루를 흠뻑 뒤집어쓴 나무를 올려다보다가 새를 쫓아가다가 다시 나무를 올려다보기를 되풀이했다. 아무리 주혁이가 말을 걸어도 새들은 대꾸해 주지 않았다. 주혁이가 다가가면 다른 가지로 또 다른 가지로 피해 버렸다.

　-제발 피하지 마. 나는 너희들을 해칠 마음이 없어. 너희들을 해칠 수도 없어. 나도 힘들어. 나도 꿈이 무서워. 너희들도 꿈이 무섭지?

　다급해진 주혁이가 소리쳤다. 그 목소리는 수문이만 보면 독사를 경계하듯이 툭 쏘아 대는 목소리하고는 전혀 달랐다. 여자아이의 목소리로 착각할 정도로 가늘고 부드러웠다. 수문이는 주혁이가 밤마다 악몽을 꾸고 있음을 알았고, 처음으로 그 아이한테 다가가고 싶었다. 안타깝게도 주혁이의 입에서 나오는 말은 호랑지빠귀를 설득하지 못했다. 주혁이는 다시 휘파람을 불었으나 제대로 나오지 못했다. 호랑지빠귀랑 소통하기 위해서는 휘파람을 잘 불어야 했다. 왕이모는 휘파람을 잘 부는 수문이를 종종 다독였다. 너는 전생에 새였나 보다, 옛날에 미신을 믿는 사람들은 휘파람을 밤에 불면 귀신이 나온다고 했는데 왕이모는 그런 말을 믿지 않는다고 웃었다. 이 세상에는 하느님만이 존재하기 때문에 밤에 마음껏 휘파람을 불어도 상관없다고 눈에다 힘을 주었다. 휘파람이야말로 새들의 언어에 가장 가깝다는 말도 했다. 새들은 이가 없기 때문에 피리 모양으로 된 목구멍이나 부리로 입바람의 강약을 조절하여 말을 한다. 사람의 휘파람도 입술을 동그랗게 말아서 입바람의 강약으로 소리를 낸다는 왕이모의 말이 실감 났다. 수문이는 몇 번이나 주혁이한테 가서 휘파람을 가르쳐 주고 싶은 충동으로 몸을 떨었으나 끝끝내 몸을 움직일 수가 없었다. 두려웠다. 주혁이의 예측할 수 없는 눈빛이나 행동이 두려워서 단 한 발짝도 다가갈 수 없었다. 집으로 돌아왔을 때는 마당으로 쏟아지던 달빛이 하늘로 역류하고 있었다.

다음 날 아침이 되었다. 주혁이는 돌아오지 않았다. 주혁이한테 무슨 일이 생겼으리라는 불안감은 0.0000000%도 들지 않았다. 숲 속 어딘가에서 곤하게 잠이 들어 있는 모습만이 상상이 되었다. 수문이는 오후 4시쯤 마을버스 종점에서 내렸다. 119 구급차가 와 있었다. 뭔가 불길했다. 어깨에 걸친 가방을 가슴에 안고 곧장 뒷산으로 올랐다. 주전자의 무덤가를 지났다. 앞쪽에서 사람들 소리가 들렸다. 수문이는 주전자의 무덤이 있는 도토리나무 뒤로 몸을 숨겼다. 서너 명의 구급대원들이 보였고, 이모랑 아저씨 목소리도 들렸다. 들것에 실려 오던 주혁이가 주전자의 무덤가를 지날 무렵 고개를 번쩍 들었다.

-왜 나를 끌고 왔냐고! 난, 거기서 바윗덩어리가 되고 싶었는데…….

18

 이모는 수문이한테 휴대 전화 좀 빌려 달라고 하더니 밖으로 나가 버렸다. 어디 가느냐고 물을 새도 없었다. 이모는 한 시간이 지나도 오지 않았다. 마음이 불안해졌다. 수문이는 잔뜩 눈살을 찌푸리면서 바닥에 누워 버렸다. 잠시만 누워 있어도 등짝이 끈적끈적해지는 장마철이었으나 그런 찝찝함을 느낄 새가 없었다. 호랑지빠귀가 옆으로 날아왔다.

 ―정말 이모 맞아? 귀신 아냐? 아무리 봐도 보통 인간은 아니야. 뭐, 뭐라구? 그 인간이 모든 새들하고 말을 한다고? 그럼 신이야? 맞구나. 귀신이구나.

 ―킥킥킥, 귀신이냐고? 몰라. 아무튼 이모는 좀 특별한 사람이야. 이모는 바람보다 더 많이 숲 속을 돌아다녔어. 이모는 숲에만 들어가면 어딘가에 정신을 놓아 버린 것 같았지. 누군가 이모를 따로 조종하는 것 같았어. 이모가 가장 좋아하는 새는 흰배지빠귀야. 흰배지빠귀 알지? 그 수다쟁이들. 이모는 흰배지빠귀야말로 언어의 마술사라고 했어. 나도 그놈들 말을 적어 봤는데, 공책 한 권이 모자랄 정도였어. 그놈들 말은 도저히 흉내도 낼 수 없어. 이모는 새들의 입을 마법의 악기라고 했어. 이모는 그 숲에서 사는 모든 것들하고 친

했으며, 아주 오래전부터 그 숲에서 살아온 사람 같았어. 이모는 그런 사람이었어.

 -믿어지지 않아. 그런 인간이 있다는 게……. 그건 그렇고 내가 생각해도 흰배지빠귀 놈들은 떠버리야. 난 싫어. 참, 주혁이가 이모 아들이야? 아니라고? 그럼 뭐야?

 -호랑지빠귀야, 주혁이에 대해서는 나중에 내가 이야기해 준다고 했지? 그래, 네가 우리 집을 떠나기 전에 그 이야기를 할 수 있었으면……. 그래, 그래, 그래…… 벽에 붙은 그림 속 주인공들은 거의 대부분 주혁이야. 왜 그런지 모르겠어. 왜 그렇게 내 꿈속으로만 나오는지……. 나도 힘들어. 그래도 피할 수 없잖아? 그래서 그림을 그리는 거야…….

 주혁이는 이모네 집으로 들어간 첫날부터 수문이의 꿈속으로 파고들었다. 복숭아나무들이 쑥덕거리면서 복숭아를 먹고 있었다. 수문이가 좀 달라고 손을 내밀자, 너는 우리를 좋아하지 않기 때문에 먹을 자격이 없다고 얼굴을 찌푸렸다. 너는 우리를 보고도 아름다움을 느끼지 못하니까 복숭아를 먹어도 맛을 느끼지 못할 거라고. 너는 이 봄을 가장 봄답게 꾸미는 데 1등 공신인 복사꽃을 무시했기 때문에 우리도 너랑 친구 하지 않을 거라고. 수문이는 뭔가 변명하려다가 주혁이 목소리를 들었다. 불이야, 불이야, 불났다아! 이모네 집에서 검은 연기가 치솟고 있었다. 불은 현관문에 달라붙어서 닥치는 대로 먹어 치우고 있었다. 수문이는 목이 터지도록 이모를 불러 대다가 현관문 바로 앞에 쪼그려 앉아서 부채질을 하고 있는 주혁이를 보았다. 불아, 불아, 어서어서 이 집을 삼켜 버려라. 찰떡 먹듯이 꿀꺽 삼켜 버려라! 수문이는 미친놈이라고 욕설을 내뱉으면서 화장실에서 물을 담아다가 불의 아가리를 향해 뿌렸다.

-으악, 이게 무슨 날벼락이야!

누군가 수문이의 어깨를 잡았다. 아저씨가 수문이 이름을 부르면서 정신 차리라고 흔들어 댔다. 꿈이었다. 불은 꿈속에 있었고, 물은 현실에 있었다. 수문이는 꿈과 현실의 경계를 지나왔고, 이모랑 아저씨는 그런 수문이가 몽유병에 걸렸다고 했다. 수문이는 약을 먹어야 하느냐고 물었다. 아저씨는 그 정도는 아니라고, 몽유병은 주로 어렸을 때 나타나는데 크면서 저절로 사라진다고 했다. 수문이는 현실과 꿈의 경계를 넘나드는 게 병이 될 수도 있으며 때에 따라서는 위험할 수도 있다는 사실을 알았고, 왜 그런 꿈이 첫날부터 나타났는지 심각하게 고민했다. 이모랑 아저씨는 수문이만의 독특한 신고식이라고 하면서 웃었다.

19

주혁이는 바라보는 것조차 버거운 아이였다. 수문이는 정말 최선을 다해서 잘 지내보려고 했다. 어쩔 수 없이 같이 살아야 한다면 주혁이를 오빠라고 부르지 못할 이유도 없고, 아저씨를 이모부라고 부르지 못할 이유도 없다고 자신을 얼마나 달래고 달랬는지 모른다. 문제는 주혁이였다. 주혁이는 수문이게 말 한마디 걸지 않았고, 수문이가 같이 버스를 타자고 하면 휙 돌아다보면서 눈살을 찌푸렸다. 자존심이 상했다. 심지어 수문이를 향해 침까지 뱉었다. 비위도 상했다. 그 아이는 잔뜩 웅크리면서 걸었다. 그 아이의 눈에는 알 수 없는 분노와 불안이 항상 뒤엉켜 있었다.

수문이가 타고 다니는 마을버스들은 이미 심장이 닳고 닳아 고물이 되어 버린 상태라서 골짜기를 오르내리는 일이 힘에 부쳤다. 그러거나 말거나 사람들은 그 늙은 마을버스의 숨이 끊어질 때까지 모질게 일을 부려 먹었다. 늘 신음 소리를 내면서 달리는 버스는 걸핏하면 고장이 났고, 하여 한 시간에 한 번이라는 배차 시간이 제대로 지켜지는 날이면 오늘은 차가 산삼을 먹은 모양이라고 사람들 입에서 농담이 흘러나올 정도였다.

30분 정도 마을버스를 타고 가면 산허리에 세 들어 있는 자그마한 학교가 보였다. 그 학교는 도시의 변두리에서 오는 아이들이랑 그 골짜기 곳곳에 있는 전원주택 단지에서 사는 아이들이랑 그 골짜기에서 사는 토박이 아이들이 30:30:30의 비율로 섞여 있었다. 공부라고 하면 우리나라 어디에 내놓아도 뒤지지 않을 만큼 날고 기는 아이들이랑 아직 구구단조차 제대로 버무려 내지 못하는 아이들이 섞여 있는 곳. 저 7~80년대의 깡촌에서 자라는 듯한 아이들이랑 2010년대의 강남에서 자라는 듯한 아이들이 혼재되어 있는 곳. 느리고 빠른 수많은 시간들이 정체되어서 뒤엉켜 있는 곳. 수문이가 간 학교는 그런 곳이었다.

수문이는 학교에 가자마자 전교생의 눈빛을 받았다. 키가 커서 어디서나 눈에 띈다는 것, 그만큼 아이들에게는 경계의 대상이라는 것. 수문이는 어딜 가든 사람들의 눈빛을 가장 먼저 받았다. 너무 빨리, 너무 크게 자라 버린 몸 때문이었다. 그것 때문에 곤란하기도 하지만 좋은 점도 있었다. 누구든 수문이를 함부로 건드리지는 못했다.

전학 신고를 한 첫날, 1교시가 끝나자마자 세 명의 여자아이가 다가왔다. 얼굴이 제법 곱상하게 생긴 이랑이라는 아이가 수문이 눈을 도발적으로 째려보았다. 상대가 쳐다보면 볼수록 더 자신만만해지는 눈빛이었다. 이랑이가 여자아이들 중에서는 가장 영향력이 있는 존재임을 알 수 있었다. 이랑이 뒤로 어슬렁거리면서 따라붙은 혜빈이랑 시내도 키가 170센티미터를 웃돌았다. 게다가 체구까지 커서 다른 아이들에게는 위압적인 존재였다. 혜빈이랑 시내도 신발을 질질 끌면서 나름대로 자신들이 이 반에서 텃세를 부리고 있음을 과시하였다.

수문이는 대뜸 그들의 눈빛을 읽었고, 그들이 무엇을 원하는지도 알았다. 그들은 수문이한테 네가 아무리 크다고 해도 함부로 까불면 가만두지 않겠다는 경고의 페로몬을 끊임없이 보내고 있었다. 수문이는 그저 적당히 웃어 주고 대답해 주었다. 수문이는 그런 부류의 아이들을 다루는 법을 잘 알고 있었다. 적당히 거리를 두면서 그들의 영역을 인정해 주어야 한다. 그런 부류들은 겉으로 드러나는 체면을 중요시한다. 자신들의 영역을 인정해 주면 그들의 눈빛도 만족스럽게 변하면서 더 이상 위협적인 페로몬을 날리지 않는다. 수문이는 눈빛으로 그렇게 말했고, 대신 이유 없이 건드리면 그때는 가만두지 않겠다고 강한 페로몬을 날렸다.

수문이는 지금까지 싸워서 져 본 적이 없다. 상대가 남자

건 여자건 심지어 서너 살 많은 남자아이들하고 주먹다짐을 하여도 물러선 적이 없다. 수문이는 싸우다가 코피가 터져도 울어 본 적이 없고, 머리가 터졌어도 어른들에게 징징거리면서 달려간 적도 없다. 어쩌면 수문이는 너무 일찍 어린아이의 허물을 벗어 버렸는지도 모른다. 한수문이라는 인간에게 어린 시절이 있기는 있었을까. 맴맴맴맴…… 그렇게 매미처럼 종일 종알거려 본 적이 있을까. 새삼 수문이는 자신을 더듬어 본다. 훗날 아이가 엄마는 어렸을 때 어떻게 놀았냐고 물어 온다면 뭐라 대답할까. 엄마의 어린 시절 이야기를 해 달라고 한다면. 아, 숨이 막힌다.

-엄마는 어린 시절이 없었어.
저도 모르게 불쑥 그 말이 튀어나왔다.

수문이는 파란 풀밭에서 놀아 본 기억이 없다. 흙먼지 뒤집어쓰고 감실감실 햇살에 그을려 본 기억이 없다. 종일 소리 지르면서 놀다가 배가 고파 밥이든 과자든 볼이 터지도록 밀어 넣어 본 기억이 없다. 수문이는 늘 혼자였다. 초등학교에 간 뒤에도 친구들하고 섞이지 못했다. 무리 속으로 들어가도 즐겁지 않았다. 혼자 있는 게 더 좋았다. 한 번도 누군가에게 먼저 다가가지 않았다. 여럿이 놀아야 더 즐거워지고 놀이를 통해서 서로 친해진다는 아이들만의 법칙도 몰랐다. 서로 생일을 챙겨 주고 서로 눈빛을 부딪히면서 때로는 아플 정도로 살을 비벼 대기도 하면서 친해진다는 법칙을 몰랐다. 수문이의 어린 시절은 웅크림의 연속이었다. 학교만 끝나면 집에 와서 방에 틀어박혔다. 그래야 편했다. 고등학생인 윤식이가, 너는 벌써부터 고3처럼 공부만 하느냐고 타박하면서 억지로 끌고 나가서 배드민턴을 치거나 산책을 할 때도 즐겁지 않았다. 다행히도 왕이모네 식구들은 집 안에 틀어박혀 있는 걸 좋아해서 크게 간섭을 받지 않았다.

입안에서 늘 찬송가 테이프 돌아가는 소리가 나는 왕이모는 밥 먹고 화장실 갈 때를 제외하고는 항상 누워 있었다. 왕이모는 그렇게 누워 있을 때가 가장 자연스러워 보였으니까 그렇게 누워 살아야 할 와불이었다. 움직일 때도 직립 보행을 하기보다는 두 손을 앞발 삼아서 네발로 기어 다녔다. 그런 왕이모를 볼 때마다 왜 사람은 꼭 두 발로 걸어야만 하는지 네발로 기어 다니면 안 되는지, 왜 두 발이면 걷는다고 하고 네발이면 긴다고 하는지, 왜 두 발로 걷는 인간이 개보다 더 진화했다고 하는지, 수문이가 보기에는 개나 고양이가 사람보다 훨씬 더 자연스럽게 걸어 다니는데, 왕이모의 말로는 네발로 걸을 땐 디스크니 관절염 따위의 아픔은 없다는데. 수문이는 왕이모야말로 인간의 진화론이 잘못되었음을 보여 주는 표본이라는 생각을 몇 번이나 하였다. 이모부는 왕이모의 10분의 1도 되지 않을 정도로 작았다. 수문이는 종종 이모부가 잠을 자다가 왕이모한테 깔려 죽을지도 모른다고 불안한 눈길을 보내곤 하였다. 건축 일을 하는 이모부는 틈만 나면 낚싯대를 들고 집을 나섰다. 왕이모는 한 번도 집구석에 붙어 있으라고 목소리를 돋우지 않았고, 이모부는 한 번도 징그러운 살을 빼라고 얼굴살을 구긴 적이 없었다. 윤식이도 왕이모 못지않게 살이 쪄서 집에만 오면 뒹굴었으나 이모부는 거기에 대해서도 한마디 말이 없었다.

벚나무가 여섯 번이나 봄눈을 뿌리도록 왕이모네 식구들은 집 근처 계곡은 물론 놀이공원 한번 얼쩡거리지 않았다. 일요일 날 왕이모의 눈빛을 거역하지 못하고 교회 가는 발걸음이 유일한 나들이였다. 교회에서도 또래들하고 어울리지 않았다.

수문이는 늘 혼자였다.

공부만 죽어라고 하였다. 무슨 목표가 있었냐고? 천만의 말씀! 수문이는 마땅히 할 일도 없었고, 공부마저 놓아 버린다면 살아 있다는 것이 아무런 의미도 없어 보였다. 그 흔하디 흔한 휴대 전화도 없었고, 또래 아이들이면 누구나 한두 군데 이상 다니는 학원에도 다니지 않았다. 왕이모네 살림살이로는 윤식이의 학원비를 충당하기에도 벅차 보였다. 왕이모는 조금만 여유가 생기면 학원을 보내 주겠다고 했다. 그때마다 수문이는 억지로 웃으면서 학원에 다니지 않아도 잘할 수 있다고 어른 표정을 흉내 내려고 했다. 수문이는 그렇게 살아왔다.

반 아이들의 호기심은 시간이 지나가자 조금씩 무디어졌다. 수문이가 바라던 바였다. 수문이는 별 무리 없이 아이들이랑 지냈다. 이랑이 패거리가 은근히 조롱해도 못 들은 척했다. 수문이가 이 학교로 전학 오면서 결심한 게 있었다. 절대로 아이들이랑 싸우지 않기. 이모를 실망시키지 않기. 결국 공부를 하겠다는 거였다.

주혁이는 수문이가 이모네 집으로 들어간 지 보름 만에 처음으로 입을 열었는데, 저주스러워, 라는 말이 발사되어 수문이의 눈을 포격했다. 그래도 맞대응하지 않았다. 그로부터 며칠 뒤 두 번째로 입을 열었다.
  -꺼져 버려, 지옥으로!
  다음 날 주혁이는 세 번째로 입을 열었다.

-왜 나를 괴롭히는 거야? 대체 왜 나를 괴롭히니?

기가 찼다. 괴롭히다니, 뭘? 주혁이는 수문이가 물을 새도 없이 가 버렸다. 미치고 환장할 노릇이었다. 속 시원하게 까발리고 한판 붙어 보기라도 했으면. 이건 속으로만 웅얼거리다가 이해할 수 없는 말이나 불쑥불쑥 날리고 달아나 버리니, 대체 어쩌라는 뜻인지 맥을 잡을 수가 없었다. 그 다음다음 날 주혁이는 다시 소리쳤다.

-다 죽여 버릴 거야!

수문이 몸이 떨렸다. 죽인다고? 분노가 치밀었다. 수문이는 더 이상 몸을 통제할 수 없었다.

-어디 죽여 봐.

수문이는 주혁이한테 곧장 걸어갔다.

-어서 죽여 보라고, 대체 내가 너한테 뭘 잘못했냐고.

주혁이는 고개를 돌리고 터덜터덜 걸어가 버렸다. 이모는 그런 수문이를 보고 그냥 무시하라는 말만 하였다. 주혁이가 앓고 있는 마음의 병도 시간이 지나면 사라지게 되니까, 싸우지 말고 참으라고. 수문이는 말도 안 된다고 고개를 저어 버렸다. 한집에 살지 않는다면 모를까, 귀머거리이거나 맹인이라면 모를까.

-수문아, 네가 무슨 말을 하고 싶어 하는지 잘 알아. 주혁

이에 대해서, 네가 노력하고 있다는 것도 알아. 주혁이 때문에 네가 힘들어하는 것도 알아. 수문아, 조금만 더 노력해 보자. 사실 주혁이는 요새 더 안 좋아지고 있어. 그게 너 때문이라는 건 아니고, 이상하게도 요새 더 안 좋아지고 있어. 너도 알다시피 주혁이는 집에 오면 제 방에서 꼼짝도 하지 않아. 그냥 돌처럼 웅크리고만 있어. 컴퓨터도 하지 않아. 요새는 잠도 잘 못 자서 잠자는 약을 먹고 있단다. 문제는 약을 먹어도 깊이 잠들지 못하고 금방 깨어난다는 사실이야. 본인은 얼마나 괴롭겠니? 어제 새벽에는 머리를 방바닥에다 찧으면서 자해를 하기도 했어. 이모랑 아저씨가 얼마나 놀랐는지 몰라. 다행히 크게 다치지는 않았지만 이모랑 아저씨는 요새 밤만 되면 불침번을 번갈아 가면서 서고 있다. 알지, 왜 그러는지? 한 사람은 몽유병 때문에 걸핏하면 밤에 집을 나가고, 또 한 사람은 밤새 잠을 자지 못해서 자해를 하거나 방구석으로 기어든 쥐들하고 중얼거리거나 노래를 하늘이 터지도록 불러대거나…….

수문이도 주혁이가 SG워너비의 〈살다가〉라는 노래를 고래고래 부르는 소리를 들었다. 그때 수문이는 주혁이가 미쳤으면 좋겠다고 꼭 미쳐야만 편안하게 잠을 잘 수 있을 거라고 귀를 틀어막았다.

―수문아, 나도 그게 궁금해. 왜 주혁이가 힘들어하는지……. 물론 신경 정신과 치료를 받고는 있지만 의사 선생님도 그걸 모르니까 치료하기가 힘들대. 일단 우울증이라고 하더라만. 우울증도 범위가 넓어서 말이야. 낯가림이 심하고 소심한 것도 우울증이고, 시선 공포증이나 대인 공포증 이런 것도 우울증이고……. 의사 선생님 말로는 주혁이가 뭔가 큰 충격을 받았고, 그 충격이 마음의 상처가 되어 있다는 거야. 근데 말을 하지 않으니까, 무슨 일이 있었는지, 왜 마음의 문을 열려고 하지 않는지 모르겠다는 거야. 물론 제 아빠한테도 말을 하지 않아. 학교에 가서 선생님하고도 몇 번 상담을 했는데, 큰 문제는 없대. 공부도 잘하고. 내가 보기에는 공부를 더 잘할 수 있는데……. 주혁이는 수학 천재에 가까워. 다른 애들하고 문제를 바라보고 이해하는 방식이 달라. 그런데 시험을 보면 예상보다 많이 틀리거든. 담임 선생님이 그러시는데 주혁이가 일부러 문제를 틀리는 것 같대. 왜 그러는지는 모르겠지만 아마도…… 아마도 공부를 잘하면 주목을 받게 될까 봐, 그래서 다른 아이들한테 따돌림을 당할까 봐 그러는 것 같애. 주혁이는 이 학교로 오기 전까지 왕따 문제로 힘들어했거든. 이 학교에 와서는 본인이 따돌림당하지 않으려고 무척 애를 쓰고 있어. 그건 분명해.

20

 햇살은 뽀송뽀송했고, 그래서 산그늘이 봄 햇살을 거두어 가자 유독 아쉬움이 들던 어느 저물녘이었다. 아저씨가 수문이를 개울가로 불렀다. 아저씨는 아비인 당신조차 주혁이를 어찌할 수 없다면서 한숨 타령을 하였다. 아저씨는 어른으로서 아버지로서 가장으로서 항복해 버린 눈빛을 하고 있었다. 그렇다고 패배감이나 좌절감의 비율이 많이 섞인 눈빛은 아니었다. 여기서 아비 노릇을 하고 싶은데 그게 쉽지 않구나. 그러면서 갈 곳이라고는 지옥밖에 없을 정도로 정상적인 삶에서 이탈을 해 버린 당신을 남편으로 예우해 준 이모한테도 미안하고, 자신들이 없으면 이모랑 들꽃처럼 살았을 수문이 너한테도 미안하다고.

 아저씨는 뉴욕에서, 주혁이가 죽으려고 했다는 전화를 받았다고 했다. 부랴부랴 귀국을 해 보니 초등학교 4학년이라고 하기에는 너무나도 작은 아이가 병원에 누워 있었다. 아저씨는 큰 충격을 받았고, 그 문제로 아내하고 골이 깊어졌고, 결국은 이혼을 하였다. 그때부터 아저씨의 삶은 브레이크가 없었다. 삼류 깡촌에서 생겨나 일류 대학을 나오고 일류 기업에 입사하고 일류 여자하고 일류 결혼을 하고 일류 아파트에서 일류 음식을 먹고 일류 승용차를 굴리면서 살아온 삶의 무게는 너무도 허망하게 무너졌다. 아저씨는 재혼에 실패한 뒤 몸까지 아프기 시작했다. 일류 의료 장비조차 추적하지 못하는 병이었다. 가슴이 찢어지는 아픔에 옥죄였다가 팔다리가 마비되었다가 머릿속에서 마구 못질을 해 대는 듯 찌르는 아픔 때문에 떼굴떼굴 구르다가 얼굴이 벌건 두드러기로 범벅이 되었다가 고막이 터질 듯 윙윙거리면 귀를 막고 마구 소리를 지르다가 턱을 통째로 잘라 내고 싶을 정도로 생니가 아팠다가 어느 날은 입이 마비되었다가 눈까지 침침해졌다가……. 뭐 그런 증상들이 무시로 되풀이되었다. 직장도 다닐 수 없었다.

아저씨는 사는 게 하도 힘들어서 자살까지 생각할 즈음 이모라는 구세주를 만나게 되었다면서 숯가루를 집어 먹었다. 그 까만 숯가루가 사람의 몸에 들어가서 좋은 일을 한다는 게 도무지 믿어지지 않았다.
한 사람은 날마다 온갖 버섯을 먹어 대고 한 사람은 날마다 까만 숯가루만 먹어 대고 한 사람은 세상 모든 사람들하고 단절한 채 자기만의 세상을 꿈꾸고 있다는 생각을 하자, 수문이는 자신의 정신까지 이상해지는 기분이었다.

21

 이모네 집으로 들어간 지 한 달쯤 되었을까. 벌써 봄꽃들이 떨이를 외치며 시든 꽃잎을 날리고 있던 토요일 오후. 수문이는 개울가에 앉아 있다가 살려 달라고 아우성치는 병아리 소리를 들었다. 주혁이가 하얀 병아리 한 마리를 낚아채서 뒷산으로 올라가고 있었다. 수문이는 살금살금 주혁이 뒤를 밟다가 뱀을 보았을 때보다 더 크게 비명을 질러 댔는데, 그 소리가 가슴 속에 갇혀서 목구멍을 넘어오지도 못했다. 주혁이가 병아리의 목을 매달아서 죽이고 있었다.

 그다음 날도 그다음 날도…….

 주혁이는 동물들을 잡아서 죽였다. 닭이 가장 많이 희생을 당했고, 보일러실에다 둥지를 튼 딱새 새끼도 세 마리가 사라졌다. 목을 조르기도 하고, 나무 위에서 떨어트리기도 하고, 날카로운 가시로 찌르기도 하고, 불에 태우기도 하고, 무거운 돌멩이를 매달아서 물에다 빠트리기도 하고, 땅을 파고 산 채로 묻기도 하고. 손님들이 올 때마다 이모도 닭을 죽였다. 묘하게도 이모가 닭을 죽일 때는 잔인하다거나 엽기적이라거나 백정 같다거나 뭐 그런 느낌이 조금도 들지 않았고 오히려 어떤 성스런 의식처럼 느껴졌는데, 똑같은 동물이라고 해도 누가 어떻게 죽이느냐에 따라서 다를 수 있다는 걸 수문이는 알았다. 이모가 닭을 잡을 때는 아무렇지도 않았으나 주혁이가 동물을 죽이는 모습을 눈에 담을 때마다 몸에서 무엇인가 하나씩 빠져나가는 느낌을 받았고, 다리와 목과 입과 눈이 힘겨워하였다.

수문이는 처음으로 이모한테 혼자 살고 싶다고 울먹였다.

수문이는 염소를 닮았다는 말을 종종 들었다. 주혁이랑 같이 밥을 먹지 않겠다고 하거나 주혁이가 앉은 변기에 앉지 않겠다고 하거나 주혁이가 먹은 수저나 젓가락을 쓰지 않겠다고 하거나 주혁이의 손때가 묻은 비누를 쓰지 않겠다고 하거나 아무리 이모가 달래도 고집을 꺾지 않을 때마다, 넌 어쩜 염소랑 똑같니, 하고 이모는 웃어 버렸다. 수문이는 그 말이 싫지 않았다. 염소의 고집은 대단했다. 흑염소는 날마다 대문 앞에서 이모랑 아저씨하고 실랑이를 했다. 뭐가 불만인지 염소는 꼭 대문 앞에서 걸음을 멈추고는 뾰로통한 표정으로 꼼짝도 하지 않았다. 아저씨가 생풀을 뜯어 먹지 않는 개나 고양이나 인간이 보기에도 군침이 도는, 이슬이 촘촘하게 얹힌 연한 풀로 유혹해도 소용없었다.

-이놈의 고집이 누굴 닮았길래 날마다 저 산꼭대기까지 백 번도 더 오르락내리락하고도 남을 힘을 낭비하게 하는지, 언젠가는 이놈의 꼬라지를 꺾어서 버섯이랑 함께 푹 고아서 먹어 버릴 테야.

이모가 고삐를 잡아당기고 아저씨가 염소 엉덩이를 밀었다가, 아저씨가 잡아당기고 이모가 밀었다가 둘이 한꺼번에 잡아당겼다가 다시 아저씨가 잡아당기고 이모가 밀었는데, 그런 풍경은 날마다 계속 되풀이되었다. 그러다가 주혁이를 부르겠다는 말만 끄집어내면 염소는 눈빛이 위아래로 흔들렸고, 몸 전체의 비율에 맞지 않을 정도로 작은 꼬리를 부르르 떨었다. 주혁이가 죽이겠다고 위협을 해서 그런지 다른 동물들이 주혁이 손에 죽어 가는 것을 보아서 그런지 염소는 주혁이라는 말만 들어도 가랑이 사이에서 그의 생을 측정하는 붕알이 겁을 먹고 쪼그라들었다. 수문이도 주혁이라는 말만 들으면 왠지 가슴이 움츠러들었다. 그만큼 주혁이는 공포의 대상이었다.

22

 수문이도 겉으로 보기에는 별 문제가 없었다. 어떤 일이 있어도 공부만은 놓아 버리면 안 된다고 스스로를 긴장시켰고 친구들하고 잘 지내보려고 노력하였다. 특히 이랑이 패거리들하고도 적절하게 거리를 두면서도 우호적인 관계를 유지하였다. 그래야만 학교생활이 평화로울 수 있다는 사실을 본능적으로 알았다.
 이랑이의 생일날에는 생리통으로 머리앓이가 심한데도 끝까지 그들이랑 자리를 같이하는 투혼을 발휘하기도 했다. 이랑이는 자기하고 친한 친구들을 샐러드 바로 초대를 하였다. 모두 아홉 명이었다. 남자아이들도 셋이나 보였다. 수문이는 그런 자리가 처음이었다. 야, 너 되게 조금 먹는다. 엄청 많이 먹을 것 같은데. 이름을 모르는 남자아이가 입안 가득 욱여넣은 음식을 씹으며 말했다. 그 아이는 160센티미터도 되어 보이지 않았다. 수문이는 그냥 어색하게 웃었다. 야, 쟤는 전형적인 초식 동물이야. 기린이 키 크다고 많이 먹겠냐? 키 작은 하이에나 같은 육식 동물들이 많이 먹지. 또 누군가 아는 체했다. 야, 한수문, 근데 너 외국에서 살다 왔냐? 영어 되게 잘하더라. 이번에는 이랑이 옆에 앉은 여자아이가 물었다. 수문이는 아니라고 고개를 저었다.

 수문이는 그곳으로 이사한 뒤 더 많은 시간을 영어 공부에 다 투자하고 있었다. 그건 자신과의 약속이었다. 이모랑 아저씨는 단 한 번도 공부에 대한 언질을 하지 않았다. 당연히 학원도 보내지 않았다. 집에서 누군가에게 도움을 받을 수도 없었다. 수문이는 소리에 민감하여 인터넷을 통해 영어 발음을 정확하게 귀에다 담아서 입으로 내뱉었다. 수문이의 영어 발음은 괜찮은 편이었다. 그래서 수문이를 외국 유학파로 착각하는 부류가 있다는 걸 이미 알고 있었다. 문제는 수학이었다. 주혁이가 수학 천재라는 걸 알고 있으면서도 전혀 도움을 받을 수 없었고 수학 문제를 보면 한숨부터 나왔다.
 ―수문아, 많이 먹어. 이런 데는 너 같은 애들이 많이 먹어 줘야 본전 뽑아. 그리고 우리랑 친하게 지내자. 우리는 친하게 지내고 싶은데…… 어때?
 수문이는 이랑이를 보면서 고개를 크게 끄덕여 주었다. 시내가 디카를 꺼내서 아이들을 찍었다. 아이들은 디카에 익숙했다. 디카를 들이대기만 하면 우물거리던 입을 멈추고 손을 들어 브이 자 모양을 하였다. 수문이만 어색했다. 아이들은 디카뿐만 아니라 휴대폰으로도 서로를 찍어 댔다. 새로운 음식을 가져올 때마다 서로를 찍고 또 찍었다. 나중에 미니홈피에 올린다고 했다. 야아, 수문이 쟤 사진발 캡이다. 몸에 비해서 얼굴이 작아서 그래. 너 모델 해도 되겠다. 혜빈이가 말했다. 야, 키 크는 비결 좀 알려 주라. 누군가 말했다. 수문이는 어서 이곳을 나가고 싶었다. 재미가 없었다. 친구들이랑 맛있는 음식을 먹으면서 수다를 떨고 사진 찍는 게 재미가 없었다. 노래방으로 자리가 옮겨진 뒤에도 흥이 나지 않았다. 그런 자신이 싫었다.

집에 오자마자 이랑이한테서 미니홈피 주소를 가르쳐 달라고 메시지가 날아왔다. 수문이는 벽에다 등을 기대고 한참을 그냥 가만히 앉아 있었다. 뭐라고 답장을 보내야 할지 막막했다. 이 세상에서 미니홈피를 가지고 있지 않은 아이가 있을까. 수문이는 인터넷이라는 세상을 인지하기 시작할 때부터 미니홈피에다 자기 사진을 올리고 여럿이 들어와서 수다를 떨어 대는 행위가 유치해 보였다. 반 카페에다 무기명으로 친구들의 험담을 늘어놓고, 그 험담에다 이러쿵저러쿵 댓글을 달아 대는 아이들 놀이에 한 번도 가담하지 않았다. 수문이가 인터넷 세상으로 들어가는 이유는 이러저러한 지식을 검색하거나 영어를 공부하기 위해서이다. 수문이는 형식적으로 이메일 주소를 만들었지만 한 번도 확인을 해 보지 않았을 정도로 관심이 없었다. 수문이는 연예인들에 대해서도 관심이 없었다. 당연히 연예인들의 이름을 치고 그들의 사생활이 흘러나온 이러저러한 글들을 한 번도 찾아보지 않았다. 수문이는 그런 아이였다.

내가 지금 잘 살고 있을까.
수문이는 누군가에게 물어보고 싶었다.

그날 밤 수문이는 이상하게도 잠을 이룰 수가 없었다. 왜 친구들하고 어울리지 못하는지, 왜 친구들하고 어울려도 재미가 없는지……. 머리만 아팠다. 수문이는 새벽 2시가 넘어서자 조심스럽게 다락문을 열고 아래로 내려왔다. 이모랑 아저씨는 난로 오른쪽에서 서로를 향해 모로 누운 채 꼭 껴안고서 잠들어 있었다. 서로 다르게 살아온 사람들이 서로 사랑하게 되면 저렇게 불편한 자세로 잠을 자도 편안할 수가 있을까. 만약 그렇다면 사랑이라는 건 정말 대단하다. 수문이는 어서 이모랑 아저씨처럼 누군가를 사랑하면서 살고 싶었다. 아니 20대 혹은 30대가 되어서 누군가를 사랑하는 게 아니라 어서 이모랑 아저씨의 나이가 되어 버려 누군가 이렇게 훔쳐보아도 안정감이 있고 편안하면서도 평화로운 풍경이 되었으면 좋겠다고 중얼거렸다.

나도 나중에 누군가를 저렇게 사랑할 수 있을까. 내 또래들하고 아무리 눈빛을 주고받아도 달콤한 맛을 느낄 수 없는데, 세월이 흐르면 가능할까.

23

주혁이는 늘 이모나 아저씨의 눈빛이나 목소리의 파장이 미치지 못하는 곳에 있었다. 쥐들이 비밀회의 장소로 이용하는 어두운 골방에 동면하는 동물처럼 처박혀 있거나 끝이 보이지 않는 나무 꼭대기에 올라가 있거나 뒷산 어딘가에 굴을 파고 역시 사람의 메아리가 도달할 수 없는 곳까지 들어가 있거나. 주혁이랑 수문이는 한집에 살면서도 1초 이상 눈빛을 마주치지 않았다. 그들은 서로에게 보이지 않는 존재이기를 바랐다. 그들에게는 같은 공간을 살아간다는 동질감이 하나도 없었다. 집 안에는 늘 아저씨하고 이모의 목소리뿐이었다. 이모네 집에는 뱀닭을 먹으러 오는 사람들 말고도 이모랑 아저씨와 인연이 얽힌 이러저러한 손님들이 끊이지 않았다. 손님들은 깊은 산골에 와서 삶에 지친 그늘을 털어 내고 가는 게 목적이었는지라 먹고 마셔 대고 노래를 부르다가 적당히 때가 되면 다시 도시로 돌아갔다. 마당에서는 늘 장작

불이 한자리를 차지했고 고기 굽는 냄새가 건너편 산기슭에 사는 별명이 저팔계인 스님의 코를 괴롭혔다. 이모랑 아저씨를 보고 이렇게 많은 사람들이 모여든다는 사실이 그저 신기했을 뿐. 아무리 많은 사람들이 모여들어도 그들은 늘 방관자였다. 이모는 유행가나 진도 아리랑 같은 타령을 불러 대면서 춤을 추었다. 한번 뿜어져 나온 이모의 가락은 새벽이 올 때까지 그치지 않았다. 이모랑 아저씨는 누가 손가락질을 하거나 말거나 전혀 신경 쓰지 않고 당신들 뜻대로 살았다. 근처에 사는 사람들이 이모랑 아저씨를 구설에 올려 입방아를 찧기도 했으나 고욤나무집 할머니는 달랐다.

-염병하게도 보기 좋네.

그 한마디에 할머니의 모든 감정이 다 들어 있었다. 가끔씩 할머니도 춤을 추었다. 보는 사람의 어깨를 절로 들썩이게 하는 이모의 춤하고는 달리 흥이라고는 눈 씻고 찾아도 없고 왠지 비장함으로 눈이 서늘해지게 하는 춤. 당신의 살아온 생을 춤으로 하소연하고 싶었는지도 모른다. 할머니는 당신의 생이 버거울 때마다 혼자 춤을 추었다고 하였고, 당연히 어디서 배운 바도 없고 그냥 몸이 가는 대로 흔들어 대는 품새라고 수줍어했다. 수문이는 그런 할머니의 수줍은 미소가 특별해 보였다. 생을 버무릴 만큼 버무려 온 노인의 얼굴에서 흐르는 수줍은 미소란 보는 사람을 꼼짝하지 못하게 하였다.

-니들도 춤을 춰. 춤을 추지 않는 것들은 다 죽은 것들여.

주혁이는 그런 할머니를 언젠가는 저 마귀할멈을 죽이고야 말겠다고 노려보았다. 그때마다 소름이 끼쳤고, 수문이는 날마다 주혁이로부터 멀어지려고 발버둥 쳤다. 그래야만 소화가 되었고 그래야만 손톱이나 발톱이 자랐으며 그래야만 잠시나마 마당을 걸을 수가 있었다.

수문이는 늘 설사에 시달렸다. 공부도 자기 뜻대로 되지 않았고 친구들하고도 잘 섞이지 못했고 집에 오면 주혁이 때문에 긴장이 되었다. 게다가 지난 중간고사와 일제고사에서 굴욕을 맛보았다. 그건 수문이가 상상도 할 수 없는 결과였다. 수문이는 기말고사 일정을 보면서 더 이상 물러설 수 없다고 입술을 깨물었다. 수문이는 이모가 걱정스럽다고 할 정도로 공부에 몰두하였다. 절박했다. 무엇인가를 찾아야 했고 무엇인가를 세워야 했고 무엇인가를 잡아야 했다. 수문이는 자기 자신이 물수제비질 해 가는 돌멩이라고 생각했다. 언제든지 힘이 떨어지면 차갑고 캄캄한 바닥으로 추락하고야 마는 돌멩이. 떨어지지 않으려면 추진력을 가지고 있어야 하고, 지금 자신에게 추진력이란 공부밖에 없다고. 수문이는 자기만의 탈출구를 찾고 싶었다. 수많은 탈출구 중에서 공부가 그 하나이기를 바랐다. 실제로 수문이는 초등학교 6년 내내 우등생이었다. 그것을 잠시 잃어버렸을 뿐이라고 자신을 달랬다. 결과도 좋았다. 기말고사에서 1학년 최정상의 자리에다 한수문이라는 깃발을 당당하게 꽂아 버렸다. 아이들은 놀라운 눈빛으로 수문이를 쳐다보았다.

성적이 발표된 다음 날이었다. 체육을 하고 들어와 보니 수문이의 공책들이 처참하게 찢겨 있었다. 이랑이 패거리의 짓이었다. 수문이가 이랑이의 아성인 1등 깃발을 뺏어 버린 게 화근이었다. 점심때 시내가 수문이의 가방을 가위로 잘라 버렸다. 반 아이들이 보는 앞에서 공개적으로 선전 포고를 하고, 어서 무릎을 꿇지 않으면 상상할 수 없는 보복을 가한다고 엄포를 놓았다. 다른 반 아이들까지 원정 와서 수문이 주위를 울타리 치면서 위협하였다. 아이들 눈이 일제히 수문이한테 모였다. 아무리 네가 키가 크다고 해도 쟤들은 당해 낼 수 없어. 그러니까 적당히 타협하라는 눈빛임을 수문이는 알았다. 수문이는 또 하나의 언덕을 넘어서야만 한다는 사실을 깨달았다. 그건 정말이지 수문이가 원치 않는 길이었다. 피할 수만 있다면 피하려고 했으나 피할 곳은 물론이요, 돌아갈 곳도 숨을 곳도 없었다. 수문이는 똑같은 방법으로 대응했다. 아이들의 눈길을 하나의 정점으로 모아 놓고 시내의 가방을 짓밟았다. 발로 가방을 밟고 있었지만 몸의 중심은 눈에, 두 개의 눈으로 모여 있었다.

-야, 쫍냐? 그럼 다 덤벼. 너희들 다 덤벼!

시내가 수문이한테 욕설을 퍼부으면서 달려들었다. 수문이는 그런 시내를 긴 발로 찍어 찼다. 시내는 비명에 가까운 소리를 토해 내면서 책상에 부딪혔고, 곧바로 이랑이랑 혜빈이가 달려들었다. 앞과 뒤, 옆에서 달려든 여자아이들이 수문이 허벅지를 물어뜯고 머리를 잡아채고 손톱으로 목을 쥐어뜯었다.

-메헤헤헤 메헤에에에……!

수문이는 욕 대신 염소 소리를 토해 내면서 발길질하고 머리로 들이받고 주먹을 휘둘렀다. 수문이는 계속 염소 소리를 냈다. 그럴수록 강해졌다. 수문이는 손에 잡힌 이랑이를 걸레가 될 정도로 들이받고 물어뜯다가 내동댕이쳤다. 누군가 하나쯤은 비극적인 결과를 맞이해야만 이런 갈등이 해결된다고 작정을 하였고, 그럴수록 수문이는 자신을 통제할 수 없었다. 2학년 남자 선배들이 들이닥치지 않았더라면 그들 중 하나가 비극적인 결말을 맞이했을지도 모른다.

24

그날 저녁 이모네 집으로 낯선 여자들이 들이닥쳤다. 수문이는 한눈에 그들의 정체를 파악했다. 맨 앞에서 걸어오던 여자가 뱀닭을 보고는 에구머니나! 하고 소리쳤다. 뒤뜰에서 새를 돌보던 이모가 마당으로 걸어 나갔다. 이모도 대뜸 상대방을 알아보고는 평상에 앉으라고 권했다. 여자들은 그런 이모를 단숨에 격침시켜 버리겠다고 작정했는지, 평상에 앉을 틈은 없고요, 하더니 뒤를 돌아서 뭐라고 소리쳤다. 그러자 차에서 수문이한테 얻어맞은 아이들이 굼실굼실 기어 나왔다. 모두 모자를 푹 눌러쓰고 있었다. 여자들은 아이들이 마당으로 들어서자마자 수문이를 불러내라고 악을 썼고, 수문이가 집에서 나오자마자 그중 한 여자가 다가가서 미친개가 나온다고 손가락질했다.

수문이는 그 여자들을 다 인수 분해 해 버리고 싶었다.

여자들은 이모한테도 사납게 삿대질을 하였다. 여기까지 끌려온 여자아이들은 여기저기 물어뜯기고 할퀴이고 챈 멍이나 상처를 보여 주면서 쇠끝 같은 손가락을 마구 휘둘렀다. 여자들은 먼저 수문이한테 사과를 하라고 핏대를 세웠고 이모한테는 이 모든 사태를 책임지라고 눈알을 굴려 댔다. 병원 진단서까지 끊어 왔기 때문에 여차하면 경찰에 고발하겠다는 협박이 무시로 날아왔다. 너무 분노에 차서 말을 하다가 버벅대는 여자도 있고, 아이들을 저 지경으로 만들었다면 저건 인간이 아니라 맹수니까 당장 우리에다 가둬야 한다고 발을 구르는 여자도 있고, 진단서인지 뭔지를 만지작거리면서 이모한테 어서 납득할 만한 대답을 해 달라고 차분하게 따지는 여자도 있었다. 어쨌거나 이모는 얼마든지 할 말이 있으면 다 쏟아 보라는 식으로 한마디 말이 없었다. 이모도 사과하지 않았고 수문이도 사과하지 않았다. 여자들은 몸을 부들부들 떨거나 이를 부득부득 갈아 대거나 손가락뼈가 으스러지도록 주먹을 쥐거나 눈알이 터져 나가도록 눈에 힘을 주거나 하면서 가만두지 않겠다고 하고는 돌아갔다.

-수문아, 이모 알지? 이모는 거짓말하는 걸 가장 싫어해.

거짓말을 하지 않아야 사람은 당당해질 수 있어. 나는 네가 앞으로 어떻게 살든 관여하지 않겠지만, 이것 하나만큼은 꼭 말해 주고 싶어. 당당하게 살아. 잘나든 못나든 부자든 가난하든 상관없어. 당당하게 살면 돼. 자, 말해 봐. 그래야 이모도 당당할 수 있지.

 수문이는 자꾸만 생각이 토막토막 끊기면서 생각의 절름발이가 되어 버릴 것만 같은 두통에 시달리며, 이모한테 조금도 과장하지 않고 심지어 그 아이들 중 하나를 죽여 버리고 싶었다는 감정까지 솔직하게 풀어 놓았다. 이모는 수문이가 말하는 동안 한 번도 끼어들지 않았고, 수문이가 더 이상 할 말이 없다고 하자, 네 몸과 마음이 원하는 대로 행동하라고 했다. 아저씨랑 주혁이는 그 일에 대해서 한마디 언급이 없었다. 일정하게 거리를 두고서 지켜만 보았다.
 1학년 전체 학생이라고 해 봤자 팔십 명밖에 되지 않으나 그래도 전교 1등이라는 상징성은 있기 마련이다. 어처구니없게도 수문이는 전교 1등 고지를 점령했으면서도 점령군 행세를 단 하루도 해 보지 못하고 문제아로 추락해 버렸다. 이 학교 역사상 이런 일은 처음이라고 선생님들이 탄식했다. 그 누구도 수문이를 전교 1등인 우등생으로 보지도 않았고 인정해 주지도 않았다. 이랑이 패거리들을 전치 4주에서 12주진단이 나오도록 묵사발 내 버린 무지막지한 깡패로 색깔을 입혀서 보았다.

이모는 무시로 경찰서를 들락거렸다. 이모는 경찰서에 가서 무슨 말을 하였는지 수문이에게 한마디도 언질을 하지 않았다. 늘 너는 잘못한 게 없으니까 당당하라는 말만 되풀이하였다. 물론 학교에도 계속 드나들었다. 선생님은 수문이를 학교 징계 위원회에 넘긴다고 하면서 도장 찍듯이 쳐다보았다. 수문이는 징계 위원회에 출석하지 않았다. 반성문을 써 내라고 해도 반성할 게 없으므로 쓰지 않겠다고 입을 다물어 버렸다. 먼저 사과를 하라고 할 때도 거절했다. 수문이는 담임 선생님을 비롯하여 학년 주임 선생님, 교장 선생님, 교감 선생님까지 모두 한통속이라고 결론을 내렸다.

여름 방학을 사흘 앞둔 날 학교 게시판 앞으로 아이들이 모여들었다. 학교 징계 위원회의 판결문이 붙어 있었다. 수문이는 한 달간 학교에 나와서 화장실을 비롯하여 도서관 청소를 해야 하고, 한 달간 하루도 빠짐없이 반성문을 제출해야 한다는 내용이었고, 수문이하고 싸운 아이들은 딱 두 명만 징계를 받았는데 일주일간 사회봉사를 한다는 내용이었다. 수문이는 게시판을 열고 선생님들이 내린 그 잔인한 판결문을 박박 찢어 버렸다.

수문이는 불과 몇 개월 만에 모범생에서 문제아로 추락해 버렸다. 비참했다.

모범생과 문제아의 차이란 그런 거였다.

할 수만 있다면 학교를 발로 밟아서 다 으스러트리고 싶었다. 그나마 다행인 것은, 수문이가 아는 선생들이란 진실함과는 너무나도 거리가 멀어 보이는 눈빛을 가진 별종들이었고, 단 한 번도 선생이 되겠다고 그들을 우러러본 적이 없다는 사실이었다.

수문이는 교문을 나와 걸었다. 햇살은 테러를 하듯이 강렬한 빛을 쏟아 냈다. 어지러웠다. 그래도 쉬지 않았다. 얼마나 더 걸었는지 모른다. 옆으로 먼지를 일으키면서 트럭 한 대가 지나가자마자 수문이는 깊은 웅덩이에 빠지듯이 앞으로 꼬꾸라졌다. 아픔도 느껴지지 않았다. 세상이 빙글빙글 돌았다. 수문이는 이대로 사라져 버리고 싶었다. 인간이 아니어도 좋으니까 어디론가 사라져 버렸으면 했다. 그러다가 개미 한 마리가 눈으로 들어오는 아픔을 느꼈다. 수문이는 죽은 새나 곤충들을 숱하게 보았다. 맨 먼저 개미가 찾아와서 꺼져 버린 생명의 구멍을 찾았다. 이를 테면 눈이나 귀, 입, 코, 배꼽, 항문 따위. 개미가 그런 구멍으로 들어간다는 것은, 쓰러진 생명체가 더 이상 살아날 가망이 없거나 이미 맥이 끊어졌음을 의미한다.

25

 호랑지빠귀는 수문이의 이야기 듣는 걸 좋아했다. 어떨 때는 마술 연습을 하다 말고 밤새도록 수문이의 이야기를 들어주었다. 수문이는 살아온 이야기를 하다가 저도 모르게 주혁이라는 이름이 나오면 흠칫 놀라면서 자신의 입술을 손가락으로 만지고는 고개를 흔들어 버렸다. 다른 이야기는 다 해도 주혁이 이야기만큼은 편안하게 내놓을 수가 없었다. 지금도 마찬가지다. 수문이는 반쯤 눈을 감고 주절주절하다가 은연중에 주혁이 이야기가 나오자 슬그머니 말꼬리를 흐리고는…… 이 이야기는 다음에 해 줄게, 하고 말꼬리를 돌렸다. 호랑지빠귀는 무슨 사연이 있는지 모르겠으나 이해한다고 말해 주었다.
 ─나도 그런 기억이 있어. 유리창에 부딪혀서 정신을 잃었을 때…… 눈을 떠 보니 내 입으로 개미들이 기어들고 있었어. 난 죽었구나 생각했지. 그 기분은, 경험하지 않은 이들은 몰라. 죽음이라는 게 두렵기도 하면서 또 한편으로는 살고 싶은 울렁거림이 몸을 흔들어 대지만 어디 내 맘대로 움직일 수가 있어야지. 개미란 놈들이 몰려들수록 어서 의식이 끊어지기를 바랄 뿐……. 그때 관리소장이 나를 본 거야. 천만다

행이지. 넌 어떻게 됐니? 쓰러진 다음에…….

 -꿈을 꿨어. 난 소리에 민감했거든. 햇살 한 톨 굴러다니지 않는 지하 방에서 나는 모든 소리를 들을 수 있었어. 저건 돈벌레가 등을 긁어 대는 소리고, 저건 개미가 방바닥에 떨어진 과자를 갉아 대는 소리, 저건 곱등이가 긴 뒷발을 씻는 소리고, 저건 먼지가 내려앉는 소리고, 저건 바람이 들어오는 소리고……. 지하에서 나가는 문은 항상 바깥에서 잠겨 있었지. 난 레고 놀이를 하거나 인형 놀이를 하거나 잠을 자거나 과자를 먹거나 텔레비전을 보거나…… 아무도 놀아 주는 사람이 없었어.

 난 세상 모든 아이들이 그렇게 살아가는 줄 알았어.

 내가 몇 살이었는지 정확하게 알 수는 없지만 무더운 여름날이었다는 기억만큼은 확실해. 텔레비전을 보다 잠이 들었는데 눈을 떴을 때 방 안은 물의 나라였어. 난 이상하게도 놀라지 않았어. 오히려 재미있더라. 날마다 그렇게 물놀이를 하고 싶더라. 물이 내 허리를 지나 목을 지나 턱까지 올라오자 그제야 무서워지기 시작했지. 말도 나오지 않았고, 그냥 허우적허우적하다가 정신을 잃어버렸어. 머릿속에서 불이 꺼지는 느낌. 눈을 떠 보니 눈이 환했어. 그런 느낌 너도 알지? 그랬어. 길에서 쓰러졌다가 입안으로 들어오는 개미를 의식하면서 정신을 잃었는데 눈을 떠 보니 또 병원이었어. 어렸을 때 지하실에서 정신을 잃었을 때랑 똑같았지. 그러니까 두 번이나 정신을 잃은 셈이야. 그러고도 멀쩡하게 살아 있는 날 보고 이모는, 넌 벌써 평생 할 액땜을 다했으니 앞으로는 좋은 일만 있을 거라고 하더군. 내 몸은 종합 병원이나 다름없었어. 빈혈에다 영양실조에다 저체중증에다 신장 기능 저하에다 일시적인 시력 저하증에다 신경성 장염, 위염, 거기에다 갑상선에도 문제가 있고 우울증도 있다고 하였고 앞으로도 수백 가지 검사를 더 해야 한다고 했지.

그래도 이모하고 단둘이 있다는 게 좋았어. 그 시간이 너무 아까워서 잠을 잘 수도 없을 정도로. 난 그렇게 살고 싶었어. 왕이모네 집을 떠나올 때부터 그렇게 이모랑 둘이서만 살을 맞대고 살 줄 알았으니까. 이모가 왜 문병 오는 친구 하나 없냐고 물었지. 난 친구가 없다고 솔직하게 말했어. 이모는 그게 마음이 아프다고 했어. 돈 없어도 살 수 있고 좋은 대학 안 나와도 살 수 있으나 친구 없이는 살 수 없다며……. 난 이모의 말을 부정하고 싶었어. 내가 입원하자 아저씨가 주혁이를 데리고 나가겠다고 했대. 이모는 내가 서운할지 몰라도 반대했다고 하였어. 의사 선생님도 나랑 주혁이가 떨어져 지내는 게 좋겠다고 했대. 그래도 이모는 주혁이만큼은 감싸 안으려고 했어. 이런 말도 했지. 왕이모랑 통화를 했다고. 나를 다시 보내려고 했는데, 이모부가 몸이 아파서 집에 누워 있으니까 거기로 갈 수도 없다고. 이모가 나를 보고 물었어. 주혁이랑 따로 살까? 난 응, 하고 대답하려다가 엉뚱하게도 혼자 살고 싶다고 말하고야 말았지. 이모는 그 말을 주혁이랑 따로 살고 싶다는 뜻으로 받아들이겠다고 하였어. 난 고개를 저었어. 그냥 혼자 살고 싶다고. 이모한테는 아저씨가 필요하니까 그렇게 살아야 하지 않느냐고. 그냥 나만 작은 가지를 치듯이 떨어져 나오면 되는 거 아니냐고. 그제야 이모는 무슨 말인지 알겠다고 했어. 그런 거라면 조금만 더 이모한테 시간을 달라고. 이모도 날 오래 붙잡을 마음은 아니라고. 고등학교는 기숙사 있는 학교나 혹은 자취를 할 수 있는 곳으로…… 그때까지만 시간을 달라고……. 어어, 말을 하다 보니 주혁이 이야기까지 다 해 버렸네. 하도 토막토막 해서 너도 잘 모르겠지? 그래 묻지는 말아 줘. 나중에, 나중에 주혁이에 대한 이야기를 편하게 할 수 있으면 좋겠어.

수문이는 일주일 만에 병원에서 퇴원했다. 의사들은 당분간 안정을 취하고 절대 무리를 하지 말라고 하였다. 수문이는 학교도 가지 않았다. 이모가 담임 선생님이랑 통화를 했다. 방학을 며칠 남겨 두었기 때문에 학교에 오지 않아도 된다는 말을 수문이한테 전했다. 어쩌면 그들은 수문이가 영영 학교에 나타나지 않기를 바랄지도 모른다. 수문이는 날마다 약을 한 주먹씩 먹었다. 해를 보면 멍했다. 하루 종일 졸렸다. 수문이는 책도 보지 않았고, 말도 하지 않았다. 밥을 먹고 자고 다시 눈을 뜨면 밥을 먹고 자는 걸 되풀이했다. 그렇게 일주일을 보내자 아저씨가 와서 억지로 바깥에 나가서 돌아다니라고 내쫓았다. 수문이는 발이 가는 대로 숲을 돌아다녔다. 그러다가 지쳐 주저앉았을 때 동굴 하나가 보였다.

날마다 동물들을 잡아서 죽이는 실험을 하던 주혁이는 식구들의 감시가 심해지자 갑자기 두더지가 되어서 땅굴만 파댔다. 주혁이가 얼마나 많은 동굴을 팠는지 그건 아무도 모른다. 주혁이는 동굴을 파면서부터 더 이상 동물을 죽이지 않았다. 주혁이의 몸에는 알 수 없는 활기가 넘쳤다. 수문이는 주혁이가 동굴 속으로 사라질 때마다 자기만의 세상으로 탈출하기를 바랐다. 수문이는 눈앞에 있는 동굴이 주혁이가 파놓은 수많은 동굴 중에서 하나임을 알았다. 앞에서 해가 잘 들고 뒤에는 커다란 바위가 있어서 동굴의 위치가 좋았다. 수문이는 한참을 망설이다가 안으로 들어갔다. 주혁이는 동굴 속에다 마른풀을 푹신하게 깔아 놓았다. 수문이는 동굴에 들어가자마자 그대로 쓰러져서 깊은 잠에 빠져들었다. 눈을 떴을 때는 오후 1시쯤이었다. 그제야 수문이는 이곳이 주혁이의 영역임을 알아채고는 긴장했다가 그가 학교에 있을 시간임을 알고는 동굴 속을 두리번거렸다.

아파트에서 뛰어내린 종이비행기, KJH-51

놀라운 일이었다. 고인돌이 연상되는 넓적한 돌멩이 위에 스케치북이 있었고, 무심코 넘기자마자 그 그림이 보였다. 얼굴만 사람이고 나머지는 종이비행기였다. 수문이는 그것이 주혁이임을 알았다.

뱀닭을 타고 다니는 수문이, KJH-122

두 번째 그림은 뱀닭을 타고 있는 수문이 모습이었고, 세 번째 그림은 경찰차를 끌고 온 구렁이였다. 수문이는 꿈 그림이라는 걸 쉽게 알아챘다. 다섯 번째 그림은 수문이의 꿈속에도 나온 장면이었다. '반은 수문이, 반은 주혁이'라는 그림이었다. 서로 다른 사람이 같은 꿈을 꾼다는 사실이 신기했다.

어쨌든 주혁이가 그림을 그린다는 건 놀라운 사실이었다. 주혁이가 죽인 동물들 그림도 있었다. 주혁이는 지금까지 수문이가 본 아이들 중에서 가장 그림을 잘 그렸다. 수문이는 날이 저물도록 그곳에서 주혁이에 대해서 생각했다. 주혁이는 늘 소리 없이 움직이고 무엇인가를 궁리하였다. 그래야만 살아갈 수 있었는지도 모른다. 늘 소리 없이 숲 속을 돌아다녔다. 그는 책도 많이 보았다. 고작해야 인터넷 소설이나 씹어 대던 수문이는 그의 골방에 지층처럼 쌓여 있는《돈키호테》,《이방인》,《데미안》,《벌레》,《구토》,《파우스트》,《침묵의 뿌리》…… 그따위 책들을 보는 순간 심한 자괴심과 함께 얼굴이 달아올랐다. 자신이 왜소해 보였다. 그가 누구인지 알고 싶어졌다. 외계인인지 아니면 어른의 탈을 쓴 사람인지, 대체 그는 누구인가. 수문이는《벌레》라는 책을 보다가 몇 페이지도 넘기지 못하고 포기하였다. 그건 수문이가 소화할 수 없는 이야기였다.

수문이는 호랑지빠귀한테 꿈 그림을 그리게 된 계기를 말하고 싶었으나 간신히 참아 냈다. 호랑지빠귀는 그동안 언제부터 꿈 그림을 그리게 되었냐고 몇 번이나 물었다. 호랑지빠귀도 손이 있다면 꿈 그림을 그리고 싶다고 하였다. 인간을 보고 부러워한 적은 없지만 꿈 그림을 그리는 수문이를 보고는 날개 대신 손을 갖고 싶다는 충동으로 몸을 몇 번 떨어 본 적이 있다고 하였다. 수문이는 꿈 그림을 그리지 않아도 좋으니까 손 대신 날개를 갖고 싶다고 하면서 처음으로 꿈 그림을 그리던 순간을 떠올렸다.

주혁이의 그림을 본 다음 날부터 강렬하게 그림을 그리고 싶었다. 어쩌면 살아야 한다는 생명체 특유의 본능이 뇌를 자극했는지도 모른다. 수문이는 꿈속에 나온 주혁이를 그렸다. 참으로 이상한 일이었다. 꿈 그림을 그리고 나자 마음이 편안해졌다. 그림을 그리고 나자 신경 정신과 의사 선생님이 준 약을 먹었을 때보다 마음이 고요해졌다. 그제야 수문이는 주혁이가 왜 그런 그림을 그렸는지 이해할 수 있었다.

  수문이는 아침에 눈을 뜨면 어김없이 그림을 그렸다. 그림을 그리면 그릴수록 꿈이 두렵지 않았고 오히려 기다려졌다. 수문이에게 꿈 그림은 악몽을 막아 주는 부적이었다. 수문이는 그림을 그리면서 조금씩 밥맛을 찾아 갔다. 꿈도 두렵지 않았다. 나쁜 꿈이라고 하여 잊거나 피하려고 하면 더욱 생생하게 살아나고, 자신의 몸으로 찾아온 꿈을 그냥 받아들이려고 하면 몸이 편안해진다는 사실을 알게 되었다. 의사 선생님이 당신이 조제해 준 약이 효과를 나타내고 있다고 확신했지만 수문이는 속으로 비웃어 주었다. 수문이가 어렸을 때도 그랬다. 마술사를 보고 웃지 않는 병에서 빠져나왔을 때도 의사는 당신이 조제해 준 하얀 알약의 효과를 절대적으로 확신하였다. 그때도 수문이는 속으로 비웃어 주었다. 의사들이야말로 이 세상에서 가장 엉터리 마법사들이라고.

HSM-12. 뱀이 되어 하늘을 나는 마법사

수문이는 자신이 그린 그림 중에서 이 그림이 특히 마음에 들었다. 수문이가 뱀옷을 입은 마법사가 되어 하늘을 날아다니는 꿈을 그린 그림이었다. 꿈을 꾸고 났을 때는 뱀 비늘로 덮인 피부가 끔찍했으나 막상 그림을 그리고 나자 그런 소름은 하나도 느껴지지 않았다. 꿈 그림은 꿈을 일정하게 거리를 두고 바라볼 수 있게 해 주었다.

26

수문이는 벌떡 일어나서 찬물을 마시고 식탁에 있는 탁상시계를 보았다. 곧 나가야 할 시간이다. 이모는 아직도 오지 않는다. 집에 전화가 없어서 이모한테 연락을 해 볼 수도 없었다. 수문이는 한숨을 쉬면서 이번에는 침대에 누웠다. 호랑지빠귀가 옆으로 모둠질하여 왔다. 수문이가 졸리지 않느냐고 했다. 호랑지빠귀는 오늘따라 졸리지 않는다고 하였다. 수문이는 저도 모르게 노래를 흥얼거렸다. 놀랍게도 호랑지빠귀도 따라 부르고 있었다.

-수상한 사람 건들건들 걸어가는 모습 건들건들.

말을 걸어 보려 다가가면 알 수 없는 말들.

그래 여기 있다, 다 먹고 꺼져 줄래.

아냐, 고맙다는 말은 안 해도 돼.

우리 다시 안 만나면 좋겠네,

배부르지? 배부르지? 물어본 내가 바보지.

수문이 네가 하도 많이 불러서……. 이 노래 제목이 뭐냐? 뭐, 〈거지〉라고? 왜 하필? 그냥이라고. 알았어. 근데 왜, 노래에 무슨 사연이라도 있는 거니?

-아…… 이 이야기 안 했던가? 내 첫사랑 이야기. 야, 나를 무시하는 거야? 물론 너처럼 결혼을 해서 아기를 낳고 길러 보지는 못했지만 나도 사랑을 해 봤다구. 그때가 가을 축제 전날이었어. 난 축제 전야제를 뒤로하고 교문을 나서다가 뒤돌아봤지. 자꾸 어떤 놈이 따라오는 거야. 사실 나는 여름 방학이 끝나 가자 다시 학교에 가야 하는지 말아야 하는지 얼마나 고민했는지 몰라. 이모한테 그만두고 싶다고 했더니 당신을 설득해 보래. 뭐 할 말이 있어야지. 그래서 가방을 싸 들고 학교로 되돌아갈 수밖에 없었어. 물론 아무도 나한테 말을 걸지 않았어. 나도 누군가에게 말을 걸지 않았고, 선생들도 나라는 인간에 대해서 교통정리가 되었는지 더 이상 꼬투리를 잡지 않았어. 난 그런 고립을 즐겼어. 어서 이 풋내 나는 시절이 지나가 버렸으면 좋겠다고 먼 미래를 상상하려고 하

였고, 그 누구의 눈치도 보지 않았어. 뒤를 따라오는 그 남자아이 역시 관심 밖이었지. 난 더 큰 소리로 노래를 불렀어. 내가 가장 좋아하는 자우림의 〈거지〉.

-우리 새들은 주로 남자들이 노래를 부르면서 여자들을 유혹하는데……. 그래서 남자들은 연애를 하려면 목청부터 틔워야 해. 그런데 너는 본의 아니게 여자인 네가 노래하여 남자를 유혹한 꼴이 되었네.

-그냥 들어 봐, 호랑지빠귀야. 난 가로등 불빛을 흠뻑 뒤집어쓴 환한 얼굴을 보았어. 잘생겼더라. 순정 만화 주인공처럼. 난 그렇게 잘생긴 남자를 별로 좋아하지 않아서, 일없으니까 어서 가셔, 하는 눈빛을 보낸 다음 앞서 가라는 식으로 길을 비켜 주었지. 그는 내 앞에서 멈춰 서더니 손을 내밀었어. 1반 김한결. 날 잘 안다는 눈빛이었지. 며칠 전부터 날 눈여겨봤고, 내가 흥얼거리는 노래도 몇 번 들었대. 그는 밴드를 결성하려고 하는데 같이 하자고 하는 거야. 황당했지. 난 노래를 잘하지도 못하고 밴드 따위에 대해서 고민해 본 적도 없음을 밝히면서 서둘러 거절했지. 한결이는 보통 허스키한 목소리는 음폭이 좁은데 너는 아주 음폭이 넓으니까 조금만 가다듬으면 별 문제가 없을 거라고 하면서 다시 강렬한 눈빛을 보내는 거야. 너도 학교 다니기 힘들지? 나도 학교 다니기가 너무 힘들어. 뭐라도 하지 않으면 더 이상 버틸 수가 없어.

그런 사람들은 그런 사람들끼리 어울리면서 버티어 내야 해. 한결이의 그 말이 내 몸속으로 녹아들었어. 가슴 저 밑바닥에서 뜨거운 덩어리가 꿈틀거리는 것 같았어.

'천방지축베짱이'. 천방지축…… 사실 그 말을 처음 들었을 때는 별로였어. 난 천방지축이라는 말을 별로 안 좋아하거든. 한 번도 천방지축으로 살아 본 적도 없고, 그런 짓은 왠지 철없는 것들이나 혹은 잘난 부모를 만난 것들한테나 맞는 말이라고 생각했으니까. 게다가 베짱이라니. 처음에 천방지축베짱이라는 말을 들었을 때는 괜히 웃음이 나오고 아이들 장난 같았어. 솔직히 난 적당히 시간을 때우고 돌아서려고 했어. 멤버들도 다들 있는 집 자식들이고. 한결이네 부모님은 두 분 다 내로라하는 대학의 교수님이고, 베이스 치는 세현이는 아버지가 의사고, 드럼 치는 수완이는 아버지가 무슨 학원을 하고. 나는 그들을 보고 우리 사회에서 특혜를 받은, 부모를 잘 만난 아이들이라고 생각했어.

딱 하나 마음에 드는 건 김목사님이었어. 그동안 난 목사라고 하면 몸에서 이상한 냄새가 나는 것 같았거든. 어쩐지 자신의 몸에 맞지 않는 옷을 입고 다니면서, 눈에 보이지도 않는 하느님이니 예수님이니 나불거리면서 예수 믿으면 천국, 불신하면 지옥 운운하는 이 세상이 허락한 공인된 사기꾼들이라고. 난 교회에서도 냄새가 났어. 물론 그것이 역한 냄새라는 건 아니지만 이상한 향수처럼 내 마음을 편하게 하지는 않았어.

나는 왕이모의 손에 이끌려 6년간을 교회에 나갔지만 그 냄새하고는 친해질 수 없었어. 그리고 정신없이 부르짖는 그들의 기도 소리. 만약 신이 있다면 시끄러워서 들을 수나 있을까 해서 난 아무도 없을 때 가서 기도했는데, 한 번도 신이 내 기도를 들어준 적이 없어. 왕이모한테 왜 안 들어주느냐고 물었더니, 나중에 내가 죽었을 때 들어준대. 좋은 곳으로 가게 하고 어쩌고저쩌고……. 난 그때부터 하느님 안 믿기로 했어. 난 죽어서 어떻게 되든 상관없거든. 근데 그 목사님은 달랐다는 거야. 몸에서 냄새가 안 났어. 어떤 이질적인 냄새가 안 나. 대신 가까운 이웃 같은 평범한 사람으로 보였어. 내가 목사님이 아니라 샘이라고 부르니까 더 좋아하시더라고. 난 김목사님한테 '비트'부터 '달 세뇨' 같은 아주 기초적인 음악 용어까지 다 배웠어. 난 말이야, 피아노 학원은 근처에도 안 가 봤고, 학교에서도 음악 시간이 가장 싫었거든.

내가 천방지축베짱이를 좋아하기 시작한 건 한결이가 참 괜찮은 애라는 생각이 들고부터야. 한결이는 참 생각이 깊었어. 난 괜찮다라는 말을 아주 싫어하는데 한결이한테는 꼭 해주고 싶었어. 넌 참 괜찮은 애야. 우선 솔직하고 그러면서도 늘 남을 배려하고, 남들보다 더 잘하는 게 있는데도 애써 자신을 내세우지 않고……. 나라면 그렇게 못 하거든. 난 한결이의 예쁘장한 얼굴만 빼고는 다 맘에 들었어. 한결이만 보면 무슨 말이든 막 지저귀고 싶었어. 그만큼 편했다는 뜻이야. 내 머리 속에서 파란 새싹이 움트는 기분이었어. 내 머릿속에서는 부정적인 생각보다 긍정적인 생각이 더 많이 움텄지. 그런 기분은 처음이었어. 살면서 하루하루가 즐겁다는 생각도 처음 했지. 난 처음으로 크게 기지개를 켜는 기분이었어. 늘 웅크리고 살아온 가슴이 아팠어. 지난날 어둠 속에서 늘 웅크리고 살아온 내 자신을 자유롭게 풀어 주고 싶었어. 아, 나에게도 이런 날이 오는구나.

27

-그렇게 좋아했다면서, 둘 다 서로를 좋아했다면서 어떻게 헤어질 수가 있지? 우리 새들은 이해할 수가 없어. 우리는 좋아하면 절대 헤어지지 않아. 목숨을 걸고 서로를 지켜 주면서 살아가지.

수문이는 호랑지빠귀를 보면서 한동안 허기진 표정을 지

었다. 호랑지빠귀도 자신의 사랑 이야기를 하였다. 지난겨울부터 자신을 따라다니던 수컷이 둘이나 있었는데도 굳이 지금의 남편을 택하게 된 사연. 그의 첫 모습이 얼마나 근사했으며 목소리가 얼마나 울림이 있는지, 또한 집을 짓는 기술이 얼마나 빼어난지 술술술 풀어 놓았다. 수문이는 사랑하면 집을 짓는다는 새들이 부러웠다. 함께 살아갈 집을 짓다 보면 그만큼 서로에 대해서 구체적으로 알고 그만큼 서로를 깊게 신뢰할 수 있을 것 같았다. 새에 비해서 인간의 사랑 고백은 추상적일 수밖에 없다는 생각도 들었다. 인간의 사랑 고백은 말과 말이 오갈 뿐이다. 마음으로 느끼는 게 아니라 서로의 눈에 의존해서 상대방의 겉모습만 보고 판단할 뿐이다. 살을 비벼 대는 것도 서로의 겉모습을 확인하는 과정에 불과할지도 모른다. 새처럼 같이 살아갈 집을 짓고 천적을 물리칠 강력한 눈빛을 보여 주고 먹이를 찾아내는 지혜로운 행동을 보여 주는 것하고는 차원이 다르다.

  1월 11일은 수문이 생일날이었다. 젓가락이 세 개나 되는 날 태어나서 키가 크다고 농담한 한결이가 너를 좋아한다고 고백을 해 왔고, 수문이는 그의 눈빛을 받아들였다. 한결이는 단순한 남자 친구가 아니었다. 수문이는 살아오면서 한 번도 누군가에게 속말을 풀어낸 적이 없었다. 오직 한결이한테만 풀어 놓았다. 어쩌면 할아버지나 할머니 혹은 다른 가족들에게 풀어 놓았음 직한 이야기들, 질퍽질퍽하고 아슬아슬하고 가슴 쓰린 이야기들. 수문이는 한결이랑 결혼하는 꿈까지 꾸었다. 한결이하고는 어떤 일이 있어도 헤어지지 않을 거라고 일기장에다 쓰기도 했다. 그래서 한결이하고 헤어졌을 때 차라리 세상이 망해 버렸으면 좋겠다고 절망했는지도 모른다.

2학년이 시작되고 한 달쯤 되었을까. 비가 내렸다. 보통 봄비는 땅을 무르게 하고 잔뜩 긴장하고 있던 잔풀들의 마음을 풀리게 하지만 어쩐 일인지 그때 내린 봄비는 봄을 정지시킨 채 어서 적당한 곳으로 몸을 피하라고 위협하였다. 수문이는 잔뜩 웅크리고 학교에 갔다가 선생님의 부름을 받았다. 불길했다. 선생님은 천방지축베짱이에 대해서 물었고, 그 친구들이 어젯밤에 패싸움을 하였다고 얼굴을 찡그렸다. 천방지축베짱이 친구들이 인근 학교 아이의 돈을 뺏으려고 하였고, 그 소식을 듣고 온 다른 패거리들이랑 큰 싸움이 난 모양이었다. 수문이는 숨이 막혔다.

-수문아, 미안해. 한 달간 반성문을 쓰고, 한 달간 봉사 활동을 하는 정도로 마무리될 것 같애. 우리랑 싸운 놈들 부모들이 처벌을 원하지 않는다고 한 모양이야. 그래서 대충 이렇게 일이 정리될 같은데…… 문제는 학교에서 나한테 정신

과 치료를 받아야 한다고 하네. 왜냐고? 실은 초등학교 때도 이런 일이 두 번 있었거든. 학교 측에서 그걸 물고 늘어지는 거지. 졸라 기분 나빠. 내가 잘못했다는 거 알지만, 정신과 치료를 받으라는 건 받아들일 수 없어. 내가 정신과 치료를 받을 만큼 정신이 이상한 게 아니잖아? 네가 보기에도 내가 이상해 보이냐? 내가 선생님들한테 말했어. 잘못한 거 다 인정하고 받아들이겠다고. 반성문 쓰고 화장실 청소하라면 하고, 전교생에게 사과의 대자보 쓰라면 쓰고, 다 하겠다고. 심지어 앞으로 이런 일이 생기면 징계 회의 없이 퇴학시켜도 받아들이겠다고. 다만 정신과 치료 받으라는 것만은……. 근데 학교에서는 내 의견을 묵살했어. 여러 전문가들하고 충분히 상의해서 내린 결정이니까 무조건 따라야 한다고.

　결국 한결이는 학교를 그만두겠다고 침을 뱉었다. 수문이도 학교를 그만두겠다고 선생님들을 비난했다. 수문이가 어른들이 찾을 수 없는 곳으로 도망치자고 하자, 한결이는 당황하면서 고개를 흔들었다. 우리가 도망치면 어디로 가느냐고, 농담이지 하는 투였다. 수문이는 진지했다. 너 하나 먹여 살릴 자신 있다고 쏘아보자, 한결이가 크게 웃어 버렸다.

　─푸하하하하하. 너, 엉뚱하고 낭만적인 데가 있다는 건 알지만 이건 너무 오버다. 우리가 어딜 가서…… 그건 말도 안 되고, 설령 갈 데가 있다고 해도 난…… 우리가 부부도 아니

잖아? 솔직히 나는 너를, 이 말은 하지 않으려고 했는데 하는 게 낫겠어. 네가 나를 좋아하는 만큼 내가 너를 좋아하는 것 같지는 않아. 무슨 말인지 알아? 물론 너를 좋아하기는 하지만, 네가 나를 너무 좋아해서 그게 부담스럽다는 얘기야. 그만큼 난 널 좋아할 자신 없어. 왜 벌써 솔직하게 말하지 않았냐고? 그건 네가 싫지 않았기 때문이야. 너랑 있으면 나쁘지 않았고, 앞으로 더 좋아질 것 같아서. 나를 욕해도 좋아. 이게 솔직한 감정이야.

　이 세상에 생겨난 후로 가장 속내를 많이 엿보인 눈빛이었기에, 친구의 경계를 넘어 고해 성사에 가까운 독백을 하는 창이었기에, 어떤 아픔이 와도 참을 수 있었다. 수문이는 너무나도 가슴이 아파서 눈물도 나오지 않았다.

　-한결이랑 헤어진 뒤로 한동안 학교도 가지 않았어. 한결이 생각만 하면 가슴이 아팠고, 아파할수록 그놈을 얼마나 사랑했는지 알았고, 목이 탈수록 시간이 흐를수록 그가 더 간절하게 떠올랐어. 목사님이랑 학교 선생님이 와서 뭐라고 말을 하는데도 아무런 소리도 안 들렸어. 밖에서 복사꽃이 피고 지고, 보일러실에다 둥지를 튼 딱새들이 여섯 마리의 새끼를 키워서 나가도록 아무하고도 말을 하지 않았으니까……. 혓바늘까지 돋아 살이 될 만한 음식을 제대로 먹을

수도 없었고, 나는 다시 마당에서 쓰러졌어. 세 번째로 정신을 잃은 거지. 난 병원에서 눈 뜨자마자 이모한테 살아갈 자신이 없다고 했어. 한데 이모는 생글생글하였지. 기가 찼어.

-깨어났구나. 뭐 걱정은 전혀 안 했다. 의사 선생님이 안심하라고 해서. 네 몸이 완전히 업그레이드되었단다. 작년하고는 네 몸이 다르대. 체질이 바뀌었대나 어쨌다나. 그때는 오십 가지도 넘는 병명을 주렁주렁 달고 있었는데, 그게 다 나았대. 지금은 영양실조로 빈혈이 왔을 뿐이래. 그러니 어쩌냐? 맘대로 죽을 수도 없고. 그나저나 이놈의 지지배야, 이게 이모한테 할 짓이니? 해거리도 아니고 해마다 이모한테 병수발 들게 하는 것이. 이번이 마지막이다. 다음에 또 쓰러지면 그때는 개미들한테 치우라고 할 거야. 이모라면 네 몸한테 고맙다고 하겠다. 의사 선생님이 그러시더라. 너는 느끼지 못하겠지만, 비록 다시 쓰러졌지만, 네 몸은 작년보다 강해졌다고. 그래서 버틴 거라고. 아마도 한결이랑 다른 친구들이랑 잘 지낸 게 네 몸을 강하게 해 준 모양이다. 그럼 된 거야. 이제 놓아 버려라. 한결이도 미국 갔다더라. 한결이 때문에 지난 몇 달간 좋았고, 네가 많이 달라지고, 새로워지고, 또 강해졌고……. 그럼 고마워해야 하지 않을까, 한결이한테도…….

-난 한결이를 원망하지 않는다고 했어. 이모는 원망이 아니라 고마워하라고 어깨를 쳤지. 맞다. 지난 시절 한결이 때

문에 행복했어. 한결이 때문에 잘 살아왔어. 나에게 다시 이런 시절이 올까. 난 그런 생각을 하면서, 내 몸에게 고맙다고 했지. 난 퇴원을 하고 일주일 만에 학교로 돌아갔지. 학교에 있으나 집에 있으나 처지가 크게 달라지지 않았지만, 만약 학교를 가지 않는다면 무엇을 해야 할지에 대해서 아무것도 준비된 게 없었어. 알바나 할까? 도서관이나 다닐까? 배낭여행이나 가 버릴까? 고작 그런 정도의 궁리를 했을 뿐이야. 새삼 미국으로 유학을 떠난 한결이가 부러웠지. 목사님이 다시 밴드를 하라고 하였으나 다시 노래할 자신은 없었고. 결국 난 아무런 대안이 없었던 거야. 학교로 돌아간다고 해서 무슨 대안이 생길 리야 없겠지만 당분간은 나랑 비슷한 무리들 속에 숨어서 시간을 벌 수는 있지 않을까. 그래, 일단은 버틸 수 있는 데까지 버티어 보자. 버티어 보자, 버티어 보자, 버티어 보자……. 난 숱하게 쏟아지는 학생들의 눈빛을 따갑게 받으면서, 숱하게 선생님들의 기묘한 눈빛을 받으면서, 오직 버티어 보자, 버티어 보자, 버티어 보자는 말만 속으로 되풀이했어. 하지만 집에 오면 온몸이 다 해체되어 버릴 것 같았지. 이대로 얼마나 버틸 수 있을까. 그렇게 하루하루를 아슬아슬하게 살았지.

이모는 그런 수문이를 자주 불러서 한뎃솥 아궁이 앞에 앉아 있게 하였다. 돌담 앞에 있는 한뎃솥은 집에서 가장 활기차게 자신의 생을 살아가고 있었다. 아침저녁으로 때로는 하루 종일 아궁이에서는 불이 타올랐고 한뎃솥은 자신의 몸을 데워 바글바글 물을 끓여 냈다. 물 속에서 온갖 나물부터 버섯들이 삶아졌고 때로는 비밀스럽게 동물들 치료제를 만들어 내는 마법의 솥단지 역할도 하였다. 이모는 늘 수문이가 행복했으면 좋겠다고 말했다. 그때마다 수문이는 이모가 부럽다고 했다. 적어도 수문이의 눈에는 이모가 행복해 보였다. 그런 이모랑 바꿔치기되었으면 좋겠다는 말도 했다. 이모는 깔깔대면서 소리쳤다.

 -너, 정말이지? 내가 진짜 마법약을 만들어서 너랑 나랑 바꿔치기할 거야. 그래도 후회 안 하는 거지? 정말? 이놈의 지지배, 나중에 뭐라고 지랄하기만 해 봐라. 이놈의 지지배야, 왜 이모랑 바꾸려고 하니? 이모야 이제 주름 자글자글 늙어갈 날만 남았고, 아이를 낳을 수 있니, 너처럼 아무 옷이나 입어도 예쁘기를 하니……. 좋아, 하여간 이모가 사람과 사람의 영혼을 바꿀 수 있는 약을 연구 중이니까, 그때까지 잘 생각해라. 이년아, 고욤나무집 할머니도 그랬잖아. 살아가는 것이 별건 줄 아냐? 개지랄…… 난 그런 것 하나도 안 부럽고 너희들한테 권하지도 않아. 무슨 외고니 특목고니 지랄이니……. 고1이나 고2도 마치지 않고 카이스트를 가니 어쩌니……. 그래서 뭐 어쩌겠다고? 그런 생이 행복할 줄 아니? 죽어라 공

부만 해 대서 의대를 가서 판검사를 해 처먹고 뭐 그런다고 행복할 줄 아니? 그래그래……. 너는 고욤나무집 할머니가 불행하다고 생각할지 몰라도 나는 그렇게 생각 안 해. 그 양반은 당신의 생을 받아들이면서 욕심 없이 살았잖아. 즐긴 거야. 그럼 행복한 거야. 이년아, 죽어라고 고민 싸 대지 말고 그냥 살아, 그냥……. 다른 아이들처럼 따라가든가 그냥 뇌가 없는 인간처럼 살든가……. 그냥 살아. 살다 보면 길이 보이고, 웃음도 보이고, 아픔과 절망도 보이고……. 그게 삶이야……. 넌 너무 복잡해. 그건 우리 식구 안 닮았어.

수문이도 이모가 말한 대로 단순하게 살아가고 싶었으나 뜻대로 되는 게 아니었다. 사람마다 생김이 다르고 그 생김대로 살아가는 것인데 한수문이라는 인간의 생김이 둥글둥글하지 않다는 사실을 새삼 확인하였다. 그 말을 들은 호랑지빠귀도 고개를 끄덕끄덕하였다. 사람이나 새뿐만 아니라 나무나 풀들도 다 각자 생김대로 살아간다고. 그게 운명이라는 말까지 덧붙였다.

28

 이모는 정확히 12시 50분에 돌아왔다. 호랑지빠귀는 어느새 숨어 버렸다. 수문이는 알바 가겠다는 말을 남기고 급하게 나오면서도 꼭 도망치는 기분이었으며 혹시라도 이모가 미행을 해 올까 자꾸만 뒤돌아보았다. 마을버스 안에서도 계속 주위를 두리번거렸고, 지하철 안에서도 주위 경계를 늦추지 않았고, 오로라매직스쿨로 올라가는 엘리베이터 안에서도 거울 속을 두리번거렸다. 아슬아슬하게 알바 시작 시간에 턱걸이하였다.

 수문이가 마술 용품이 진열되어 있는 사무실에 들어서자 하얀여우가 들어왔다. 사실상 그녀가 오로라매직스쿨의 원장이나 다름없다. 남편인 오로라 원장보다 백배 이상 말이 많고, 백배 정도 말도 빠르고, 천배 정도 욕도 잘하며, 천배 정도 부지런하고, 만배 정도 술도 잘 마시며, 만배 정도 거짓말도 잘하고…… 하여간 거의 모든 부분에서 오로라 원장보다 뛰어나다. 가수 비를 떠올리게 하는 오로라 원장의 준수한 얼굴에 비해 가늘게 찢어진 눈꼬리며 툭 튀어나온 입술이며 서너 번이나 성형을 했다고 하는데도 여전히 볼품없는 콧대며 어디 하나 제대로 봐줄 만한 구석이 없는 얼굴이거늘, 그들 사이에서 무슨 비밀 거래가 있었는지 아니면 원장이 생을 포기할 수밖에 없을 정도로 약점을 잡혔는지 그건 모르겠으나 둘은 역겨우리만큼 사이가 좋아 보였다.

어쨌든 사람들은 그녀를 하얀여우라고 부른다. 그녀는 유달리 하얀 세상을 좋아한다. 항상 하얀 옷이 그녀의 몸을 감싸고 있었고, 안경테도 하얀색이었으며, 구두도 하얀색, 장갑도 하얀색, 핸드백도 하얀색, 손톱도 하얀색, 귀걸이나 목걸이도 하얀색, 이빨도 하얀색, 휴대 전화도 하얀색, 필기도구도 하얀색이었고, 그녀의 외제 승용차도 당연히 하얀색이었고, 사실인지 모르지만 빵도 하얀색만 먹고 술도 하얀 병에 담겨 있어야 마신다고 했으며, 똥이나 오줌도 하얀색일 거라고 누군가 농담을 날린 적이 있었다.

—야, 한수문! 너 빨리빨리 좀 다니라고 했지? 여기서 알바한다고 생각하지 말고 내 직장이다 하고 하랬지? 네가 사정이 딱해서 특별히 배려해 주고 있는데 이런 식으로 하면 나도 어쩔 수 없어. 그걸 알아야지. 그리고 어서 회원들한테 홍보 메일도 쏴. 왜 어제 하고 가라니까 안 했어? 아니, 그제 보냈어도 또 보내야지. 지금 192기 1파트는 모집 정원에 10퍼센트도 안 찼어. 다음 주에 개강하는데 어떡할 거야? 요새 마술 학원이 많아지고 인터넷 사이트도 많아져서 적당히 했다

가는 금방 문 닫는다니까. 오늘 당장 회원들한테 홍보 메일 백 통씩 쏴! 너무 많이 보내면 스팸 메일인 줄 알고 안 본다고? 야야, 하나 보내는 것보다는 백 통 보내는 게 그래도 볼 확률이 더 많아. 말대꾸하지 말고 하라는 대로 해. 그리고 여기 고객 명단. 오늘까지 발송해야 하니까, 마술 용품 망가지지 않게 잘 좀 포장해. 내가 없더라도 수시로 홈페이지 보고, 입금 확인되면 바로바로 발송해. 요새는 스피드 시대야. 그거 잘 알잖아…….

수문이는 예, 예, 예, 예…… 하는 소리만 만 번도 넘게 되풀이했다. 그들은 날마다 이런 식으로 대화를 했다. 수문이는 하얀여우가 나가고 나서야 천천히 사무실 청소를 시작했다. 그때부터 저녁 7시까지 화장실조차도 눈치를 보고 갈 정도로 몸을 놀려야만 했다. 어쨌든 이곳은 지금까지 수문이가 거쳐 온 수십 종의 알바에 비하면 안정적이고 나름대로 보수도 좋은 편이라서 하얀여우의 눈맞에 들도록 애쓰는 편이었는데 늘 쓴소리만 들으니까 수문이도 조금씩 지쳐 가고 있었다. 수문이는 우선 대강의실을 비롯하여 소강의실 세 곳, 남녀 화장실, 원장실, 회의실까지 청소해야 하고, 홈페이지에 들어가서 고객들이 올린 상담 글에 댓글을 달아 주어야 하고, 회원들에게 홍보 메일을 발송해야 하고, 마술 용품을 구매한 손님들에게 물건을 발송해야 하고, 고객들한테 걸려 온 전화 상담을 해야 하고, 가끔씩 마술 용품을 구매하러 찾아오는 고객들을 상대해야 한다.

수문이는 홈페이지에 접속하여 고객들이 남긴 글에 댓글을 달다가 잠시 손을 멈췄다. 자신의 닉네임을 '날고 싶은 매미'라고 적은 고객의 글이 눈에 띄었다.

안녕하세요? 오로라매직스쿨 마술사님. 저는 열두 살 허진이라는 어린이입니다. 제 별명은 매미입니다. 하루 종일 매미처럼 떠들어 댄다고 해서 엄마가 붙여 준 별명입니다. 제 동생 별명은 송아지입니다. 하루 종일 송아지처럼 뛰어다닌다고 해서 엄마가 붙여 준 별명입니다. 동생이랑 저는 하루하루 시간 가는 줄 모르고 재미있게 지내고 있습니다. 근데 고민이 있습니다. 동생이랑 저는 둘 다 많은 사람들 앞에만 서면 긴장되어 말이 안 나오고 얼굴이 빨개집니다. 아빠는 괜찮다고 하지만 엄마는 속상해하고 걱정이 많습니다. 이모가 그러는데 마술을 배우면 괜찮아진다고 하였습니다. 정말 마술을 배우면 많은 사람들 앞에 나가서도 떨리지 않나요? 그렇다면 마술을 배우고 싶습니다. 그런데 여기는 시골이라서 서울까지 마술을 배우러 갈 수도 없습니다. 좋은 방법이 없을까요? 제발 오로라매직스쿨 마술사님 도와주세요.

수문이는 피식 웃음이 나왔다. 날고 싶은 매미를 보지 않아도 얼굴이 그려진다. 직접 보고 상담을 하지 않아서 정확하게 판단을 할 수는 없으나 굳이 마술을 배우지 않아도 되지 않을까. 성격에 따라서 낯가림이 심할 때가 있는 법이니까 시간이 흐르고 나이가 들면 괜찮아진다고 댓글을 달아 주고 싶지만 그랬다가는 당장 쫓겨난다. 이런 아이들이야말로 하얀여우가 가장 반기는 알짜 고객이다. 하얀여우는 우리나라는 교육열이 쓰나미 급이기 때문에 마술도 그런 차원에서 접근하여 학부모들을 공략해야 한다고 역설했다. 성격이 소극적이거나 낯을 가리는 아이들, 자신감이 없거나 혹은 리더가 되고 싶은 아이들, 그러니까 거의 모든 아이들이 마술을 배워야 하는 당위성 앞에서 자유로울 수 없다. 실제로 하얀여우의 그런 전략은 상당히 적중했다. 요즘은 초등학생 부모들의 상담 전화가 오만 배 이상 늘었으며 방학 때면 아예 어린이 마술반을 따로 꾸릴 정도였으며 인터넷 동영상 강의 고객들 중 상당수가 아이들이다. 인터넷 동영상 강의를 받으려면 회원에 가입하고, 의무적으로 수많은 마술 용품을 구입하고, 원장이 쓴 책까지 구입해야 하므로 그 비용이 만만치 않다. 그걸 알면서도 학부모들은 자식들의 미래를 위해서 투자를 아끼지 않는다. 수문이는 코믹 마술이 사람들 앞에 설 때 도움이 될 수 있을 거라는 댓글을 달았다.

29

 고욤나무집 아이들이 떠오른다. 수문이는 그들의 나이도 이름도 모른다. 대여섯 살쯤 먹었을까. 연년생인 남매는 어딜 가든 꼭 손을 잡고 다녔다. 두 아이가 나타나면 시간이 정지해 버렸고, 사납게 비바람이 몰려 와서 흔들리던 나무도, 해와 구름도, 달리던 자동차도 움직이지 않았다. 오직 두 아이만이 살아서 꿈틀거렸다.

 아름다운 풍경이었다.

 무엇인가를 보고 아름답다고 느껴 보기도 처음이었다. 들리는 소문에는 아빠가 무슨 사고로 죽고, 엄마가 다른 남자랑 눈이 맞아서 아이들을 버리고 가 버렸다고 하였으나 남매의 눈빛은 늘 새물새물 빛났다. 부부 같아. 수문이는 두 아이가 손을 잡고 갈 때마다 그렇게 중얼거렸다. 나중에 누군가를 만나서 사랑을 한다면 저렇게 손을 꼭 잡고 다니고 싶었다. 수문이는 그들처럼 마음껏 뛰어다니고 싶었다. 어쩌면 수문이는 어린 시절을 잃어버렸는지도 모른다. 어린 시절을 거치지 않고 곧바로 어른으로 질러가는 별종인 셈인지도 모른다. 그러니까 수문이는 모든 부분에서 정상이 아닐지도 모른다. 그 시절로 돌아갈 수만 있다면 단순한 아이가 되고 싶다. 어느 고아원에 있어도 좋고 전쟁터에 있어도 좋다. 다만 한순간이라도 친구들이랑 맘껏 뛰어놀고 싶다.

30

 수문이는 알바를 마치고 집에 오자마자 침대에 쓰러졌다. 죽음 같은 잠이었다. 고작 한 시간이었는데도 10년 이상 잔 기분이었다. 이모가 온 뒤로 이상하리만큼 시간이 더디게 흘러가고 있었다. 수문이가 몸을 움직이자 호랑지빠귀가 옆에서 속삭였다.

 -수문아, 깼어? 피곤했나 보구나. 이모 안 계시냐고? 응, 잠깐 밖에 나갔어. 곧 들어올 거야. 말도 마. 너 나간 뒤로 저 마녀가 온 집을 다 뒤졌어. 진짜 이모 맞아? 혹시 이모로 변장한 마녀 아냐? 정말 다 뒤졌어. 네 그림은 물론 가방까지……. 뭔가를 찾는 것 같았고, 혼자 화장실에 들어가서 이상한 주문을 외우다가 도저히 알 수 없는 이상한 소리를 지르기도 하고, 갑자기 이무기가 온다고 화장실로 숨기도 하고…… 정

신이 어떻게 된 거 아냐? 그러더니 바깥에 나갔다가 와서 고등어 요리를 하고 있는데…… 조심해. 독이 들어 있을지도 몰라. 저 마녀가 무슨 꿍꿍이속이 있는 것 같애. 정신 바짝 차려. 어쩌면 네 간을 꺼내 갈지도 몰라. 마녀들이 마법약을 만들기 위해서는 살아 있는 여자의 간이 필요하거든. 농담이 아냐. 으, 역겨운 냄새. 들어온다, 들어온다, 마녀가 밖에서 들어온다…….

호랑지빠귀가 침대 밑으로 숨었다. 호랑지빠귀는 역겨운 냄새라고 했으나 수문이의 코에는 비릿하면서도 구수한 냄새가 입맛을 당기게 하였다. 수문이는 백기를 들듯이 허기를 느꼈다. 이모가 식탁에서 어서 오라고 손짓했다. 고등어조림이었다. 고명으로 고춧가루를 살짝 뒤집어쓴 고등어 옆에는 무와 감자가 온몸으로 비린내를 빨아들이고 있었다. 수문이는 이모가 이렇게 요리를 잘할 줄은 몰랐다는 말을 농담으로 흘렸다.

이모는 접시에다 고등어 고기를 발라 놓았다. 살다 살다 이런 경우가 다 있구나. 이모가 발라 준 고기를 먹게 되다니. 하도 뜻밖인지라 수문이의 손과 눈과 입은 얼떨떨해서 어찌할 바를 모르고 있었다. 수문이는 흐릿해지는 눈을 다른 손으로 문질러서 간신히 평상심을 지켰다. 이모는 손으로 고등어 뼈를 발라 먹고 있었다. 영락없는 어미의 모습이다. 새끼한테 영양가 진한 살점을 발라 주고 당신은 어미들 특유의 뼈 설거지를 하는 모습. 수문이는 고등어 살점을 입안으로 넣었다. 달았다. 비린내는 감히 고개도 들지 못했고, 씹으면 씹을수록 단맛이 우러나더니 생선의 살덩이라는 게 느껴지지 않을 정도로 짓물러지자 그제야 비린내가 감지되었다. 한 번도 입안에서 느끼지 못한 비린내였다. 이게 뭘까. 수문이는 수백 번 씹어서 물이 되어 버린 고기를 삼키고 나서야 엄마의 젖 맛이라는 걸 알았다. 비린 그 생선이 어미의 젖이 되어 살 속으로 스며들고 있었다. 이모는 막걸리를 밥그릇에다 따랐다. 수문이가 한 잔 달라고 했더니, 이놈의 지지배 크기는 컸네 하고 따라 주었다. 이모는 막걸리 한 잔을 다 비우고 나서야 벽에 기댔다.

─맛있게 먹어 줘서 고맙다. 시장에 갔는데 고등어가 보이자 갑자기 니네 할머니 생각이 나면서……. 니네 할머니는 이모 생모가 아니라는 거, 처음 말하나? 하여간 새엄마는 니네 엄마를 낳은 뒤로 고등어를 떨어뜨리지 않았다. 나는 생선 냄새만 맡았을 뿐 그 보드라운 생선 살을 먹어 본 적이 없어. 새엄마가 살을 발라서 니네 엄마한테만 먹였거든. 살이 발라진 뼈라도 핥아 대고 싶었지만 그것 역시 새엄마 차지였어. 나는 정말 외롭고, 서러웠단다.

이모의 입에서 흘러나오는 할머니 이야기는 끝이 없었다. 마음이 아팠다. 수문이는 이모가 그런 상처를 품고 살아온 줄은 꿈에도 몰랐다. 수문이는 자기 자신만이 이 세상에서 버림받고 외롭게 살아온 줄 알았다. 그렇다고 해도 이모를 다 이해할 수는 없었다. 그건 이모의 삶이었다. 수문이는 그 정도로 이모의 이야기를 정리하려고 하였다. 이모는 할머니에 대한 이야기를 할 때는 평온했으나 엄마에 대한 이야기를 할 때는 잠깐씩 호흡을 멈추고 허탈한 표정을 짓기도 했다.

수문이는 처음으로 이모 역시 당신을 이 세상으로 주물럭거려서 내보낸 엄마의 얼굴을 모른다는 사실을 알았다. 그러니까 두 사람 다 엄마의 살냄새를 기억하지 못하는 셈이다.

31

-아무도 엄마에 대해서 말하지 않았고, 내가 어느 정도 컸을 때에 사람들이 흘린 말을 이삭 주우면서 엄마가 날 버렸다는 사실을 알았지. 왜 엄마가 떠나갔냐고 아버지한테 묻고 싶었지만, 어린 딸이 차려 오는 밥을 먹는 아비의 등이 작아

보여서…… 차마 그 등이 무너져 버릴까 봐 물을 수가 없었지. 그냥 묻지 않기로 했어.

찔레꽃이 울타리 가득 덮여 있던 어느 날 엄마가 날 부르며 마당으로 들어왔어. 햇살이 부서지는 엄마의 분홍색 원피스는 하도 눈이 부셔 쳐다볼 수가 없었고, 눈에서는 하염없이 눈물이 쏟아졌지. 엄마가 꼭 안아 주더구나. 엄마의 옷자락으로 스며든 눈물이 살 속으로 스며들도록. 아비가 와서야 엄마는 나를 살짝 밀어내고 얼굴을 손으로 닦아 주었지. 인사해라, 새엄마다. 친엄마다 생각하고. 그제야 정신이 번쩍 들었지. 새엄마라니. 새엄마는 날 보고 다시 손으로 눈물을 닦아 주면서, 편하게 부르라고 하였어. 엄마라고 하든 새엄마라고 하든 숙모라고 하든. 오늘부터 한 식구가 되었으니까 그냥 편하게 살자고 웃어 주었어. 친엄마가 아니라서 놀란 내 눈빛은 이내 풀렸어. 나는 그냥 엄마라고 힘주어 불렀단다.

난 새엄마가 좋았어. 새엄마는 날마다 나하고 놀아 주었고, 풀이나 곤충을 볼 때마다 저것이 무슨 풀이냐고 무슨 곤충이냐고 물었지. 나는 새엄마한테 무엇인가를 가르쳐 줄 수 있어서 좋았어. 나중에 어른이 되면 일부러 아는 것을 다 까먹어 버려야지, 그리고 아이한테 물어서 들어야지 하고 생각했어. 그때가 가장 행복한 나날이었어.

내 잇몸에서 유달리 젖니들이 많이 빠지던 이듬해 봄날, 찔레꽃이 피자마자 아비는 아무런 말도 없이 어디론가 사라져 버렸어. 새엄마의 얼굴에 그늘이 지기 시작했고, 내가 예쁜 꽃이 핀 곳을 알려 주어도 시큰둥했으며, 이것저것 묻지도 않았어. 그해 늦여름, 유달리 더워서 내 등과 목에 땀띠들이 굿하던 늦여름, 매미 소리 때문에 더욱 집 안이 적막하게 느껴지던 여름의 끝에서 아이 울음소리가 안방에서 살아났지.

 난 아기를 보고 깜짝 놀랐단다. 햇덩어리였어. 여명을 헤치고 세상으로 굴러 오는 연붉은 햇덩어리, 햇덩어리가 방실방실 옹알이하였지. 아기는 볼 때마다 달라졌어. 달덩어리로 보이기도 하고, 물고기가 되었다가 나팔꽃이 되었다가 토끼가 되었다가 강아지가 되었다가 무지개가 되었다가. 빛을 내고, 소리를 냈어. 내가 본 적이 없는 빛이고 들어 본 적이 없는 소리였단다. 아기란 참 신비롭더구나. 난 어서 커서 아기를 낳고 싶었고, 아기를 잉태하는 여자로 생겨났다는 사실에 기뻤단다. 새엄마는 아기가 신의 선물이라고 했어. 나는 이해할 수 없었지. 아기의 몸속에 신이 들어 있다니, 이게 대체 무슨 말인가. 신은 여자의 몸을 빌려서 인간이라는 생명을 세상으로 내보낸다니, 나는 점점 미궁 속으로 빨려 들어갔어. 아기는 신이 키운다니, 아기는 높은 데서 떨어지거나 독사한테 물리거나 물에 빠져도 죽지 않는다니. 그게 다 신이 옆에서 돌봐 주기 때문이래. 새엄마는 아기의 몸에서 흐르는 빛이나 소리가 신의 숨결이라고 했거든. 아기가 세상의 빛과 소리를 스스로 알아듣고 오감으로 받아들일 때쯤 신은 아기의 몸에서 떠나간다고. 어쨌든 난 기뻤지. 동생이라니, 어서 아기가 커서 같이 손잡고 다녔으면 좋겠다고 아기의 손을 보았어. 아기는 풀잎 같은 손으로 꼼지락꼼지락하였지.

 새엄마는 내가 밥을 먹지 않아도 공부를 하지 않아도 아무런 간섭도 하지 않았어. 운동회 날은 물론이요 소풍 갈 때도 따라오지 않았고, 이러저러한 일로 학교에서 불러도 가지 않았으며, 당연히 선생님이 가정 방문을 온다고 하면 미리 피해 버렸고, 옷 한 벌 사 주지 않았어. 그때마다 나는 두래가 내 동생이 아니라고 미워했단다. 같이 놀아 주지 않는 건 물론이요 친구들한테 맞아도 모른 체했어. 그래도 두래는 나를 언니라고 부르면서 따랐어. 두래는 계모의 딸인데도 팥쥐하고는 전혀 달랐던 거야. 새엄마가 자기 먹으라고 준 찐 달걀이나 귤을 몰래 숨겨 놓았다가 주고…… 하여간 무엇이든지 나를 챙기려고 했다.

 나는 열네 살 때 서울로 가서 공장 생활을 시작하였지. 그 뒤로 고향집하고는 인연을 끊어 버렸어. 두래는 돌아가신 새엄마 장례를 혼자서 치르고 나를 찾아왔는데, 그때 두래 나이가 열일곱이었던가 그래. 새엄마가 화병으로 일찍 돌아가셨대. 난 두래한테 찾아오지 말라고 했어. 욕을 하면서 쫓기도 했고, 몰래 이사를 하기도 했지. 아무리 내가 달아나도 두래는 쫓아와서 언니, 언니, 언니…… 하고 생일도 챙기고, 어디 아프면 병 수발도 들어 주었단다. 나는 그놈의 언니라는 말만 들어도 두드러기가 날 정도였지.

 그 지겨운 년, 어이고 그 지겨운 년. 그러더니 이렇게 너를 맡겨 놓고 가 버린 거야. 두래가 맡기고 간 아기는 이 세상 사람 같지 않았어. 천상의 사람. 신하고 동급인 존재. 그때 새엄마가 내 머릿속에다 심어 놓은 말들이 떠오르더구나. 아기의 몸속에는 신이 들어 있다. 나는 그 말을 부정할 수가 없었지. 내가 어렸을 때 보았던 아기보다 더 빛이 나는 거야. 그 빛이란 하늘에 떠 있는 햇살처럼 눈부시게 하는 빛이 아니고, 아무리 쳐다보아도 눈을 질리게 하지 않는, 만지고 싶고, 핥아 주고 싶고, 안아 주고 싶은 빛, 만지면 촉촉해지는 빛, 내 몸속으로 흘러들어 나를 편안하게 해 주는 빛, 지친 내 일상을 고요하게 해 주는 빛, 못된 나를 되돌아보게 하는 빛……. 그런 영적인 힘을 가진 빛, 그러니까 신이야. 난 직장을 나가지 않고 아기하고만 살았어. 행복했단다. 내 아이로 만들고 싶었지. 난 사랑하는 사람이 있었는데 그 사람이 아무리 뭐라고 해도 귀에 들리지 않았어. 그런데 백일이 지나니까 아기의 모습이 달라지는데…… 두래의 얼굴이 보이는 거야. 두래가 나한테 복수하려고 아기로 환생한 게 아닌가. 밤마다 꿈만 꾸면 두래가 나와서 언니, 언니, 언니…… 하고 불러 대. 내가 다가가면 아무도 없어. 형체는 보이지 않고 목소리만 들리는 꿈. 그러니 달아날 데도 없잖아? 난 아기가 무서워졌어. 그래서 시설에다 맡기려고 찾아갔는데…… 왜 돌아섰는지……. 그 짓을 열 번도 더 했어. 수문아, 이모는 너를 몇 번 버리기도 했단다……. 요즘 뉴스에 종종 나오듯이 부잣집으로 추정되는 대문 앞에다 버리기도 했고, 새벽에 버스 터미널 화장실 안에다 슬쩍…….

32

 그곳은 어느 우주에 있는 작은 간이역이었다. 역사 앞으로 날카로운 빛들이 스쳐 갔다. 하도 빨라서 빛의 실체를 알 수 없었다. 그래도 아이는 알았다. 저건 비행접시고, 저건 초음속 기차고, 저건 초음속 우주선이야. 가끔씩 비 오는 날 지구의 땅 위를 기어 다니는 지렁이를 닮은 기차가 섰다. 이 간이역은 느린 것들만이 쉬어 가는 곳이었다. 아이는 기차에서 내리는 거미인간들을 훑어보다가 이내 손가락을 빨면서 돌아섰다. 초록색 머리카락이 바람에 휘날렸다. 뼈에 살가죽만 덮여 있어서 키가 더욱 커 보였고, 그래서 멀리서 보면 나무로 보였다. 아이는 화장실 구석으로 가서 웅크렸다. 거미인간들은 심심풀이로 먹다가 남은 곤충의 날개나 다리를 아이 옆에다 내던졌다. 아이는 배가 고팠다. 얼마나 굶었는지 모른다. 이곳에 온 지 반년이 지났고, 그동안 쌀 한 톨, 물 한 방울, 사탕 하나, 우유 한 모금 목구멍으로 넘기지 않았다. 그래도 아이의 심장은 멈추지 않았다. 아이 옆에 바나나 우유 통이 뒹굴고 있었다. 아이는 저도 모르게 손을 뻗었다가 힘없이 고개를 돌렸다. 두려웠다. 저 바나나 우유가 배고픔을 삼켜 버린다면 기다림이라는 설렘은 더 이상 몸 안에서 자라지 못하고 시들어 버리겠지. 기다림의 끝. 기다림이 끝나 버렸을 때의 절망감을 아이는 감당할 자신이 없었다. 아이는 기다림의 끝을 상상할 수 없었다.

간이역은 거미인간들의 영토였다. 곤충인간인 아이는 자신의 몸이 투명해지는 마법을 부릴 수 있었다. 그 마법은 이 역사 안에서만 통했다. 역사 바깥으로만 나가면 아이는 힘을 잃어버렸다. 힘을 잃는 순간 아이는 작은 나비가 되었다. 아이는 자꾸만 벽을 두리번거렸다. 여기에 독버섯만 있다면 저놈들을 작아지게 만드는 마법약을 만들 수 있을 텐데……. 독버섯이 없으면 그 어떤 마법약도 만들 수 없다. 아이는 이 화장실에서 살아가는 바퀴벌레랑 곰팡이 균을 이용하여 간신히 투명인간이 될 수 있는 마법약을 만들었다. 독버섯만 있다면 바람이 되는 마법약을 만들 수도 있을 텐데. 바람이 되어 기차 안으로 숨어들 수도 있을 텐데.

그래서 그런 꿈이 상영되었구나.

그 아이는 오래전부터 수문이 꿈속으로 들어왔다. 맨 처음에 꿈속에 나타난 아이는 멀미 냄새가 너울거리는 어느 버스 터미널 화장실에 갇혀 있었다. 아이는 울보였다. 엄마를 찾다가 지쳐 쓰러지면 수많은 파리 떼가 아이 얼굴에 달라붙어 눈물을 핥아 먹었다. 계속 그런 꿈이 이어졌다. 아이는 어느 시골 학교의 화장실에 갇혀 있었고, 어느 허름한 상가 건물 화장실, 반지하 방, 싱크대 속, 다락방, 책상 서랍, 낡은 승용차 안, 최근에 가 본 대형 마트 화장실. 그러다가 우주의 어느 간이역 화장실로 이동하였다.

그래서 그런 꿈이 계속 상영되었구나.

키만 너무 웃자라서 어딘지 비정상으로 보이는 여자아이가 어딘가에 갇혀 있는 꿈. 기억난다. 낙서투성이 벽 앞에서

똥 묻은 휴지를 깔고 앉아 엄마를 기다리던 아이. 울지는 않았다. 기특하게도 울지는 않았다. 그냥 기다렸다. 숨죽이고 기다리기만 했다.

33

-수문아, 놀랐지? 이모가 널 버렸다고 하니까. 그런 꿈을 많이 꾸었다고? 그래, 그렇게 버렸으면 돌아서서 와 버려야 하는데, 아기가 죽든 말든 개가 물어 가든 귀신이 업어 가든 그냥 와 버려야 하는데, 자꾸만 두래 목소리가 들려서 얼마 있다가 돌아가서 아기를 안고 올 수밖에 없었단다. 쥐가 물어 가든 말든 그냥 돌아서서 왔어야 해. 잘 키우지도 못할 거면서, 정을 주지도 못할 거면서, 네가 엄마라고 부르기만 하면 겁이 나서 부들부들 떨 거면서……. 있잖아, 점점 자라는 네 얼굴에 네 엄마뿐만 아니라 새엄마 얼굴까지 보이기 시작하는데…… 미치겠더라고. 네가 나를 엄마, 하고 부를 때 너를 보면, 넌 새엄마 얼굴이야. 또 한번은 네가 너무 무서워서 사흘 동안이나 집에 들어가지 않았지. 그 지하 방에다 너를 혼자 두고서……. 어디로 사라져 버리거나 쥐가 와서 물어 가

버리거나 죽어 버리거나 그러기를 바라면서……. 근데 사흘 만에 가 보니까, 너는 너무 멀쩡하게 새엄마 얼굴로 앉아 있는 거야. 네가 나한테 복수를 하려고, 나를 굶겨 죽이려고 하는구나. 이 못된 년, 하고 말하는 것 같았어. 그날 밤 나는 막 비명을 지르면서 제발 나를 가만두라고 울부짖었고, 그때부터 정신과 치료를 오랫동안 받았어. 내가 그 돈 많은 사람한테 간 것도…… 너한테서 도망치려고, 그 방법밖에 없다고 생각해서 그런 거야…….

수문이는 괜히 웃음이 나오려고 했다. 남들도 이렇게 살아갈까. 잘은 몰라도 이렇게 살아가지는 않겠지. 우선 한 가지, 정신과 치료만 해도 아무나 받는 건 아니다. 이모까지 그 하얀 알약의 도움을 받았을 줄은 몰랐다. 그러고 보니 죄다 정신 이상자들이었다. 수문이도 정신과에서 주는 하얀 알약을 먹었고, 이모도, 주혁이도, 아저씨까지 그랬으니까. 수문이는 가슴을 꼭 눌러서 숨을 죽였다가 이모를 보고는 왜 다시 나를 데려왔느냐고 물었다. 조카한테서 도망칠 때는 언제고 왜 다시 데려왔느냐고, 그래서 편안했냐고.

―있잖아, 수문아. 난 널 데려올 마음이 없었어. 그건 아저씨 때문이야. 아저씨가 언제까지, 어디까지 도망칠 작정이냐고 하면서, 너를 데려와서 같이 살자고 했어. 그래서 너를 데려온 거야. 우리는 그 기와집에서 잘 살기를 바랐는데…….

왕이모네 집에 있었더라면…….

―어차피 다 지난 일이지만 왕이모네 집에서도 더 이상 견디기 힘들었을 거야. 이모, 이제 그런 이야기는 그만해. 난 그냥 이모가 행복했으면 좋겠어.

―지지배, 크긴 컸구나. 이제 보니 성질머리가 할머니만 닮은 게 아니네. 네 엄마 성질머리도 들어 있구먼. 하여간 고맙다. 이모가 어미 노릇 한번 못 했는데도 잘 자라 주어서……. 어쨌든 그 기와집에서 행복했단다. 너희 둘한테는 미안하지만……. 이모는 아기를 낳고 싶었어. 나를 좋아하는 사람이 꽤 있었지. 내가 열여덟 살 땐가 같은 회사 오빠랑 사랑했는데, 잠만 같이 자면 아기가 들어서. 근데 그 오빠는 안 낳으려고 했지. 완벽하게 경제력 갖춘 뒤 잘 키우고 싶다고. 세 번 뗐으니까, 징글징글하지. 그러자 더 이상 그 오빠랑 못 자겠어. 불안해서. 그래서 헤어졌지. 그 뒤 다른 남자랑 결혼했지. 근데 이번에는 애가 안 들어서더라. 그게 스트레스야. 시댁 식구들도 다 나를 좋아했는데……. 신랑이 삼대독자라서 시어머니가 좋다는 거 다 사다 주고, 어디서 부처님 콧등도 잘라 오고……. 결국 이혼했지. 그리고 너도 아는 그 사람하고도 5년을 사귀었는데, 난 아기가 생기면 혼자라도 키우려고 했지만 아기가 안 생기더라. 내가 너무 많은 아기를 잡아먹었기 때문일까. 신은 더 이상 아기를 업고 내 몸속으로 들어

오지 않았어. 더 이상 태몽을…….

34

이모랑 막걸리를 주거니 받거니 했더니 몸이 흐물흐물 녹아내렸다. 휴대 전화가 울려도 귀찮을 정도였다. 수문이는 잠깐 망설이다가 전화기를 귀로 가져갔다. 난데없이 낯선 남자의 목소리가 쏟아져 나왔다. 거어 거시기…… 010에 667…… 맞습니까? 수문이는 잘못 걸었다는 말을 하려다가 뒤늦게 자신의 전화번호가 맞다는 사실을 알고는 당황했다. 수문이는 누구냐고 물었다. 이것 참 일이 황당하게 꽈배기 틀어 버리네. 가만 있자, 혹시 한다래 씨라고 안 계시오? 수문이는 화장실에서 나오는 이모를 보고는 휴대 전화를 내밀었다. 이모는 눈으로 깜빡깜빡 미안하다고 하더니 밖으로 나갔다. 한참만에 들어온 이모는 기차역까지 얼마나 걸리느냐고 물었다. 수문이는 한 시간 정도면 갈 수 있을 거라고 했다.

−지금 나가면 막차를 탈 수 있겠구나.

이모가 갑자기 나갈 준비를 하자 이런 상황을 즐겨야 할지 걱정해야 할지 판단이 서지 않았다. 이모는 시장에서 싸구려 운동화까지 사 왔는지 끈을 매면서, 너도 어서 나갈 준비를 하라고 손짓했다. 그냥 조용히 정리하려고 했는데 일이 번거롭게 꼬였다고 하더니, 네 할머니랑 엄마 산소를 정리할 작정이라고 했다. 수문이는 멍하니 이모를 쳐다보았다. 산소를 정리한다는 말이 무슨 뜻인지도 모르겠고, 갑자기 이 밤중에 나서야 하는 이유도 모르겠고. 이모는 몇 년 전부터 산소를 정리하려고 했다고 말을 이어 갔다. 어차피 산소를 돌볼 사람도 없고, 자꾸 꿈에 두래가 나와서 집이 답답하다는 말을 해서 조만간 정리하려고 했는데, 갑자기 이무기한테 쫓기자 그 생각부터 났다고. 오늘 부랴부랴 거기 사는 친구한테 일을 맡겼는데 일이 잘 안 된 모양이라고 했다.

수문이는 점점 미궁 속으로 빠져드는 기분이었다. 엄마 산소도 정리한다는 말에 거절도 못 하고, 그러다가 이모가 당신의 생모가 아닌 할머니의 산소까지 정리한다는 말을 듣는 순간에는 어쩔 수 없다고 체념했다. 이모는 내일 중으로 일을 끝내려면 우리가 일찍 도착해야 한다고 했다. 절로 한숨이 터져 나왔다.

하루가 이렇게 길 수가 있을까.

지금까지 살아온 17년 세월보다 더 길게 느껴진 하루였는데, 그것으로도 모자라서 밤차를 타고 그 긴 세월을 거슬러 가야 하다니. 이모가 화장실로 들어가자 침대 밑에서 기어 나온 호랑지빠귀가 절대 따라가면 안 된다고 부리로 수문이 팔을 콕콕 쪼아 댔다. 수문이가 어쩔 수 없다고 하자, 어쩌면 다시 돌아올 수 없는 마법의 세계로 갈지도 모른다고 하였다. 수문이가 걱정하지 말라고 호랑지빠귀 부리를 톡톡 건드렸다. 호랑지빠귀는 답답하다고 하면서 자기도 같이 가겠다고 하였다. 수문이는 싱긋 웃으면서 마술 연습이나 하고 있으라고 하였다.

35

 수문이는 기차를 타자마자 유리창에 드러난 자신의 얼굴을 보면서 엄마를 기억하려고 애를 썼다. 엄마의 살에서 떨어져 나왔을 때부터 숱하게 엄마를 보았을 텐데, 아무리 애를 써도 재생되지 않는 얼굴, 그 인화될 수 없는 얼굴이 까만 차창 속에서 가물거렸다. 수문이는 담배를 들고 일어났다. 기차는 잠깐씩 크고 작은 역에서 쉬었지만 살아가는 것들의 삶이 그러하듯이 결국은 종착역에 가야만 고단한 몸을 달래면서 긴 잠에 빠져들 수 있었다. 이 깊은 밤, 자칫 목적지를 잃어버릴 것 같은 밤, 자칫 현실을 잃어버리고 미래나 과거 속으로 흘러드는 기차에다 몸을 싣고 싶은 유혹으로 가득 찬 밤, 자칫 잃어버린 것들이 끊임없이 떠올라서 지금의 생을 흔들 수도 있는 위태로운 밤.

저분들은 어디로 가는 것일까.

곱게 늙었다. 팔십은 넘어 보인다. 어쩌면 백 살이 넘었을지도 모른다. 검버섯 하나 모종하지 않고 살아온 얼굴들, 얼마나 생이 순탄했으면 얼마나 욕심을 멀리하였으면 얼마나 기도를 많이 했으면 저런 얼굴로 나이 들 수가 있을까. 노인은 하얀 꽃처럼 잠들어 있다. 그 뒤에는 아기를 무릎에다 재우고 있는 한 엄마가 마리아 같은 표정으로 지그시 눈을 감고 있다. 그 옆에는 40대 중후반으로 보이는 남자가 꾸벅꾸벅 졸고 있다. 편안하게 머리를 등받이에다 기대고 자도 되지만 남자는 안정적인 자세가 오히려 불편하고 그렇게 꾸벅꾸벅 머리 방아를 찧으면서 자야만 편안하도록 길이 들어 있다. 상갓집에 갈 수도 있고 회사에서 출장을 갈 수도 있고 아니면 옛 애인을 만나고 돌아가는 길일 수도 있고 아니면 현실에서 탈출하려고 이 기차를 탔을 수도 있다. 그 뒤에는 수문이보다 서너 살쯤 어려 보이는 남녀가 아예 서로를 꼭 끌어안은 채 잠이 들어 있었다. 그 옆에는 초등학생으로 보이는 여자아이 둘이 엉겨 붙어서 꿈을 꾸고 있었고, 바로 그 뒤에는 구레나룻이 유독 사나운 남자가 계속 차창을 바라다보고 있었다. 그 아이들의 아빠였다. 그 뒤에는 척 보기에도 한평생 땅과 씨름해 온 삶임을 알 수 있는 할머니가 아예 양말까지 벗고 누워서 이를 갈아 대고, 그 옆에는 50대 남자 둘이 술을 마시고, 그 뒤에는 이등병 계급장을 단 군인이 무표정하게 창밖을 보고, 그 옆에는 등산복 차림의 40대 남녀가 서로 고개를 돌린 채 잠들어 있고, 그 뒤에는 20대 여자가, 그 뒤에는 머리털은 하나도 없는데 얼굴 가득 수염이 뒤덮인 나이를 알 수 없는 남자가…….

수문이는 사람 얼굴을 하나하나 짚어 보면서 열차 뒤쪽에 있는 화장실로 갔다. 수문이는 맛있게 담배를 피웠다. 아직도 하루가 닳지 않았다. 이 하루는 언제쯤 매듭지어질까. 비록 시간은 새벽으로 건너뛰었지만 수문이에게는 긴긴 하루가 이어지고 있었다. 지금 수문이에게 시간 따위는 아무런 의미가 없다. 해가 뜨고 해가 질 때까지라든가 시계의 초침이 몇 바퀴를 돈다거나 하는 기준 따위는 아무런 상관 없다. 이모가 왔다. 그렇게 하루가 시작되었으니까 이모가 사라져야만 하루가 정리된다. 담배 연기를 뼛속 깊숙이 충전하자 그제야 마음이 편해지면서 졸음이 밀려왔다.

　수문이는 이모네 마당가에 누워 있었다. 세상에 저렇게 많은 눈이 있었구나. 맞아, 무엇인가를 바라다볼 수 있게 생겨난 눈들은 원래부터 하늘에다 뿌리를 내리고 살았을 거야. 그 씨앗들이 떨어져 온갖 눈이 되었을 거야. 황소의 몸에 떨어진 씨앗은 황소의 눈이 되었고, 개구리 몸에 떨어진 씨앗은 개구리 눈으로……. 잠자리, 나방, 도마뱀, 악어, 뱀, 코끼리, 개, 고양이, 자동차, 컴퓨터, 카메라, 석가모니, 예수님, 알라신, 마야 부인, 자유의 여신상, 삼신할미, 산신령님, 계백 장군, 이순신 장군, 유관순 언니, 무당, 장승, 당산나무, 돌멩이, 물고기, 도깨비, 태풍……. 눈들, 그 문양들이 수문이를 내려다보고 있었다. 그것도 다 이모가 만들었을 것이다. 이모는 마녀다. 그렇지 않고서야 날마다 독버섯을 먹고 살 수가 없다. 보통 사람이라면 불가능한 일이다.

　누군가 마당으로 들어섰다. 성경책을 든 세 사람은 까만 망토를 걸치고 있었다. 맨 앞에서 안짱걸음으로 걸어오는 사람은 왕이모였다. 하느님의 말씀을 전하러 왔습니다. 왕이모가 말했다. 살갗이 발긋발긋한 뱀닭들이 텃세를 부리는지 아니면 자신들을 구원해 달라고 애걸을 하는지 그녀들 주위를 뱅

글뱅글 돌면서 꼬옥꼬옥꼬옥 소리쳤다. 왕이모가 곧장 주혁이 쪽으로 걸어갔다. 땅이 쿵쿵 울렸다. 하느님의 말씀을 전하러 왔습니다. 다시금 왕이모의 목소리가 울려 퍼졌다. 토방에 앉아 있던 주혁이가 몸을 일으켰다.

—하느님의 말씀 들어서 뭐하게요?

도발적인 목소리였다. 왕이모 뒤에 있던 여자들 눈썹이 일그러졌다. 왕이모는 웃었다.

—하느님의 말씀을 들으면 편안해집니다. 즐거워집니다. 맑아집니다. 행복해집니다. 영원한 생명을 얻습니다.

—영원한 생명을 얻어?

—그렇습니다. 영원히 죽지 않습니다.

—영원히 죽지 않고 뭐할 건데? 왜 죽지 않으려고 하지? 난 사는 게 너무너무 힘들어서 어서 죽고 싶은데, 다들 왜 오래오래 살려고만 하지?

—오, 어린 형제여. 어쩌다가 그런 생각을……. 어서 하느님의 품에 안기십시오. 그 순간 당신에겐 빛이 들어올 겁니다. 그런 나쁜 생각들이 사라지고…….

—존나 우끼네. 그런 개소리 집어치우고 꺼지셔. 나도 하느님을 존나 믿어 봤지만 다 사기야. 어서 꺼지셔. 꺼지지 않으면 내가 나무에다 목을 매달아 버릴 것여!

갑자기 주혁이의 목소리가 천둥소리만큼 커졌고, 주위에

있는 나무들이 흔들렸으며, 하늘에 떠 있는 수많은 눈들이 공포에 질려서 부르르 떨었다. 왕이모 일행은 뭐라고 기도를 하다가 달아났다.

누군가 또 마당 안으로 들어왔다. 고욤나무집 할머니였다. 할머니는 주혁이를 보더니 왜 마당에서 자빠져 자냐고 눈을 흘겼다. 주혁이는 몸을 일으켰다. 할머니는 죽는 게 두렵지 않으세요? 할머니 눈이 세모꼴로 변했다.
　-이놈아, 죽는 게 두렵지 않은 사람이 어딨냐?
　-그럼 더 오래오래 영원히 살고 싶으세요?
　-때가 되면 죽어야지.
　-할머니는 팔십이 넘도록 살았으니까 다 알 것 같은데, 사는 게 재미있었어요?
　-이놈아, 재미로 사냐? 그냥 사는 거지. 그냥 생겨났으니까 사는 것여. 저 나무한테 재미로 사냐고 물어봐라. 그냥 생겨났으니까 사는 것여.
　-할머니는 팔십이 넘도록 살았으니까 다 알 것 같은데, 죽고 싶을 땐 어떡해요?
　-이놈아, 그런 생각 한두 번 안 하고 산 사람은 인간이 아니다. 살다 보면 죽고 싶을 때도 있고 그런 법이다. 그래도 생겨났으니까 살아야지.

-할머니, 그래도 죽고 싶을 땐 어떡해요?
-뭘 어떻게 해 이놈아, 혀 깨물고 뒈져야지. 어서 뒈져!
할머니가 버럭 소리를 지르자 주혁이는 뱁닭이 되어 뒤뜰로 달아났다.

36

이모가 수문이 몸을 흔들어 깨웠다. 수문이는 흐릿한 차창 밖으로 빛나는 역사의 불빛을 보면서 오랜만에 꿈속에서 만난 고욤나무집 할머니를 기억하려고 했다. 몸이 떨렸다. 밤새 찬 이슬을 맞고 돌아온 것처럼 온몸에 한기가 들어 있었다. 게다가 오줌까지 마려웠다.
기차에서 내린 수문이는 화장실부터 찾았다. 너무도 졸음이 떨어지지 않아 찬물로 얼굴을 씻다가 깜짝 놀랐다. 화장실 세면대 앞에 그 아이가 쪼그려 앉아 있었다. 꿈에 나온 그 아이였다. 아이는 고치 속에 들어앉아 번데기로 변태하는 시간을 기다리는 애벌레의 자세로 최대한 자기 몸을 작게, 더 작게 말아 대고 있었다. 아이 옆에는 바나나 우유 통이 뒹굴고 있었다. 수문이는 휴대 전화를 끄집어내서 시간이랑 날짜를 확인했다. 아무리 자신이 꿈과 현실의 경계를 무시하면서 살아왔다고 해도 지금은 분명히 꿈이 아니라 현실임을 확신할 수 있었다.

 수문이는 아이 앞에 쪼그려 앉았다. 수문이를 닮은 것 같기도 하고 주혁이를 닮은 것 같기도 하고 이모를 닮은 것 같기도 하고 아저씨를 닮은 것 같기도 하고 고욤나무집 할머니를 닮은 것 같기도 하고 한결이를 닮은 것 같기도 하고……. 너, 이름이 뭐니, 왜 여기에 있니, 누구 기다리니……. 아이는 대답이 없었다. 수문이는 저도 모르게 바나나 우유 통을 집었다. 가자, 여긴 너무 춥고 위험해……. 역무실로 가자. 아이는 여전히 쳐다보지 않았다. 수문이는 그 아이를 놓고 돌아설 수가 없었다. 아이의 손을 잡아끌었는데, 그 작은 아이가 끄떡도 하지 않았다. 거대한 바위 같았다. 어서, 일어나. 어서! 수문이는 다시 힘을 주다가 화장실 문으로 들어서는 이모를 보았다. 이모가 바나나 우유를 들고 뭐 하냐고 말했다. 그 아이는 어디론가 사라져 버렸다. 아무리 둘러보아도 보이지 않았고 수문이 손에는 바나나 우유만 들려 있었다.

 ─이놈의 지지배야, 배가 고프면 말을 해야지. 하도 안 나와서 와 봤더니, 화장실에서 몰래 바나나 우유를 먹고 있니? 뭐

가 아니야.

 -이모, 일부러 나를 여기 데려온 거지. 여기 화장실에 갇혀 있는 아이를 구해 내려고. 그랬지? 할머니나 엄마 산소는 그냥 핑계지. 어린 나를 버리려고 했던 것에 대한 죄책감 때문에……. 내가 자꾸 그런 꿈이 나온다고 하니까, 나를 꿈속으로 끌고 오려고 한 거지? 만약 그렇다면 됐어. 난 이모 원망 안 해. 앞으로도 그럴 거고. 이거 그 아이 앞에 있던 바나나 우유야. 내가 끌고 나가려고 했는데 너무 힘이 세서 실패했지만 내 마음을 전했으니까 그런 꿈이 나오지 않을 거야. 못 믿겠으면 유통 기한 확인해 봐. 뭐, 유통 기한이…… 그럴 리가…… 설마, 어어 정말 다음 주까지네. 이게 어떻게 된 거지?

 수문이는 할 말을 잃었다. 이모는 유통 기한을 확인하더니 목이 탄다고 하면서 그 우유를 마셨다. 수문이는 이모 뒤를 따라가면서도 자꾸만 뒤를 돌아다보았다. 어느새 주위를 덮고 있던 어둠이 걷히고 있었다. 역 광장에는 수많은 택시 운전자들이 다소 지친 목소리로 손님을 부르고 있었다. 이모는 가장 가까운 국밥집으로 갔다. 고욤나무집 할머니보다 더 나이가 들어 보이는 할머니를 보는 순간 이곳에 와 본 적이 있다는 기억이 가물거렸고, 그제야 아주 오래전, 그러니까 초등학교에 입학하기 전에 바로 이 집에서 밥을 먹은 영상이 희미하게 떠올랐다. 그때는 이모의 승용차를 타고 왔다.

그때도 이모는 이 집에 들어오자마자 국밥을 시켰고 아무런 말도 없이 국밥이랑 반찬을 목구멍 안에다 다 털어 넣었다. 그리고 어서 엄마를 만나러 가자고 앞장섰다. 이모는 깊이를 알 수 없는 산골짜기에다 차를 세우고 사람의 발길이 느껴지지 않는 산등성이로 올라갔다. 거의 허물어지고 있는 무덤을 보고서야, 엄마가 여기 있다고 멈췄다.

 막상 엄마의 무덤을 보자 눈앞이 흐려졌다. 울고 싶었다. 울고 싶어서 몇 번이나 손등으로 눈굽을 문질러 대도 눈물은 나오지 않았고, 엄마가 저 무덤 속에서 해골이 되어 누워 있다는 사실이 믿어지지 않았다. 엄마의 무덤은 봉분이 거의 다 허물어져 내리고 있었다. 가느다란 햇살 두루마리 한 자락 풀려 내리지 않아서인지 흙살이 좋지 않아서인지 엄마의 무덤 속에다 발을 뻗고 살아가는 잔디 서너 줄기만이 간신히 그 숨결을 유지하고 있었고, 박한 땅에서 잘 살아간다고 그 명성이 자자하던 칡이며 청미래 따위의 온갖 덩굴은 물론 아까시나무 한 그루도 얼씬하지 않아 가히 쳐다보기 두려울 정도였다. 누군가 물 한 동이만 부어 버리면 엉성한 봉분이 해체되면서 해골이랑 뼈들이 비명을 질렀을 것이다.
 수문이는 그런 곳에 엄마가 묻혀 있다는 사실을 인정하지 않으려고 하였다. 엄마가 좋아했다는 시루떡 한 접시랑 사과

한 접시에다 역시 엄마가 좋아했다는 와인을 따라 놓고 이모가 절을 하라고 하자 오히려 약간 질퍽거리던 눈굽이 말라 버렸고 아무런 느낌도 생기지 않았다. 다시는 올 수 없을 것 같아서, 그래도 엄마 무덤은 알려 줘야 할 것 같아서. 무덤 꼴은 신경 쓰지 마라. 어차피 죽으면 다 똑같은 거야. 이모는 그런 말을 하면서, 나중에 당신이 죽으면 절대 땅속에다 들이지 말고 바람이 삼켜 버릴 수 있도록 허공에다 날려 버리라고 하였다. 수문이는 그 말도 못 들은 척하면서 땅을 내려다보았다. 이모는 산길을 내려가면서도 어린 조카를 전혀 신경쓰지 않고 그냥 어른 걸음으로 내려갔고, 수문이는 그런 이모를 놓치지 않으려고 울음으로 가득 찬 몸을 굴려서 따라붙었다. 이모 같이 가, 이모 천천히 가, 그런 응석 어린 투정 한마디 내뱉을 수 없었다. 오직 여기서 이모를 놓쳐 버리면 생이 끝장나 버릴 수도 있다는 절박한 생각만 바글바글 끓어넘쳤다.

둘은 산을 내려와서 냇가에 앉았다. 이모는 평생 세수를 하지 않아도 얼굴에 때 한 점 뿌리내리지 못할 만큼 신이 내려준 맑은 얼굴이었다. 핏줄이 다 보일 만큼 맑았다. 이모는 그런 살가죽을 문지르고 또 문지르다가 가까이 오라고 손짓했다. 이모는 수문이를 안아 왼쪽 무릎에다 올려놓고 수문아,

수문아, 수문아…… 무슨 주문에 가깝게 읊조렸다. 수문이는 눈을 감은 채 응, 응, 응…… 그렇게 울음을 삼켰다.

이모는 수문이를 가슴속 가장 깊은 곳까지 끌어 들였다. 처음이었다. 수문이는 처음으로 이모의 말랑말랑한 젖무덤에 흐르는 생동을 받아들였다. 생명의 물이 나오는 부드러우면서도 한없이 깊은 듯한 그 질감. 이모는 왕이모가 잘해 줄 것이며 오빠도 있으니까 너한테는 잘된 일이라고 속삭였다. 수문이는 왕이모네 집으로 갈 것인지 시설 같은 데로 갈 것인지 자신이 선택할 권리가 전혀 없음을 잘 알았다. 수문이는 벌레보다도 자유롭지 못한 현실을 깨달았고 새로 태어났으면 저 멀리 날아갈 수 있었을 텐데, 하고 입술을 깨물었다. 왕이모네 집에 가기 싫다고 소리치고 싶었다. 수문이는 소리칠 수 없어서 하늘을 보았다. 하늘을 구겨서라도 뱃속으로 넣고 싶었다. 몸속에 남아 있는 목소리가 그 하늘에 스며들도록. 이모는 뭔가 더 구체적으로 말을 하려다가 그것이 어린 조카한테 별 소용이 없음을 알고는, 너한테는 훨씬 좋을 거야…… 하는 말로 상황을 끝내려고 하였다. 수문이는 입술이 터지도록 깨물었다. 어차피 아이들이란 독자적으로 삶을 꾸려 갈 수는 없다. 그냥 따라간다. 어른들이 잡아끄는 대로 애완견처럼 따라가면서 살아가는 것이다. 본다고 느낀다고 당당하게 자기만의 길을 갈 수는 없다. 그게 아이들의 삶이다.

이모는 수문이를 내려놓고는 물속에서 소리 없이 살아가는 돌멩이 하나를 건져 올렸다. 산그늘이 몸에 닿자 으슬으슬 떨리던 참이었다. 이모는 그 돌멩이를 수문이 손에다 쥐여 주고는, 그 손을 다시 덮어서 꼭 움켜쥐었다. 이모의 체온이 수문이의 손을 타고 돌멩이로 흘러갔다. 봄볕이 어루만져 준 돌멩이처럼 너무 뜨겁지 않은 은은함, 미소 같은 은은함이. 수문이는 따스함이란 꼭 만져 주어야만 생긴다는 것을 알았다. 잠시만 놓아 버려도 이내 차가워진다는 것을 알았다. 따스함이란 일방적인 체온의 전달이 아니라 서로 손을 잡아야만 오래간다는 걸 알았다. 수문이는 일어서면서 그 돌멩이를 떨어트렸다. 다시 손을 뻗어 건져 낸 돌멩이가 너무 섬뜩하게 차가워서 수문이는 얼른 놓아 버렸다. 그 따스함이 순식간에 침몰해 버릴 수 있다는 사실이 너무 무서웠다. 겁이 났다.

그때부터 수문이는 누군가의 손을 보면 그 돌멩이가 떠올랐다.

37

 이모는 그때보다 더 서둘러서 국밥을 입안에다 몰아넣었고, 수문이는 그때처럼 밥 한 수저 입안으로 퍼 담지 못했다. 이모가 급하게 계산을 하고 국밥집을 나가자 역 광장 쪽에서 청색 모자를 쓴 사람이 어기적어기적 걸어왔다. 보통 체구에 깡마른 사내는 수문이를 보더니 대뜸, 씨도둑은 못 한다는 말이 너를 보고 하는구나, 너희 엄마랑 붕어빵이시, 하고 누런 이를 드러냈다. 수문이가 엉거주춤 인사를 하자, 이모가 초등학교 동창인 장노 아저씨라고 소개했다. 어젯밤에 전화를 한 사람이었다. 목소리만 들었을 때는 골격이 거대하고 무지무지 강해 보이는 인상일 줄 알았거늘……. 너무나도 여리고 섬세한 눈빛을 가지고 있었다.

 −슈퍼모델 하면 딱이겠다. 옛날이야 키 크면 안 좋다고 했세만 요새는 억지로 늘여서 키우는 판잉께……. 그건 그렇고, 이 가시내야. 숯가루랑 재미가 좋으냐? 숯가루가 요샛말로 하면 범생이라서 재미는 없을 것인디……. 음마, 야이 가시내야, 고런 쓸데없는 말은 다 고물상에다 팔아넘기고……. 하여간 이제라도 네가 와 줘서 내가 다 고맙다. 아무리 족보고 항

렬이고 조상이고 지랄이고 염병이고 다 고려장시키는 세상이라고 하지만 여기는 아직 그래도 고런 퇴물들을 귀하게 여긴다. 아무리 내가 느그 고향 마을 사람들을 잘 안다고 해도, 아무개 양반 무덤을 파는데 그 해골바가지하고 이러쿵저러쿵 인연이 걸쳐 있는 족속들이라고는 눈구녁에도 뵈지 않으니 마을 사람들이 가만있겠냐. 음마아, 시간이 많이 되어 부렀네잉. 오늘 기상대 놈들이 밤새 수박 한 통 혼자 다 처먹은 과부년 오줌 싸듯이 비가 퍼붓는다고 나발 불었응께, 언능 가서 끝내자. 내가 웬만하면 너를 안 부르고 혼자 일을 할라고 했는디, 그 점에서는 미안하다만…… 순리는 이것이다. 네가 와야 써.

장노 아저씨의 차는 영락없는 무당벌레였다. 외제 차인지 아니면 어느 우주에서 온 차인지 알 수 없으나 경운기만큼이나 털털거리고 소화되지 않은 검은 연기를 마구마구 토해 내는 걸로 보아서 거의 고물이나 다름없었으나 수문이는 기분이 흐려지지 않았다. 뭔가 특별한 기분이었다. 장노 아저씨는 이 차가 하늘을 날 수도 있고 땅속으로 파고들 수도 있다고 했다. 오늘은 차가 토라져서 그냥 순한 길로 달린다고 뇌까리면서. 이모는 예나 지금이나 허풍이 여전하다고 웃었다.

─음마, 이 가시내 보게. 뻥치는 거 아녀. 내 차는 사람이랑 똑같은 감정을 가지고 있어. 어젯밤에 내가 음주 운전을 했거든. 그러니까 당장 토라져 버리네. 네가 믿지 않아도 상관없다. 이건 사실이니까. 내가 비록 가방끈은 짧아도 일찍부터 돈벌이에 나서서 제법 돈을 벌었는디, 다 꿈이 있어서 그런 것이제. 다래야, 알겠냐, 내 꿈이 뭣인지? 그래, 내 꿈이 바로 우주인이 되는 것이다. 다행히도 손재주가 있어서 뭣이든지 한 번 보기만 하면 다 만들 수 있다. 자동차 이까짓 것이야 깨끼발가락으로 몇 번 주물러 버리면 만들어지고, 내가 시방까지 만든 자동차가 수백 대가 넘을 것이다. 만들었다 뿌쉈다 만들었다 뿌쉈다……. 나는 그런 일이 재미져. 인자 몇 년만 지나면 이 차로 우주까지 날아갈 것이다. 그때 말해라. 다래 너는 특별히 공짜로 태워 줄 것잉께.

 이모는 어린애처럼 박수를 치면서 우주여행 가는 것이 꿈인데 너 그때 가서 딴소리하면 안 된다고 손가락질했다. 이모는 다른 건 몰라도 우주에 가서 버섯죽 하나는 끝내주게 끓여 주겠다고 덧붙였다. 장노 아저씨는 자신이 가장 좋아하는 음식이 버섯죽이라고 맞장구를 쳐 놓고는, 한참 있다가 그 숯가루 놈은 안 태워 주니까 이혼하고 와야 한다고 했다. 그것이 유일한 조건이라고. 이모는 차가 흔들리도록 깔깔깔 웃어 댔다. 숯가루하고는 같이 살기는 해도 혼인 신고 따위는 무시했다고 하자, 장노 아저씨가 슬쩍 고개를 옆으로 돌리고는 그럼 부부가 아니구먼, 하고 헛기침을 했다.

사실 무지무지 황당한 말인데도 수문이는 재미가 있었다. 차 안에는 장노 아저씨한테 반기를 들지 못하게 하는 강한 기류가 흐르고 있었다. 아쉽게도 그 여행은 너무 짧았다. 몇 마디 말을 주고받다 보니 장노 아저씨의 입에서 도착했다는 말이 나왔다. 장노 아저씨는 산 위까지 날아가고 싶지만 힘들게 걸어서 올라가는 사람들이 있어서 그냥 산 아래로 내려앉았다고 덧붙였다.

38

수문이는 헉헉거리면서 산에 올랐다. 더 이상 못 올라가겠다는 말이 나올 즈음 하마 모양의 포클레인이 보였고, 그 뒤쪽으로 대여섯 명의 사람들이 앉아 있었다. 장노 아저씨는 하마 포클레인을 손가락질하면서 저것도 자신이 깨끼발가락으로 주물럭거려서 만든 장난감이라고 너스레를 떨었다. 사람들은 모두 나비 문신을 하고 있었다. 그중 한 백 살쯤 되어 보이는 노인의 얼굴에는 하얀 나비 한 마리가 꿈틀거리고 있었다. 한평생 땅을 파먹고 살아온 사람답지 않게 희고 고운 얼굴이었다. 노인은 대뜸 수문이의 이름을 말하면서 웃었다. 수문이를 알고 있다는 눈빛이었다. 만약 신이 존재한다면 저런 모습이리라. 순간적으로 그런 생각을 했을 정도로 노인의 눈에서는 영적인 신비스러움이 느껴졌다. 노인은 이모가 살던 마을에서 가장 오래 세월을 견디어 와서 당연히 수문이네 할아버지 할머니뿐만 아니라 엄마도 잘 안다고 했다.

-참말로 고맙소. 물론 장노, 저 사람을 잘 아니까, 우리끼리 해골바가지를 파낼 수도 있제만 그래도 이렇게 와야제 서로 얼굴이라도 보고 안 그러요? 고맙소, 참말로 고맙소.

하도 고맙다는 말을 많이 듣자 괜히 수문이 얼굴이 달아올랐다. 이미 무덤 앞에는 조촐하게 과일이랑 떡이랑 술이 올라 있었다. 이모는 수문이를 보고 절을 하라고 하더니 당신은 곧장 뒤로 물러나 버렸다. 수문이는 얼굴 한 번 본 적 없는 할머니를 향해 절을 하면서도 참 어색했다. 꼭 연극을 하는 기분이랄까. 사람들은 서툴게 절하는 수문이를 보고도 꼬투리를 잡거나 참견을 하지 않았다. 오히려 백 살도 더 먹어 보이는 노인은 흐뭇하게 웃으면서, 어젯밤에 소쩍새 한 마리가 찾아왔는데 내일 손녀가 온다고 자랑을 했다면서, 예쁜 손녀한테 절을 받았으니까 이제 원 없이 먼 세상으로 훨훨 날아갈 거라고 거의 노래에 가깝게 읊조렸다. 수문이도 제발 그러기를 바랐다. 곧이어 장노 아저씨가 어서 물러나라고 소리를 쳤다. 그 메아리가 유독 오래오래 귓전에서 맴돌이 쳤다. 하마 포클레인이 무덤 봉분을 한입에 삼켜 버렸다. 백 살도 더 먹어 보이는 할아버지가 수문이를 부르더니, 어젯밤 꿈에서 만난 할머니가 당신의 유골을 손녀딸한테는 보이지 말아 달라고 부탁을 했다면서 멀찌감치 떨어져 있으라고 하였다.

수문이는 주위를 두리번거리면서 이모를 찾았다. 이모는 어디론가 사라져 버렸고 아무도 이모를 찾지 않았다. 결국 저 무덤을 없애기 위해서는 이모가 아니라 내가 필요했구나. 내가 이렇게 꼭 필요한 도장이었구나. 수문이는 괜히 가슴이 뭉클했다. 수문이는 할머니의 무덤을 등지고 올라가다가 소나무 밑에서 죽은 소쩍새 한 마리를 보았다. 설마 이 새가 할머니는 아니겠지. 수문이는 백 살도, 아니 오백 살도 더 먹어 보이는 할아버지를 부르려고 했으나 이상하게도 입이 떨어지지 않았고, 언젠가 고욤나무집 할머니 손에서 파닥거리던 소쩍새가 떠올랐다.

-어이, 있는가? 그래, 있구먼. 또 가져왔네. 옛날부터 날것들은 혼새라고 했는데, 죽은 사람의 혼을 태워서 저승으로 실어다 주는 것이라고 생각했는데, 옥황상제의 심부름꾼이라고도 했고, 저승사자의 앞잡이라고도 했는데. 비록 사람들보다 작고 힘은 약하지만 하늘을 날아다니는 것만으로도 사람들이 함부로 하지 못했제. 어이, 그래그래. 요새 사람이라는 종자들이 비행기다 뭣이다 해서 하늘을 함부로 날아다니게 되면서부터 그런 생각이 싹 바뀌어 버렸어. 이제는 귀신들도 그런 생각을 하지 않제. 어이, 그래도 어쩌겠는가. 지 몸뚱이 으스러지도록 유리창에 부딪혀서 떼굴떼굴 구르고 있으니 모른 체할 수도 없고, 그놈의 인간머리들한테 말해 봤자 쇠귀에 경 읽기고, 자네가 알아서 해야지. 나도 팔십 평생을 살았지만 짐승들 살리는 재주는 없네. 어이, 그것도 타고나는 것여. 어이, 그것도 복이네.

　마당에서 그런 소리가 기어들면 수문이는 슬그머니 다락바라지창을 열었다. 고욤나무집 바로 위에는 3층짜리 목조주택이 1년 6개월여의 공사 끝에 준공되었는데 유독 유리창이 많아서 이모는 그 집을 새들의 무덤이라고 불렀다. 이 나라에서 가장 유명하다는 미대 교수네 집이라고 하는데, 이모가 몇 번이나 죽은 새들을 들고 가서 말을 해도 그 사람은 들은 체도 하지 않았다. 고욤나무집 할머니는 사나흘에 한 번 꼴로 다친 새들을 안고 왔다. 유리창에 부딪혀 죽어 가는 새들의 머리는 해머로 두들겨 맞은 것만큼이나 끔찍하게 으스러져 있다. 거의 모든 새들이 치명적인 상처를 입고 즉사하지만 가끔씩 죽지 않는 녀석들이 있다. 그런 새들은 이모의 도움을 받았다. 수문이는 고욤나무집 할머니가 살이 통통하게 오른 장끼나 까투리를 들고 올 때마다 고개를 갸우뚱하였다. 왜 잡아먹지 않고 수고롭게 들고 오는지, 그것을 잡아먹고서 몸에서 거의 방전되어 가고 있는 기력이나 충전하면 더 좋을 것을, 그렇게 잡아먹어도 누구 하나 손가락질할 사람이 없거늘 노인은 그러지 않았다. 어쨌든 이모는 그 어떤 수의사보다 동물들을 잘 치료하였다. 이모한테 오는 동물들은 숨만 붙어 있을 뿐이지 제 스스로 몸을 운신할 수 없을 정도로 중환자들이었다.

  이모네 집 뒤뜰은 동물들 야전 병원이었다. 동물 병실은 스무 동이 넘었고, 한 병실에 서너 마리의 환자들을 입원시켰다. 병실은 늘 차고 넘쳤다. 환자들 중에는 새가 가장 많았고, 그다음으로는 교통사고를 당한 네발 달린 동물들이었다. 환자들은 최소 보름에서 서너 달가량 입원을 했는데, 이모 혼자서 의사 노릇, 간호사 노릇, 보호자 노릇을 하기란 무리였다. 그렇다고 수문이가 도울 수도 없었고 아저씨만이 가끔씩 그 일을 도왔다.

 -주혁아, 나 좀 도와줘. 어려운 건 아냐. 그냥 내가 약을 먹일 때 새를 붙잡고 있기만 하면 돼. 너는 새하고 말을 하고 싶어 하잖아? 내가 도와줬으면 좋겠다.

 주혁이는 이모의 말에 이렇다 저렇다 한마디 반응도 하지 않았다. 이모는 수문이한테도 부탁을 했다. 수문이도 들은 체하지 않았다. 다친 새들을 돌볼 시간이 있으면 영어나 수학책을 한 번이라도 더 들여다보는 게 낫다고 침을 꼴깍 삼켰다. 이모도 더 이상 수문이나 주혁이한테 도와 달라는 부탁을 하지 않았다. 수문이는 자신이 새를 돌보게 될 줄은 꿈에도 몰랐다고 베란다 새장에 있는 호랑지빠귀한테 말을 한 적이 있었다. 한결이하고 헤어지고 한 달쯤 흐른 뒤였다.

 수문이는 틈만 나면 숲 속을 돌아다녔다. 움직여야만 그나마 한결이를 잠시라도 잊을 수 있었다. 숲에 가만히 서 있으면 나무하고 자그마한 동지 의식이 싹트기도 하였고, 안개 속을 돌아다니다 보면 안개가 사라진 뒤에도 자신의 몸에 안개가 배어 있는 것 같아서 좋았다. 숲의 모든 새로운 것은 다 안개 속에 모여 있는 것 같았다.

 그날도 옅은 안개가 숲 속에 머물렀다. 안개는 바람에 경련을 일으키는 숲을 살포시 가려 주었다. 옅은 안개가 사라질 즈음 호랑지빠귀 소리를 들었다. 수문이는 저도 모르게 입술을 동그랗게 모으고 휘파람을 불었다. 놀랍게도 호랑지빠귀가 수문이 앞으로 날아왔다. 그놈은 머리를 위아래로 흔들어 대면서 뭔가 절박하게 소리치고 있었다.

수문이는 뭔가를 입에 물고 골짜기 위로 올라가는 너구리를 보았다. 호랑지빠귀가 그 너구리 머리 쪽으로 위협 비행을 했다. 수문이는 그제야 대충 상황을 짐작할 수 있었다. 호랑지빠귀의 둥지가 너구리의 습격을 받은 게 확실했다. 호랑지빠귀 암컷이나 수컷 중 한 마리는 특유의 보호색만 믿고 끝까지 둥지를 지켰을 것이고, 눈보다는 코를 신뢰하면서 살아가는 너구리는 냄새를 맡고 정확하게 그 둥지를 덮쳤으리라. 알과 사랑하는 배우자를 잃어버린 호랑지빠귀는 화살처럼 너구리를 향해 날아갔다. 그때마다 너구리는 살짝살짝 머리를 낮추어 피하면서, 이 녀석 다시 한 번만 날아오면 가만두지 않겠다고 으르렁거렸다. 너구리는 자기 새끼들이 있을 절벽 밑 깊은 동굴 속으로 사라져 버렸다. 바깥에서는 동굴 입구가 보이지 않아 너구리의 집은 거의 완벽했다. 너구리는 절벽 속으로 완벽하게 순간 이동을 해 버렸다. 자신의 모든 것을 잃어버린 호랑지빠귀의 슬픔은 너무 컸다. 호랑지빠귀는 믿어지지 않는지 자신의 둥지가 있었던 곳에서 너구리가 사라져 버린 절벽까지 마치 왕복 달리기를 하듯이 어둠이 내릴 때까지 날아다니더니, 갑자기 비명을 내지르면서 절벽 아래로 떨어졌다.

수문이는 얼마나 당황했는지 모른다. 호랑지빠귀의 왼쪽 눈에서 피가 흐르고 있었다. 호랑지빠귀는 완벽히 자살을 시도하였다. 심장이 폭발하고 뼈들이 산산조각 날 수 있는 가속력이었다. 놀랍게도 호랑지빠귀의 심장은 멀쩡했다. 왼쪽 날갯죽지가 부러졌으나 대체로 몸 상태는 양호했다. 수문이는 호랑지빠귀를 손에 쥐자마자 뜨거운 체온을 느꼈다. 뭉클했다. 수문이는 호랑지빠귀를 가슴에 안았다. 살려 내고 싶었다. 호랑지빠귀는 수문이의 손을 맹렬하게 물어뜯었다.

−제발 나를 죽게 내버려 둬. 제발 나를 죽게 내버려 둬.

수문이의 귀에 호랑지빠귀의 목소리가 들렸다. 호랑지빠귀의 언어를 해석하는 칩이 고막 속에 박혀 있는 것 같았다. 수문이는 호랑지빠귀가 죽고 싶어 한다는 걸 알았다. 죽고 싶어 하는 만큼 살고 싶어 한다는 것도 알았다. 그 극단의 모순이 작은 몸 안에서 격렬하게 싸우고 있음을 알았다. 지금 이 순간에는 죽고 싶어 하는 흐름이 더 강하지만 그렇다고 살고 싶어 하는 흐름이 작은 것은 아니었다. 호랑지빠귀는 계속 수문이 손을 물어뜯었다. 수문이는 고개를 흔들었다.

―널 죽게 내버려 둘 수는 없어. 넌 살고 싶어 하잖아!

　사실 수문이는 자신이 호랑지빠귀한테 무슨 말을 하는지 하나도 몰랐다. 그냥 마음속 어딘가에 숨어 있던 뜨거운 기운이 입을 통해 말을 전달하고 있었다. 수문이의 몸 안에서도 호랑지빠귀가 편안하게 죽을 수 있도록 해 주어야 한다는 목소리와 살려 내야 한다는 목소리가 맹렬하게 충돌하고 있었다. 다만 살려 내야 한다는 목소리가 조금 강할 뿐이었다. 수문이의 의지하고는 상관없는 일이었다.
　수문이는 호랑지빠귀를 안고 집으로 달려갔다. 마침 마당에는 이모랑 고욤나무집 할머니가 앉아서 무슨 나물을 다듬고 있었다. 이모오오! 그 목소리가 하도 커서 집 주위에 있던 나무들이 놀라 몸을 흔들었다. 아니, 저놈이 왜 저래? 고욤나무집 할머니가 놀란 눈초리를 쏘아 댔다. 수문이는 이모 앞에서 숨을 할딱였다. 이모는 수문이 품에 있는 호랑지빠귀를 보았다. 이모, 이 새만 살려 주면 하라는 대로, 이모가 하라는 대로…… 다, 다, 다 할게요. 이모가 다친 호랑지빠귀를 두 손으로 받았다. 호랑지빠귀의 몸에는 모든 움직임이 정지되어 있었다. 수문이는 울먹이면서 다시 호랑지빠귀를 살려 달라고 했고, 절벽에 부딪혀서 자살을 시도했다는 말까지 간신히 이어 갔다. 호랑지빠귀의 눈에는 두려운 빛이 조금도 없었다.

인간의 눈으로는 측정할 수 없는 슬픔의 무게만이 가라앉아 있었고, 다쳐서 오는 다른 새들처럼 불안하다거나 살고 싶은 격렬한 파닥거림이 보이지 않았다. 뭔가를 초월한 눈빛이었다. 고욤나무집 할머니는 그런 눈빛을 읽었는지 고개를 흔들어 버렸다.

-이 새는 못 산다! 살고 싶은 맘이 조금도 없다. 이미 혼이 육신을 떠날 준비를 하고 있다!

수문이는 이모의 손까지 잡고 늘어졌다. 제발, 제발, 제발……. 이모는 수문이 손을 꼭 잡고 뒤뜰로 돌아갔다. 최선을 다해 보자고 했지만 이모도 밝은 표정을 짓지 않았다.

-수문아, 내가 할 수 있는 것은 다 했다. 이제 죽고 사는 것은 저 새의 운명이다.

수문이는 치료가 끝난 호랑지빠귀 옆에서 밤을 새웠고, 새벽에 혼자 숲으로 들어가서 죽은 호랑지빠귀를 묻었다. 맥이 풀려 버렸다. 수문이는 그 호랑지빠귀를 꼭 살려 내고 싶었다. 다친 그 새를 안자마자 한결이가 떠올랐는데, 순간 새도 인간처럼 사랑을 한다는 사실을 새삼 깨달았고, 이 새를 살려 내면 한결이라는 새를 훨훨 날려 보낼 수 있을 것만 같았다. 아저씨가 와서 등을 토닥거려 주었을 때, 수문이는 울면서도 너무 걱정하지 말라는 눈빛을 보냈다.

그날 밤 수문이는 숲으로 가서 입술을 모으고 호랑지빠귀들에게 말을 건넸다. 호랑지빠귀들이 셋이나 날아왔다. 그들은 수문이가 한 행동을 알고 있고 이 세상에 존재하는 모든 호랑지빠귀들을 대표하여 진정으로 고맙다고 하였다. 다음 날부터 수문이는 이모의 일을 돕기 시작했다. 수문이는 새들이 말을 할 때마다 그들의 언어를 기록하고 때론 녹음을 하여서 비슷하게 발음을 하려고 애를 썼다. 이모는 새들의 눈빛, 사사로운 몸짓, 숨소리 특히 자세를 낮추면서 힘주어 내지르는 숨소리를 들으면 새들이 무슨 말을 하는지 알 수 있다고 하였으나 수문이는 알 수 없었다.

꾀꼬리: 꽈이익 꽈이익- 오-뤼요오~ 오 휘요오! 꽤에에~
직박구리: 삐어루루 쿠지쿠지쿠르르 삐어크루 삐어크르루우~
박새: 삐지작 베베베베 삐리 휘짝 차르르르~ 피식, 찌압찌압 찌어찌어, 쑷쑷 베어커 핏, 쓱쓰치르 비치비치비치- 으치 으치야 치르르르~

붉은머리오목눈이: 삐이삐이비이~ 비리비리베에- 꽥 재재재에 비빕베빕베빕버바바바아~

노랑턱멧새: 쪼루루루비치비치오후리 위비치삐리꼬루오루오루 위추워추비치워리 쓰베쓰베비즈엇 쯔베리쯔베리비리루

딱새: 워치베리베러리 치즈베레레레 칫칫 찌릿찌릿 쭈엇쭈엇비리월 쪼쪼조워치베리버레리~

수많은 새들의 재잘거림이 고막으로 들어왔다. 크고 낮고 탁하고 맑고……. 수문이는 새들의 언어가 그토록 풍부하다는 사실을 새삼 깨달았다. 새가 아니라 다른 언어를 구사하는 인간들 같았다. 새들은 수문이가 아무리 비슷하게 발음을 하여도 대답을 하지 않았다. 오직 호랑지빠귀만이 수문이한테 마음의 문을 열었을 뿐이다.

이모는 날마다 약을 만들었다. 가장 많이 쓰는 약재료는 역시 버섯이었고, 맑은 이슬이나 이모의 머리카락은 꼭 들어갔으며, 다친 부위에 따라서 흙이나 모래를 넣기도 하였고, 나무껍질이나 알껍데기, 동물들의 발톱, 털, 배설물 따위를 넣었고, 뱀의 독이나 두꺼비의 독, 지네의 독을 넣는 경우도 있었다. 이모는 새들을 달래기도 하고 때로는 무섭게 호통을 치

기도 했다. 야, 장끼, 너는 왜 밥을 안 먹니, 하고 다그치면 장끼는 어린아이처럼 몸을 움츠리고 고개를 숙였다. 이모가 와서 입 벌려, 하면 입을 딱 벌리고, 또다시 밥을 남기면 고양이 밥이 되게 할 거야, 하고 겁을 주면 그 자리에서 모이를 남김없이 먹어 치웠다.

39

 이모가 뒤에서 소리 없이 나타났다. 이모의 팔에는 나비 문신이 새겨져 있었고, 단발머리에 가깝던 머리카락이 치렁치렁 늘어져 있었고, 청바지에다 분홍색 반팔 셔츠는 어디다 벗어던지고는 쪽빛 치마에다 쪽빛 저고리에다 꽃신을 신고 있었다. 수문이가 어찌된 일이냐고 묻자 버섯의 무게가 느껴지는 비닐 봉투를 내밀었다.

 ─수문아, 이거만 있으면 어느 우주의 꿈속 화장실에 갇혀 있는 그 아이가 마법약을 만들어서 탈출할 수 있을 거야.

 아래쪽에서 백 살도 아니 천 살도 더 먹어 보이는 할아버지가 와서 빗줄기가 굵어지고 있으니까 서두르자고 하였다. 수문이는 할아버지 뒤를 따랐다. 수문이는 고개를 숙이고 가다가 바위가 나타날 때마다 몸을 떨었다. 성장의 본능을 완전히 상실해 버린 주혁이가 바위로 변해 있는 듯한 환상에 시달렸다. 현실에서 멀리 떨어져 있던 주혁이의 눈빛이 자꾸만 떠올라 어지러울 정도로 머리를 흔들어 댔다.

엄마의 무덤 앞에도 하마 모양의 포클레인이 서 있었다. 일꾼 중 한 사람이 수문이한테 비웃을 주었다. 제법 씨알이 여문 빗방울이 빗금을 그으며 떨어졌다. 빗방울이 흙살을 푹 헤집었다. 만약 빗방울의 무게가 꿩이나 비둘기만큼 무겁다면 어찌 되었을까. 수문이는 생각만 해도 아찔해서 고개를 자꾸자꾸 흔들어 댔다. 이모는 땅하고 거의 수평이 되어 버린 무덤 봉분을 보고는, 너 때문에 장마철에 이런 일을 벌였다고 소리쳤다. 이모는 쪼그리고 앉아 손으로 봉분 흙을 만지작거렸다.

-순전히 두래 너 때문이야. 너를 이런 곳에다 묻어 두고 한시도 편할 날이 없었다. 벌써부터 날을 잡아야지 잡아야지 잡아야지 하다가 더 이상 미룰 수가 없어서, 마침 이무기란 놈이 나를 잡아먹으려고 쫓아오길래 그놈한테 잡아먹히기 전에 너부터 편안하게 해 주고 싶어서 왔어. 그러니 이제 편안

한 곳으로 가라.

 이내 엄마가 누워 있는 관이 드러났다. 포클레인이 잠시 숨을 골랐다. 수문이는 천 살도 더 먹어 보이는 할아버지를 보면서, 엄마를 봐도 되느냐고 눈으로 물었다. 궁금했다. 인간의 죽음이 어떻게 흘러가는지 알고 싶었다. 수문이는 고욤나무집 할머니가 임종하는 순간부터 관에 들어가는 순간까지 지켜보았다. 고욤나무집 할머니는 이렇게 흙 속에 묻히지 않고 화장터로 갔다. 수문이는 죽은 육신이 뜨거움을 느낄까, 하고 생각했다. 어떤 게 더 바람직할까. 흙 속에다 또 다른 집을 짓고 사는 게 더 순리적일까, 아니면 화장을 하여 강이나 산으로 서둘러 돌아가는 게 더 순리적일까.

 새삼 고욤나무집 아이들이 떠올랐다. 정월 대보름을 이틀 앞둔 날이었다. 밖에서 누군가 문을 두드렸다. 고욤나무집 아이들이었다. 남자아이보다 한 뼘가량 커 보이는 여자아이의 입에서 토해져 나오는 목소리는 절박했다. 아줌마! 아줌마아! 아저씨이이! 우리 할머니 좀 살려 주세요······. 목소리가 수문이의 고막에서 맹렬하게 소용돌이쳤다. 수문이는 겁이 났다. 이모랑 아저씨도 없었다. 주혁이는 꼼짝도 하지 않았다. 아이들이 계속 문을 두드렸다. 더 이상은 버틸 수가 없었다. 몸이 터져 버릴 것 같았다. 여자아이는 수문이를 보자마자 할머니가 쓰러졌다고 울어 댔다.

　수문이는 아이들 뒤를 따라갔다. 슬그머니 고개를 내민 주혁이도 주춤주춤 따라갔다. 할머니는 부엌에 쓰러져 있었다. 아이들이 덮어 놓은 이불 속에서 혼신의 힘을 다해 빠르작거렸으나 혼자 몸을 일으키는 건 불가능했다. 수문이가 밖에서 서성거리는 주혁이를 보면서 도와 달라고 소리쳤다. 주혁이는 망설이다가 할머니의 다리를 잡았다. 아이들 도움으로 안방에 누운 할머니는 고맙다고 웃으면서 수문이랑 주혁이를 번갈아 보았다. 이모는 할머니의 눈빛이 봄볕을 닮았다는 말을 무시로 하였다. 너 봄바람의 가치관을 아니, 하고 물으면 수문이는 못 들은 척 고개를 돌려 버렸다.

　-겉으로는 사납고 차갑지만 속으로는 작은 것들 약한 것들을 잘 어루만져 주는 게 봄바람이야.

　수문이는 이모의 말을 떠올리다가 주혁이의 손을 낚아채는 할머니를 보았다. 주혁이는 당황하면서 허걱, 하고 짧은 비명을 질렀다. 할머니가 주혁이한테 할 말이 있다는 눈빛을 수문이에게 보냈다. 수문이는 두 아이를 데리고 밖으로 나갔다. 꼭 두 마리의 염소를 끌고 나오는 것 같았다. 아이들은 본능적으로 할머니의 상황을 알아채고는 방에서 나오려고 하지 않았다. 그때마다 수문이는 두 아이를 번갈아 보면서 손에다 힘을 주었고, 두 아이는 수문이가 힘을 쓸 때만 조금씩 끌려 나왔다. 수문이는 마당으로 나와서야 맨발이라는 것을 알았다. 다시 부엌으로 들어가다가 할머니의 목소리를 들었다.

 -이놈아, 야 이놈아, 이 할매가 죽으려고 하니까 속이 후련하지야? 너 이놈, 할매한테 죽는 게 두렵지 않느냐고 물었지? 그게 알고 싶지야? 이놈아, 지금 할매는 이승을 떠야 하는데…… 어째 이리도……. 어쨌든 할매는 곧 죽으니까, 죽은 뒤 세상이 어떤 곳인지 가자마자 너한테 꼭 알려 줄 것여. 네 꿈속으로 가서 알려 줄 텡께 할매가 나와도 놀라지 마라…….

 수문이는 신발을 신고 되돌아 나오다가 이상한 느낌을 받았다. 할머니의 목소리가 들리지 않았다. 수문이는 저도 모르게 다시 부엌으로 갔다. 아이들도 따라 들어왔다. 할머니가 움직이지 않았다. 여자아이가 할머니 손을 잡더니 뭔가 이상하다고 수문이를 보았다. 수문이는 할머니를 부르면서 몸을 흔들었다. 그때까지 고개를 숙이고 있던 주혁이가 고개를 들었다.

 -설마? 난 손 하나 대지 않았는데……. 말도 안 돼.. 방금까지, 몇 초 전까지 나한테 이놈아, 하면서 말했는데……. 수문아, 이건 말도 안 돼.

 주혁이가 부들부들 떨면서 일어났다.

-나나나나나나나아아아안, 아, 아무 짓도 안 했어. 나, 나나나안, 아무 짓도……. 나, 아니야, 나, 아니야. 나, 나나나난 아아……. 아무 짓도 안 했어.

할머니가 돌아가셨다.

주혁이는 으아아악, 비명을 지르며 밖으로 뛰쳐나갔다.

-아니야, 아니야, 나, 나난, 아니야. 난 아무 짓도 안 했어. 그냥 죽어 버렸어. 그냥, 그냥, 그냥…….

주혁이는 도망쳐 버렸다. 수문이는 아이들 때문에 달아나지 못했지만 계속 이모한테 문자를 보내고 통화를 시도했다. 근처에 도움을 받을 만한 어른이 없었다. 아이들은 자꾸만 돌아가신 할머니한테 달라붙었다. 수문이는 처음으로 삶과 죽음을 동시에 보고 있었다. 불과 몇 십 초 전까지만 해도 할머니는 숨을 쉬고 있었고, 팔다리에서도 맥박이 뛰고 있었고, 입술이 움직였고, 몸에서는 따스함이 느껴졌다. 할머니라는 우주가, 80여 년을 한 번도 멈추지 않고 가동되어 온 그 공장이 일시에 정지해 버릴 수 있다니, 그 단호함에 놀랐다. 그랬을 뿐 실제로 죽은 사람의 모습은 전혀 무섭지 않았다. 시체니 송장이니 하는 단어들이 맹렬하게 뇌에서 꿈틀거렸으나 눈에 보이는 할머니의 모습은 편안했다. 그렇다. 편안함이라고 말할 수 있다. 편안함이라는 말 자체가 나이에 따라 처지에 따라 다르겠지만 수문이 눈에 보이는 편안함이란 모든 이들의 눈에도 그렇게 보일 것 같았다.

 수문이는 새삼 죽음에 대해서 생각했다. 이모가 잡아다가 비료 부대에 넣어서 묻은 뱀들은 죽어 갔다. 그 뱀들에서 구더기들이 나왔다. 그 구더기들을 닭들이 먹었다. 그 닭들을 사람들이 먹었다. 그 사람들이 죽었다. 그럼 끝인가? 나무가 쓰러졌다. 뿌리가 뽑혔다. 그럼 죽은 것인가. 그 나무에 버섯이 난다. 그 버섯을 이모가 먹는다. 그렇다면 인간은 죽음을 먹는다는 뜻. 쌀은 죽었을까 살았을까. 수박은? 참외는? 줄기에서 떨어졌으니까 죽은 셈인데, 그렇다면 인간은 죽은 걸 먹고 있는 걸까. 그 죽음만 인간이 먹고 씨앗은 다시 살아나고. 삼겹살은? 치킨은? 다 죽음 아닌가. 아, 우리는 죽음을 먹고 살아가는구나. 모든 게 죽음이구나. 배추, 무, 파, 고추도 다 죽어야 우리 반찬에 오른다. 우리 밥상은 온통 죽음이구나. 계란 프라이도 죽음이니까. 죽음 아닌 게 없네…….

 혼자 있을 때는 죽음이 하나도 무섭지 않았는데 막상 구급차가 오고 어른들이 들이닥치자 그제야 죽어 있는 거대한 물질이 두려워졌다. 참으로 이상한 일이었다. 더 이상 죽음을 먹을 수 없는 존재가 되어 버린 할머니가 구급차에 실려서 사라지는 순간 그 고욤나무집이 무서워지기 시작하더니, 단 1초도 버틸 수 없었다. 수문이는 아이들을 데리고 집으로 오면서 한 번도 고욤나무집을 돌아다보지 못했다. 텅 빈 그 집이 무서웠다. 팔십 평생 죽음을 씹어 삼켜 온 거인이 사라져 버린 낡은 집이 무서워지기 시작했다는 사실을 수문이는 납득할 수 없었다. 그건 그런 문제였다. 이성적인 판단의 경계를 넘어서야만 받아들일 수 있는 문제였다.

 저녁에 경찰차가 왔다. 경찰이 주혁이를 찾았다. 할머니의 말소리를 마지막으로 들은 당사자이기 때문이다. 경찰은 주혁이한테 무슨 추궁을 하려고 하는 게 아니라 그냥 몇 가지만 물어보려고 하니까 방에서 나와 달라고 부탁했다. 주혁이는 그 말을 듣지 않았다. 방 안에서는 계속 공포에 질린 주혁이의 목소리만이 날아왔다. 경찰들은 주혁이가 갑자기 임종하신 할머니를 보고 큰 충격을 받은 게 분명하다며 오히려 걱정스러운 표정을 지으면서 돌아갔다.
 이모랑 아저씨가 상주가 되어 할머니의 장례식을 치렀다. 사흘이 지나도록 주혁이는 방에서 나오지 않았다. 경찰이 없다고 해도 믿지 않았다.

 ─다 알아. 마당에 경찰들이 있다는 거, 다 알아! 다 꺼져 버려. 난 안 죽였어. 난, 난 아니야. 나, 나나나나아아아나난난, 난, 난……. 다 꺼져 버려…….

할 수 없이 아저씨가 망치와 펜치로 방문 돌쩌귀를 뽑아냈다. 수문이는 주혁이가 자기만의 비밀 통로를 통해 탈출했기를 바랐다. 그런 수문이의 바람과는 달리 주혁이는 책상 밑에서 쥐며느리 꼬락서니로 웅크리고 있었다. 아저씨가 끌어내도 뼈까지 말린 몸을 펴지 않았다. 이모가 주혁이를 꼭 안아 주었다. 주혁이는 부들부들 떨면서 아무런 말도 하지 않았다. 주혁이가 골방에서 끌려 나오던 날, 이모는 고욤나무집 아이들을 태우고 어디론가 사라졌다가 다음다음 날이 되어서야 돌아왔다. 수문이가 몇 번이나 물어도 아무런 말이 없더니, 다락에 올라와서야 낮게 속삭였다.

-다행히 좋은 분들하고 인연이 닿아서……. 그분들이 잘 보살펴 줄 거야……. 솔직히 이모는 아이들을 키우고 싶었다, 너희랑 같이……. 근데 말 못 했다. 너희 둘이 너무 힘들어하는 것 같아서……. 그래, 너희 둘이라도 행복했으면 좋겠는데…….

수문이는 자꾸만 희미해지는 고욤나무집 두 아이들을 떠올리면서 다시금 할아버지를 보았다. 왕이모가 저 할아버지를 본다면 하느님으로 착각할지도 모른다. 할아버지는 천천히 고개를 끄덕여 주었다. 사리같이 빛나는 눈빛이었다.

-별것 아니다. 두려워하지 않아도 된다. 느그 엄마는 내 꿈

속에 나오지 않았응께 봐도 된다. 이런 말이 무슨 소용이 있 겠냐만은, 옛날에는 여자가 아이를 낳으면 무조건 어른 대우를 했제. 그것이 워낙 성스러운 일이라서 여자는 아이만 낳으면 어른으로 예우해 준 것여. 아이를 낳는다는 것은 하늘과 땅의 이치거든. 근디 남자는 달랐어. 더 까다롭고 엄격했어. 예를 들어 남자란 장가들어 아이를 낳아도 어른으로 예우하지 않는 경우가 많았제. 남자라는 것이 씨만 뿌린다고 어른이 아녀. 남자란 직접 집을 지어 본다거나 부모님의 상을 치러 본다거나 조상의 뼈를 추려 본다거나 그래야만 어른이 될 수 있었제. 요새는 그런 일들이 모두 전문가들한테 맡겨져서 인간이 인간으로 살지 않아도 살아가게 되어 버렸제. 옛날에는 인간은 인간으로 살아야 했지만 인자 그럴 필요가 없다는 뜻이여. 그래도 어미가 되고 아비가 되제…….

 아비, 아비, 아버지, 아빠……. 수문이는 고개를 쳐들고 비가 쏟아지는 하늘을 보면서 입을 벌렸다. 천 살도 아니 만 살도 더 먹어 보이는 할아버지의 입에서 흘러나온 아비라는 단어가 날카로운 가시가 되어 가슴을 찌른다. 아비라니, 나한테도 아비가 있었을까. 나도 아비가 있어 이 세상에 생겨났다는 말인가. 수문이는 그런 생각을 해 본 적이 없다. 그냥 엄마 혼자서 한수문이라는 생명을 잉태하여 이 세상으로 내보냈다고만 생각해 왔다. 아비, 단 한 번도 불러 보지 않았던 말.

아버지 혹은 아빠 또는 아부지 아니면 아비, 뭐 그런 말들을 한 번이라도 뇌까려 본 적이 없다. 아버지가 있었으니까 네가 생겨날 수 있었을 것 아니냐고 누군가 다그친다고 해도 수문이는 부정했으리라. 나는 그냥 태어났다고. 엄밀하게 말하자면 아버지라는 존재에 대해 생각해 볼 마음의 여유가 없었다고나 할까. 수문이는 엄마라는 존재를 찾기에도 벅찼으니까, 엄마아- 하고 메아리 한 번 날리지 못했으니까, 아비라는 인간은 수문이한테 눈곱만큼도 절박한 존재가 아니었다. 버려진 빈 깡통보다 못한 존재였다.

  수문이는 깊은숨을 내쉬면서 아비가 이곳에 없는 게 다행이라고 침을 꼴깍 삼킨다. 아비마저도 저렇게 누워 있었다면 미쳐 버리지 않았을까. 다행히도 수문이는 아비를 모르고 아비에 대해서 아는 게 없으니까 아비라는 말을 빨리 삭혀 버리기 위해서 자꾸만 머리를 흔들어 댔다. 그럴수록 얼굴도 모르고 미소도 모르고 익숙한 버릇도 모르고 살냄새도 모르는 아비라는 말이 더 빠르게 세포 분열을 하면서 수문이 몸속으로 침투해 왔다.

40

-네 엄마는 그 사람이랑 5년 정도 동거를 했어. 그래도 결혼을 하지 못했지. 그 사람 집안의 반대 때문이었고, 나는 헤어지라고 끝없이 충고를 했으나 먹혀들지 않았어. 얼마 후 네 엄마가 아기를 낳았다고 해서 병원에 가 보았는데, 그 사람은 사흘간 얼굴 한 번 보이지 않았고, 그런 걸로 아기 낳는 걸 원하지 않는다고 짐작했지. 네 엄마는 몸이 좋지 않아서 한 달간 병원에서 치료를 받고, 퇴원하자마자 나한테 아기를 맡기고 가더니 다시는 돌아오지 않은 거야. 그로부터 닷새 후에 네 엄마가 죽었다는 연락을 받았는데…… 그래, 그 말은 그만하고……. 하여간 죽은 네 엄마는 말이 없었고, 같은 차에 타고 있었던 그 사람 역시 중상을 입어 병원에 입원 중이었는데 얼굴을 심하게 다쳐 역시 말을 할 수가 없었고, 경찰만이 안개 때문에 일어난 교통사고라고 하면서, 차가 5미터 아래 논바닥으로 처박혔다고 하더라. 나는 화장하려고 했는데 그때 잘 아는 무당이 화장하면 아기한테 큰 화가 미친다고 하는 통에……. 아무튼 장례식을 치른 뒤에 그 사람을 만났는데 아기를 맡지 않겠다고, 그 아기가 내 핏덩이인지 어떻게 확신할 수 있느냐고 따지는데……. 그때 처음으로 나는

누군가를 죽이고 싶다고, 그럴 수도 있다는 살의를 맛보면서 울었단다.

이모네 집을 떠나기 전날이었다. 이모는 수문이의 짐을 꾸리면서 혼잣말에 가깝게 아비에 대한 타령을 하였고, 수문이는 그 말을 들으면서도 자꾸만 딴청을 부리면서 나한테는 아비가 없다고 몇 번이나 몇 번이나 속으로 부르짖었는지 모른다. 몸 안에서 울려 퍼지는 아비라는 말이 슬펐다. 몸 안에서 울려 퍼지는 아비라는 메아리가 유독 길었다. 어쩌면 자신도 모르게 아비를 그리워했는지도 모른다.

수문이는 일부러 복식 호흡을 하였다. 코와 입으로 숨을 들이마시고…… 하나, 둘, 셋, 넷, 다섯, 여섯, 일곱까지 센 다음 천천히 입을 벌리고 내뱉었다. 이미 뇌리 속으로 들어와서 발아한 다음 자잘한 실뿌리를 내리기 시작한 아비라는 말을 무시하려고 했으나, 그런 노력을 한다는 것 자체가 이미 아비라는 말에 포로가 되어 버렸음을 인정하지 않을 수 없었다. 수문이는 한결이랑 사귀면서도 그가 나중에 아비가 된다는 상상을 하지 못했다. 사랑을 하게 되면 생명이 생긴다고 인식했으면서도 왜 아비를 생각하지 못했을까. 왜 그런 모순이 생겼을까. 아비라는 존재를 단순하게 생명의 씨앗을 뿌리는 수컷으로만 받아들이지 않고, 힘들 때 뒤돌아보면 언제나 넉넉한 그늘을 가지고 있는 거대한 느티나무에 버금가는 존재로 그리고 있었는지도 모른다. 아니다.

거듭 말하지만 수문이는 아비라는 존재에 대해서 곱씹어 볼 겨를이 없었다. 세상 아이들은 입이 트이면서 가장 먼저 엄마 혹은 아빠라는 말을 배운다. 수문이에게는 그런 순리가 흐르지 않았다. 수문이는 엄마라는 존재도 몰랐다. 당연히 아빠라는 존재는, 엄마도 모르는데 어떻게 아빠를 알 수가 있겠는가.

엄마는 누가 가르쳐 주지 않아도 그냥 저절로 깨우치게 되는 존재일 수 있어도 아빠는 어린 아기의 본능에서 멀찌감치 떨어져 있다. 있으면 좋으나 없어도 그만인 바람 같은 존재. 엄마는 반드시 있어야 하는 모유의 생산자다. 아기는 엄마의 살냄새를 먹으면서 자란다. 수문이에게는 그런 순리조차 흐르지 않았다.

이모라는 말이 수문이의 기억 속에 가장 먼저 저장되어 있다. 물론 수문이가 기억할 수 없는 곳에 엄마라는 말도 저장되어 있으리라. 다른 사람들은 이모를 수문이 엄마라고 알았다. 수문이도 이모보다는 엄마라는 말이 더 좋았다. 저도 모르게 엄마라고 부른 적도 있다. 그때마다 이모는 수문이의 손을 매섭게 잡아끌고는 사람들의 귀가 닿지 않는 곳으로 가서 쪼그려 앉은 다음, 난 네 엄마가 아니고 이모라고, 이모오-라고, 몇 번이나 수문이의 귀에다 말뚝을 박았다. 그래도 엄마라고 부르고 싶었다. 엄마였으면 했다. 수문이가 엄마라고 부를 때마다 이모 얼굴이 싸늘해졌다.

한번은 수문이 손을 뿌리치면서 엄마가 아니고 이모라고 했잖아, 하고 볼이 터지도록 소리를 지르기도 했다. 이모의 눈은, 난 네 이모다, 그러니까 엄마의 언니지만 그렇다고 엄마는 아니다, 그러니까 엄마가 아니라 이모라는 그릇만큼만 너한테 줄 거다, 하고 말하는 것 같았다. 또 한번은 계속 엄마라고 부르면 널 혼자 두고 집을 나가 버리겠다고 협박했다. 겨우 엄마 아빠 말귀나 알아들으면서 재롱이나 떨어야 할 나이에, 그 말은 세상에서 가장 무서운 공포였다. 그때부터 수문이는 악몽을 꾸었다. 이모가 자신을 버리고 가는.

41

포클레인 삽날이 관 뚜껑을 열었고, 그와 동시에 관 속에서 한 아름의 안개가 피어올랐다. 엄마아- 수문이는 저도 모르게 입을 열었다. 얼마나 불러 보고 싶었던 말인가. 울음이 터졌다. 수문이가 울어 버린 게 아니라 울음이, 엄마의 자궁 속에 있을 때부터 슬은 울음이, 수많은 세월을 거슬러 이제야 수문이의 몸을 열고 세상으로 나왔다. 어쩌면 수문이는 이제야 세상으로 나왔는지도 모른다. 엄마아, 한수문이라는 생명체가 살아온 세월 중에 이토록 깊게 온몸으로 울어 본 적이 없었다. 엄마는 똑바로 누워 있었다. 하나도 썩지 않았다. 한복 차림에 고운 얼굴이었다. 왜 엄마가 저 답답한 땅속에서 하나도 썩지 않고 버티고 있었을까. 얼마나 힘들었을까. 엄마아, 엄마, 엄마. 수문이는 그 말밖에 할 수 없었다. 엄마를 만지고 싶었다. 그 볼에 살을 비비고 냄새를 맡고 싶었다. 수문이가 갑자기 관 쪽으로 뛰어들자 만 살 아니 억만 살도 더 먹어 보이는 할아버지의 손이 재빠르게 막아섰다.

─그래, 울어라. 에미란 그런 것이다. 에미란 그런 것이다. 에미란 그런 것이다.

얼마나 울었는지 모른다. 가슴 가득 차오른 눈물을 어느 정도 쏟아 내고 나자 몸이 한없이 가라앉았다. 수문이는 맨손으로 눈물을 닦으며 다시 엄마를 내려다보았다. 그새, 수문이가 엄마의 자궁 속에서부터 슬어 있던 눈물을 비워 내는 사이, 엄마의 살은 무르녹아서 사라지고 앙상한 뼈만 남아 있었다. 해골을 보면 무서울 줄 알았는데 하나도 무섭지 않았다. 허탈하고 허무해서 자꾸만 헛웃음이 나오려고 했다. 엄마의 모든 것이 흙이 되어 사라져 버렸으면 좋았을 것을. 억만 살도 더 먹어 보이는 할아버지의 말처럼 흙이 좋지 않아서 엄마의 뼈가 썩지 않았는지도 모른다.

 이모도 사람들 옆에 앉아서 엄마의 뼈를 추렸다. 수문이도 그 옆에 앉아서 엄마를 만지고 싶었으나 억만 살도 더 먹어 보이는 할아버지가 말렸다. 엄마의 뼈를 추리는 일꾼들을 보니까, 단순히 돈 받고 일하는 일꾼들이 아니라 진짜 아비는 저래야 한다는, 저런 모습을 보고 믿음을 갖지 않을 수 없을 거라는 생각이 새삼 사무쳤다.

 엄마의 몸은 라면 상자 하나만큼도 되지 않았다. 억만 살도 더 먹어 보이는 할아버지가 어디선가 작은 소나무 한 그루를 들고 왔다. 포클레인이 엄마가 누워 있던 곳을 옴폭하게 파냈다. 포클레인 기사가 할아버지한테 손짓을 하더니 소나무를 심으라고 하였다.

 ─느그 엄마의 핏줄은 너 하나뿐잉께 솔나무도 하나뿐이다. 이 나무는 네 나무다. 이 나무는 느그 엄마의 살이 묻은 흙을 먹고 자랄 것이다. 혹시라도 나중에 엄마가 생각나거든 여기 와서 이 나무를 보거라.

 수문이는 땅에다 발을 묻은 소나무 주위를 꼭꼭 밟아 주면서 할아버지의 말을 들었다. 그러면서 이 나무가 아무런 탈 없이 잘 자라 주기를 바랐다.

42

 산을 내려왔다. 먼저 내려온 일꾼들이 천막을 쳐 놓고 술을 마시고 있었다. 천막 앞에는 해감내도 풍기지 않을 정도로 맑은 냇물이 찰랑거렸고, 거기서 조금 내려가면 시멘트 다리가 보였다. 장노 아저씨는 농주 한 잔을 벌컥벌컥 들이켜더니 가스 토치를 들고 그 다리 쪽으로 걸어갔다. 일꾼들 몇 사람이 따라갔다.
 ─자, 우리는 여기 앉아서 술로 몸이나 데웁시다. 오래 걸리지는 않을 것이요. 가스 토치로 뼈를 태우고 남은 것은 절구통에다 넣고 빻아서 가져올 겁니다.
 수문이는 누군가의 말을 들으면서 엄마의 무덤이 있던 멧부리를 더듬어 보았다. 이미 안개가 몸을 풀어서 산 우듬지 쪽은 천상의 세상이 되어 버렸다. 억만 살도 더 먹어 보이는 할아버지가 막걸리 한 잔을 수문이한테 내밀었다. 술보다 담배가 더 절실했어도 그런 티를 낼 수는 없었다. 수문이는 술을 받아 마셨다. 술이 온기 한 점 없이 가라앉던 몸을 따뜻하게 덥혀 주었다. 혼란스럽고 산만하게 흩어져 있던 정신이 제자리로 모여들었고 손발에도 생기가 돌았으며 눈이 맑아졌다.

할머니와 엄마는 작은 나무 상자에 담겼다. 장노 아저씨가 하늘을 보았다.

-자, 하늘이 잠시 비를 참아 준다. 다래야, 언능 보내 드리고 와라.

몇 분 전까지 세차게 쏟아지던 빗줄기가 그쳐 있었고, 하늘을 가득 뒤덮고 있던 구름들도 어디론가 사라지면서 해가 드러났다. 이모랑 수문이는 재첩들이 입을 벌리고 빠끔빠끔 노래하는 냇가를 따라갔다. 이모는 안개가 흐릿하게 몸을 푼 산을 보면서, 저 안개 속에 이무기가 숨어 있다고 하였다. 그러니까 너무 멀리 가지 말자고 하면서 만약 저 일꾼들이 없었다면 벌써 그놈이 당신을 낚아채 갔을 거라고 한숨을 내뱉었다. 그 모습이 하도 진지해서 이제는 뭐라 고시랑거릴 수도 없었다. 수문이는 안개의 포로가 된 산을 굽어보기도 했는데 이무기인지 아니면 헛것을 보았는지 몰라도 뭔가 거대한 꼬리가 흔들리고 있었다. 이모는 징검다리가 놓인 곳 앞에 쪼그려 앉았다.

-자운영이 피었으면 좋았을 텐데……. 너도 알지? 너 어렸을 때 이모랑 같이 달려갔던 그 요람 같은 자운영 꽃밭. 거기에다 뿌리면 좋을 텐데.

수문이는 또렷하게 기억이 난다고 고개를 끄덕여 주었다.

그해 봄날, 엄마의 산소에 다녀오던 그해 봄날 왕이모네 집으로 가는 길이었다. 차창으로 붉은 꽃밭이 보였다. 이모가 차를 세우면서 자운영 꽃이라고 했다. 너 요람이라는 말 모르지? 요람이란 아기들을 담아서 재우는 큰 바구니 같은 거야. 편안한 곳. 엄마의 품속 같은 곳. 그러니까 요람이란 엄마의 품속이라고 생각해도 돼. 수문아, 나가자. 난, 저런 곳에 누워 보는 게 꿈이었어. 햇살은 쨍쨍했다. 이모는 그 들로 달려갔다. 수문이는 꽃을 보고도 아무런 감정을 느끼지 못했다. 머지않아 이모하고 헤어져야 한다는…… 옷에 그려진 마법사가 나타나서 이모랑 자신을 데리고 강남의 그 부자 아저씨가 올 수 없는 곳으로 가 버렸으면 좋겠다는 생각만 굴리고 있었다.
  이모는 꽃밭에 누웠다.

-이런 꽃밭에서 살고 싶다.

이런 꽃밭에서 죽고 싶다.
이런 꽃밭에서 화장(花葬)당하고 싶다.
이런 꽃밭에서 미쳐 버리고 싶다.
이모는 그렇게 중얼거리면서 그 붉은 꽃밭에서 뒹굴었다.

  수문이는 자주 그 꿈을 꾼다고 덧붙였다. 이모도 자주 그 꿈을 꾼다고 하였다. 이모가 먼저 할머니의 뼈를 물에다 던졌다. 워낙 물살이 빨라서 할머니의 뼛가루는 물에 닿는 순간 사라져 버렸다.
  -새엄마…… 히히히, 세월이 흐르면 새것도 헌것이 되고 헌것이 새것이 되기도 하는데, 새엄마는 세월이 흐르거나 말거나 돌아가시거나 말거나 영원히 새것이니까 좋겠다. 새엄마, 잘 가요. 난 벌써부터 당신을 미워하지 않았어요. 오히려 미안했어요. 고마웠고요.
  이모는 아이처럼 웃으려고 했다. 수문이도 엄마를 물속으로 흘려보낸 다음 아이처럼 웃으려고 했다.

43

 오후 5시가 넘어서야 사람들은 오리 구이 식당에 앉았다. 수문이는 한 점도 맛있게 삼키지 못하고 콩나물국에다 밥을 말아서 꾸역꾸역 목구멍으로 밀어 넣었다. 밥을 먹고 나자 어둠이 깔려 있었다. 먹고 나자 졸음이 쏟아졌다. 장노 아저씨가 이모랑 수문이를 태워다 주겠다고 하면서, 마침 내일 서울에서 볼일이 있으니까 부담스러워하지 말라고 덧붙였다. 이모도 몸이 지쳤는지 장노 아저씨의 차에 타자마자 등받이에다 얼굴을 묻어 버렸다. 막상 눈을 감자 이상하게도 잠이 오지 않았다. 눈을 뜨면 졸음이 무겁게 짓눌러 대고 눈을 감으면 정신이 말똥말똥해지고 그러다가 장노 아저씨의 음마, 하는 소리를 듣고 눈을 떴다. 처음에는 눈이 쏟아지는 줄 알았다. 유리창으로 하얀 나방 떼가 날아들고 있었다.

 -음마, 비가 퍼붓다가 갑자기 무슨 일이지. 다래야, 느그 조상들이 고맙다고 그러는 모양이다. 마지막 인사 하는갑다.
 이모는 실눈을 뜨고 있었다. 수문이는 자는 체하였다. 이모는 말이 없었다. 그렇게 얼마나 시간이 흘렀을까. 장노 아저씨가 헛기침을 하더니 입을 열었다.

-다 묵은 이야기다만 그래도 궁금하다야. 너 강남에서 그 돈 많은 놈이랑 잘 산다고 들었는데……. 으째 그놈이랑 땡하고 거렁뱅이나 다름없는 숯가루하고 사냐? 그놈 괜찮드만. 내가 그새 언제 일 때문에 서울 갔다가 너한테 연락하니까 같이 나왔잖아. 그 엄청 비싼 한정식집에서…… 한 끼니에 십만 원인가 십오만 원인가 하는 데서…….
　-헛꿈이었지. 그래, 정신 병원 가기 일보 직전이었어. 그건 사는 게 아니야. 그놈은 그저 나를 예쁜 애완동물 취급하면서 섹스 파트너로 생각했어. 진짜 끔찍하고 징그럽고……. 첨부터 잘못되었지. 그래, 명색이 배울 만큼 배운 놈이 나한테 눈길을 줄 때부터 알아봤어야 하는데……. 너 스와핑이라는 거 아니? 야, 난 그런 짓도 해 봤어. 그런 인간이었어. 더 있다가는 죽을 것 같아서 도망쳐 나왔어. 돈이고 뭐고 다 팽개치고 나왔는데 너무 정신이 망가진 상태라서…….
　이모가 그렇게 살았구나. 난 그 아저씨한테 시집가서 잘 살고 있을 거라고 생각했고, 왜 그 아저씨를 팽개치고 가난뱅이 주혁이 아버지랑 사는지 이해가 되지 않을 때가 많았는데, 그랬구나. 스와핑이라니? 아, 끔찍해.
　-그냥 발길 닿는 대로, 돈도 싫고 밥도 싫고……. 짠놈아, 너니까 이런 말 한다만…… 이 세상 바닥까지 가 봤어. 말도 마라. 그래, 그만하자. 하여간 그러다가 우연히 숯가루를 알

게 된 거야. 그러니까 숯가루 때문에 다시 살아야겠다고 생각한 것이고…….

-음머, 숯가루는 나한테 그 반대로 이야기하던데. 자기야말로 죽으려고 했다가 너를 만나서…….

아저씨는 수문이한테도 그렇게 말했다. 대체 누구의 말이 진실일까?

44

새벽 3시. 장노 아저씨의 차에서 나오자마자 안개의 너울이 수문이의 몸을 칭칭 감고서 흔들어 댔다. 장노 아저씨의 차는 비상등을 깜박이면서 안개 속으로 사라졌다. 수문이는 씻지도 않고 누웠다. 이상한 밤이었다. 엄청나게 졸음이 쏟아지는데도 깊은 잠에 빠져들지 못하고 계속 뒤척였다. 무슨 소리가 계속 고막을 두들겼다. 누군가 울부짖는 소리. 그때마다 깜짝깜짝 놀라면서 눈을 뜨려고 해도 뜰 수가 없어 몸만 뒤척이다가 잠 들기를 얼마나 되풀이했는지 모른다. 눈을 떴을 때는 아침 8시였다. 수문이는 벌떡 몸을 일으키면서 이모를 불렀다. 이모는 스케치북 위에다 작은 메모지 한 장만 남겨 놓고 어디론가 증발해 버렸다.

'수문아, 이모 갈게. 이무기가 집 앞까지 쫓아와서 너 이상 여기에 있을 수가 없구나.'

맥이 빠져 버렸다. 이모가 더 오래 있을까 봐 걱정했고 어서 이모가 끌고 온 시간의 지배로부터 풀려나 일상으로 돌아가고 싶었는데, 막상 이모가 사라지자마자 알 수 없는 허탈감이 몸을 짓눌렀다. 차라리 꿈이었으면 좋겠다. 그래, 꿈일 거야. 수문이는 중얼거리면서 몸을 돌리다가 발에 밟히는 비닐을 보았다. 까만 비닐이었다. 그 안에는 생전 처음 보는 버섯들이 가득 들어 있었다.

'수문아, 이건 보통 버섯이 아니야. 반드시 마법의 약을 만들 때에만 써야 해. 그냥 먹으면 영영 깨어나지 못할 수도 있으니까. 꿈속에 갇혀 있는 그 아이한테도 전해 주고.'

쪽지 뒤에는 마법약을 만드는 방법이 적혀 있었다. 수문이는 그만 키득키득 웃다가 다시 잠이 들었다.

45

 누군가 현관문을 거칠게 쳤다. 상식이 있는 사람이라면 초인종이 있다는 사실을 알 테고, 아니 상식이 없더라도 남의 집을 방문하거나 볼일이 있을 때 초인종을 눌러야 한다는 걸 모르는 사람이 있을까. 그러니까 지금 바깥에 있는 사람은 상식도 없고, 그러니까 어쩌면 사람이 아닐지도 모른다. 이모를 쫓아온 이무기일지도 모른다. 수문이가 누구냐고 소리치자 왕이모가 현관문을 들어섰다. 어떻게 그 문을 열었는지 알 수가 없었다. 수문이는 인사도 하지 못하고 그저 멍하니 바라다보았다. 이모가 사라지자마자 왕이모가 들이닥치다니. 미치고 팔딱 뛸 노릇이다.

 -이놈의 지지배야, 내가 백마흔한 번이나 문을 두들겼다. 잠귀신이 씌었냐, 지금이 몇 신데 잠을 퍼 자고 있냐. 혼자 살려면 정신 차려야지. 네 나이가 몇이냐?

 왕이모는 이무기가 그려진 커다란 부채를 들고 안짱걸음으로 들어오더니 집 안 구석구석을 기웃거렸다. 수문이가 일단 앉으라고 해도 듣지 않고, 다래 이모가 어딨느냐고 무섭게 다그쳤다. 눈동자가 빨갰다. 무서웠다. 수문이는 이무기가 그려진 부채를 그러쥔 손을 보았다가 하마터면 비명을 지를 뻔했다. 왕이모의 손톱이 용의 발톱처럼 무시무시하게 구부러져 있었다.

-이놈의 지지배야, 다래 어딨느냐니까! 다 알고 왔다. 다래 그 년이 미친놈하고 산다는 것도 알고 왔다. 그놈이 지 마누라 잡아먹고 집안 망해 먹고 이제 다래를 잡아먹으려고 왔는데도, 그 년이 아직도 정신을 못 차리고. 이놈의 지지배야, 다 알고 왔다. 다래 그 년이 악마들을 시켜서 네 할머니랑 엄마 묘까지 다 파헤쳐 버렸다면서야. 세상에나 세상에나 그런 죽일 년이 있을까. 이것이 다 그 미친놈 꼬임에 넘어간 것이야.

수문이는 그만 울어 버렸다. 무슨 말보다는 그냥 울어 버리는 편이 더 낫다고 생각했고, 때로는 말보다 눈물이 더 솔직하게 상대방을 움직일 수 있을지도 모른다고 생각했다. 아니 그렇게 되기를 바랐다.

-이놈의 지지배야, 뚝 그쳐. 그런 정신머리로 이 험한 세상을 어찌 살라고 울어 대냐. 너는 아무도 없다. 혼자야, 혼자야, 혼자아아!

46

꿈이었다. 식은땀이 흘렀다. 수문이는 재빠르게 왕이모를 그렸다. 그런 다음 휴대 전화를 받았다. 현이한테 온 전화였다. 현이는 많은 물음표를 던졌고 수문이는 차분하게 대답하였다. 수문이는 새삼 현이가 소중한 사람이라는 사실을 깨달았다. 자신이 힘들거나 외로울 때 혹은 아무런 이유 없이 누군가에게 하소연을 하고 싶을 때 편안하게 다가갈 수 있는 사람이 있다는 것, 그 자체만으로도 수문이는 행운아라고 할 수 있다. 그걸 몰랐을 뿐이다. 돌이켜 보니 그동안 현이한테 미안했던 일밖에 떠오르지 않는다. 그렇다고 당장 달라질 건 없지만 적어도 그가 아주 소중한 사람이라는 건 분명하다. 수문이는 그가 물어 오는 대로 솔직하게 대거리해 주었다. 그는 이모를 이해할 수 없다고 했지만 수문이는 이해할 수 있느냐 없느냐가 중요하지 않다고 중얼거렸다. 이제 진짜 혼자 살아야 한다. 진짜 엄마 없이 혼자 살아야 한다. 이모는 그런 결론을 심어 주기 위해서 먼먼 여행을 꾸몄는지도 모른다. 이미 흙이 되어 버린 엄마라는 실체를 가슴에다 심어 주기 위해서 그토록 수고로운 일을 꾸몄는지도 모른다.

―수문아, 어쨌든 오늘은 나와야지. 시간이 얼마 안 남았어. 참 호랑지빠귀는 어떠니? 마음이 좀 달라졌니? 이젠 어쩔 수 없어. 무조건 호랑지빠귀를 데리고 나와야 해. 다른 방법이 없어. 오로라샘도 네 마술을 가장 기대하고 있는데…….

47

―수문아, 수문아, 너 이제 일어났구나. 난 어젯밤에 한숨도 못 잤어. 왜 못 잤느냐구? 그걸 말이라고 해? 설마 아무것도 모른다고 하지는 않겠지? 아, 이럴 수가! 인간의 귀란 때론 꽉 막힌 새 뼈나 다름없구나, 정말? 아, 이럴 수가……. 정말 대단했어. 난리가 났어. 수문이 네가 막 잠들자마자 누군가 현관문을 부서질 정도로 막 쳤어. 그 소리가 천둥소리보다 더 컸어. 상식이 있는 사람이라면 초인종이 있다는 사실을 알 테고, 아니 상식이 없더라도 남의 집을 방문하거나 볼일이 있을 때 초인종을 눌러야 한다는 걸 모르는 사람이 있을까? 그러니까 지금 바깥에 있는 사람은 상식도 없고, 그러니까 어쩌면 사람이 아닐지도 모른다고 생각했는데……. 진짜 이무기였어. 이모가 좋다, 이놈, 어디 한번 해 보자, 하고는 버섯

을 막 씹어 먹었어.

　생김새라? 어, 뭐라고 표현해야 하나? 구렁이 천만 마리로 새끼줄을 꼬아 놓은 것 같은……. 대가리는 말처럼 생겼고, 아가리는 이 집을 삼킬 만큼 컸고, 아가리에 박혀 있는 이빨은 쇠스랑 같았고, 눈은 사람 대가리보다 더 컸는데 시뻘건 용암이 이글거리는 것 같았고, 뿔은 염소 뿔하고 비슷했고……. 근데 다리가 나오다가 말았는지 짤록해서 아, 용이 되다가 말았구나 하는 걸 누구나 알 수 있었는데……. 하여간 그놈이 이모를 보자마자 용서하지 않겠다고 소리쳤어. 이모는 불사조로 변신을 하였어. 이무기가 불을 내뿜자 황금빛 불사조는 날개를 들어서 불덩어리를 막아 냈지. 쇳덩어리도 단숨에 녹여 버릴 만큼 뜨거운 불덩어리. 그 불덩어리를 내뱉다가 지친 이무기는 화가 날 대로 났지. 이번에는 끝장을 내 주겠다! 이무기가 거대한 꼬리를 추켜세우더니 내리치려고 하자 이번에는 불사조가 자라로 변신을 하였어. 자라는 수십만 톤의 무게로 내리치는 이무기의 꼬리를 살짝살짝 피하면서 굴러다니다가 이무기가 헉헉거리자 재빠르게 달려들어서 녀석의 눈을 물어뜯었지. 아이고, 말도 마. 이무기의 눈에서 폭포처럼 피가 쏟아졌지. 이무기는 자신의 몸에 붙어 있는 독비늘을 날리기 시작했어. 워낙 강력한 독이라서 누구라도 맞기만 하면 살 수가 없지. 자라는 두더지로 변해서 벽으로 숨어 버렸고, 이무기는 긴 혀로 눈에서 흐르는 피를 닦아 내면서 작아지더니 어디론가 사라져 버렸지. 이무기가 사라지자 이모가 나타나더니, 그놈이 다시 오기 전에 빨리 피해야겠군, 하면서 어디선가 커다란 버섯 하나를 가지고 오는 거야. 그 버섯을 빙글빙글 돌리자 이상한 바람이 일어나면서 이모가 날아가기 시작했어.

 ─아, 재밌다아. 호랑지빠귀야, 너도 구라가 제법이구나. 뭐, 구라가 아니라구? 야, 그럼 왜 집 안이 멀쩡하냐? 그렇게 큰 이무기가 나타나서 이모랑 싸웠으면 뭐라도 부서지고 난리가 났어야 하는데……. 봐, 벽에 붙은 그림 한 장 떨어진 게 없잖아? 바닥에 새 깃털 하나 없잖아? 이무기 핏방울은 고사하고……. 야, 그걸 나한테 믿으라고? 이야, 새가 이렇게 뻥을 치다니, 놀랍네, 놀라워. 그나저나 너 마술은 어떡할 거야?

 ─어쨌든 내가 말한 건 다 사실이야. 이 세상에는 진실이지만 믿어지지 않는 일도 있는 법이야. 난 눈에 보인 것만 말했을 뿐이야. 그건 그렇고 마술에 대해서……. 이모가 지켜보겠다고 했어. 이모 때문에, 어디로 달아나도 쫓아온다고 했으니까 이모 때문에…… 최선을 다해서 해 볼게.

 ─그래, 생각 잘했어. 너, 우리 이모가 마녀라는 것 이제 알았지?

48

 바깥세상이 낮인지 밤인지 구별할 수 없을 정도로 햇살의 세력이 전혀 미치지 않았다. 수문이는 으스스하다고 불안해하면서도 호랑지빠귀만 떠올리면 이상하게도 마음이 편해졌다. 이모가 무서워서 마술을 열심히 하겠다는 호랑지빠귀의 겁먹은 눈빛을 떠올리는 순간 괜히 웃음이 나왔다. 다시 이모를 볼 수 있다면 고맙다는 말을 꼭 해 주고 싶었다.
 마을버스 정류장에서 아저씨로부터 온 전화를 받았다. 아저씨는 대뜸 이모가 거기 있지, 하고 물었다. 수문이는 이모가 오기는 왔는데 지금은 없다고 말했다. 아저씨의 한숨 소리가 들렸다. 큰일이네, 하고 중얼거리는 소리도 들렸다. 수문이는 이모한테 무슨 일이 있느냐고 물었다. 아저씨는 이모를 빨리 찾아야 하는데 큰일이라고 한숨을 내쉬었다. 한시가 급하다고 하면서, 이모가 정말 아무런 말도 하지 않았느냐고 두 번이나 물었다. 수문이는 이무기한테 쫓기고 있다는 말만 들었다고 애써 투덜거렸다. 아저씨도 이모가 이무기한테 쫓기고 있다는 사실을 알고 있다고 했다. 그래서 이모를 빨리 찾아야 한다고, 그래야만 이모를 살릴 수 있다고, 지금 이모는 아주 위험한 상태라고 하는데, 수문이는 어이가 없었다. 웃어 버려야 할지 아니면 맞장구를 쳐야 할지, 아이들 장난도 아니고 아저씨까지 이무기 운운하는 것을 이해할 수 없었다.

 －아저씨, 정확히 좀 말해 보세요. 그게 무슨 말이에요? 그래야만 이모를 살릴 수 있다니……. 꼭 이모가 죽을병이라도 걸린 것 같네요. 설마 저한테 진짜 이무기 어쩌고저쩌고하는 말을 믿으라는 건 아닐 테고……. 아저씨, 속 시원하게 말 좀 해 주세요!

 아저씨는 한동안 대답을 하지 않았고, 한숨 소리만 들렸다. 수문이도 아무런 말을 하지 않았다.

 앰뷸런스 한 대가 비상 사이렌을 울리면서 지나갔다.

 다시 한숨 소리가 들렸고, 아저씨의 목소리가 낮게 흘러나왔다.

 －수문아, 이모는 나한테서 떠나고 싶어 했단다.

 아저씨의 말이 잘 납득이 되지 않았다. 왜 이모가 아저씨를 떠나고 싶어 했는지. 수문이는 솔직히 이모가 왜 아저씨랑 사는지 이해할 수 없었다. 선해 보이기는 해도 아저씨는 아무런 경제적인 능력이 없었다. 오이순 하나 달래서 묶지 못하고, 토마토 가지치기도 못 하고……. 그저 책 보는 거. 수문이가 가장 싫어하는 모습이었다. 차라리 사기를 치거나 도둑질을 하는 것보다 더 싫은 모습. 오직 숯 먹는 재주가 있을 뿐, 그럴 뿐. 그런데도 수문이는 꿈에 아저씨가 나타날 때마다 정성을 들여 그 모습을 그려 왔다. 수문이가 그린 아저씨는 한결같이 웃고 있었다. 숯가루가 나무의 파릇파릇한 이파리와 꽃이 되듯이 숯가루가 아저씨의 환한 웃음이 되고 맑은 눈빛이 되었다. 수문이한테 숯가루를 먹이는 그림도 있었다. 수문이는 아저씨가 주는 숯가루를 먹으면서도 한 손에는 담배를 들고 있었다.

수문이는 담배를 피우면서부터 아저씨를 이해하기 시작했다. 죽고 싶을 정도로 몸이 불안하고 갈증이 올 때, 신경 정신과에 가서 온갖 종류 약을 받아 먹어도 마음을 스스로 붙들어 맬 수 없었는데, 담배를 피우니까 마음이 편안해졌다. 아저씨한테는 숯가루가 담배나 다름없다. 수문이는 그 그림을 좋아했다. 세상 사람들이 자기만의 담배를 갖고 있기를 바랐다. 누군가에게는 술이 담배일 수도 있고, 누군가에게는 커피가 담배일 수도 있고, 누군가에게는 초콜릿이 담배일 수도 있고, 누군가에게는 음악이 담배일 수도 있고, 누군가에게는 쇳가루가 담배일 수도 있고, 누군가에게는 벌레 똥이 담배일 수도 있고. 한번은 꿈속에 나타나서 수문이한테 공부를 하지 않는다고 매섭게 다그치기도 했다. 물론 현실에서는 한 번도 그런 말을 하지 않았고, 언젠가 수문이가 왜 공부하라는 말을 하지 않느냐고 물었다. 그때 아저씨는 당황하면서도 고맙다고 하였고, 수문이 손을 잡아 주었다. 수문이는 그 손을 빼지 않았다. 따스함이 느껴졌다.

 -네가 내 딸 같아서 그런다.

 수문이는 그 말이 진심이라고 받아들였다. 딸이라는 느낌이 공부보다 더 소중해서, 공부에 얽매이지 말고 자유롭게 성장했으면 좋겠다고. 아저씨는 그렇게 보탰다. 그래도 미안하다. 그래도 공부가 중요하니까 너를 생각하면 그랬어야 하는데, 나만 생각하다, 내가 닦달하면 네가 멀어질까 봐 못 했어. 아저씨는 그렇게 말했다. 수문이는 그런 아저씨를 그렸다. 그 그림 밑에는, 두 사람 다 업고 싶어 했고 업히고 싶어 했으니까 그렇게 살아가면 된다, 딱 그 문장뿐이었다.

 수문이는 그 그림들을 떠올리면서 대체 이모가 어디로 가고 싶어 하느냐고 물었다.

 -이모만이 꿈꾸는 곳으로…….

수문이가 알기로 이모는 아저씨랑 살면서 행복했다. 수문이는 두 사람의 유토피아를 보았다. 비록 자신이 적응하기에는 낯설고 힘든 곳이었지만 이모한테는 아름다운 세상이었다. 수문이는 그걸 알았고, 인정했고, 지켜 주고 싶었다. 자신이 더 이상 방해물이 되고 싶지 않았다. 비록 주혁이 때문에 떠나게 되었으나 그 사건이 아니었어도 수문이는 떠났을 것이다. 다만 그 시기가 빨라졌을 뿐이다. 수문이는 비록 이모의 삶을 다 이해할 수 없었다고 할지라도 날마다 빛처럼 보이는 이모의 눈빛을 보면서, 나도 저렇게 살아 볼 수 있을까 하는 상상을 여러 번 하였다. 수문이는 그런 이모가 부러울 때가 많았기에 어디론가 떠나고 싶어 했다는 아저씨의 말을 쉽게 받아들일 수 없었다.

-나도 몰라. 거기가 어딘지는.

같이 살았으면서도 모르냐고 수문이가 묻자, 아저씨는 이무기가 하도 급하게 쫓아오는 바람에 구체적인 말을 할 기회조차 없었다고 하였다. 지난 한 달간 이무기 때문에 아무런 정신이 없었노라고. 이모는 어제 새벽부터 이무기한테 쫓기고 있다고 말했는데, 아저씨는 훨씬 과장해서 말하고 있었다.

풋, 그만 웃어 버렸다.

49

전화를 끊자마자 이모네 집이 떠올랐다. 버섯 닮은 집. 수문이는 그 집을 늘 버섯 모양으로 그려 왔다. 빗물이 흘러내리기 좋게 물매진 기와지붕에는 듬성듬성 모험심이 강한 풀들이 이사를 와 있었고, 맑은 햇살이 흐르는 날이면 봄날부터 가을까지 온갖 나물이며 고추까지 한 자리를 차지하고 있던 풍경들이 꿈으로 들어올 때면 어김없이 시들어 가는 버섯으로 보였다. 그 집에 대한 그리움이었다면 더 좋았을 텐데, 모든 게 거짓말임을 밝혀내고 싶은 충동으로 몸이 부르르 떨렸고 당장 그 집으로 달려가고 싶었다. 아저씨의 말도 거짓말이라고 고개를 저어 버렸다. 이모가 아저씨를 두고 어디론가 떠나갈 리가 없다. 그곳에 가면 이모가 언제 이무기 운운하면서 다녀갔냐는 식으로 태연하게 연극을 하면서 염소랑 한바탕 실랑이를 하리라. 문제는 아직도 주혁이를 편안하게 볼 자신이 없다는 데 있다. 어두운 고치 속에 웅크리고 있는 주혁이를 감당할 자신이 없었다. 수문이는 그렇게 망설이면서도 현이한테 문자 메시지를 보내고 있었다.

「오빠, 미안해요. 오늘도 시간이 안 되겠어요. 급히 가 볼 곳이 있어요. 낼부턴 열심히 할게요. 오빠 맘 알고, 늘 고맙고, 늘 미안해요. 참, 호랑지빠귀가 마음을 돌렸어요. 열심히 하겠대요. 그러니 넘 걱정 마세요.」

그런 다음 한 손으로 가슴을 누르면서 하얀여우한테 전화를 걸었다. 예상대로 하얀여우는 수문이 목소리를 확인하자마자 너 잘 걸렸다는 식으로 욕설을 퍼부었다. 수문이는 그 욕설을 다 받아 내고 나서야 오늘 하루만 더 빼 달라고 했다. 물론 벼락같은 호통과 함께 당장 집어치우라는 욕설이 쏟아졌다. 수문이는 다시 간절하게 말했다. 하얀여우는 더 이상 나올 필요 없다고 소리치면서 전화를 끊어 버렸다.

50

그 나이 든 마을버스는 아직까지도 일선에서 물러나지 않은 채 그 골짜기를 향해 달리고 있었다. 비가 내리고 있었다. 순한 비가 아니라 하늘 어딘가에 있는 호수의 밑바닥이 구멍 나서 물을 다스리는 신조차 어찌할 수 없을 정도로 쏟아지는 폭우였다. 계곡은 흙물로 사태를 이루고 있었고 젊은 차들은 비상등을 켜고서 간신히 걸음마를 하고 있었다. 나이 든 마을버스는 더욱 힘에 부쳐서 검은 가래만 토해 냈고, 그때마다 50대 운전사는 백미러로 자꾸만 수문이만 돌아다보았다. 공교롭게도 승객이라고는 수문이밖에 없었다. 수문이는 그냥 여기서 내려 줘도 된다고 말하려다가 꾹 참았다. 이모한테 문자 메시지가 왔다.

「수문아, 이모다. 너 어디 가는지 다 안다. 가지 마라. 가 봐야 아무도 없다.」

수문이는 이모가 왜 이러는지 점점 더 궁금해졌고, 그래서 최대한 무덤덤하게 답장을 썼다. 이모가 보고 싶어서 가는 게 아니니까 신경 쓰지 말라고. 문자 메시지가 이내 돌아와 버렸다. 그러고 보니 이모의 전화번호가 찍혀 있지 않았다. 문자 메시지를 보내 온 상대방의 번호가 없었다.

「수문아, 사실 니네 집에 간 건 네 머리카락이 필요했기 때문이야. 할머니랑 네 엄마 무덤을 파헤친 것도 그분들의 손톱이랑 발톱이랑 머리카락이……. 그게 있어야, 그게 있어야 마법약을 만들 수 있거든. 꿈속으로 도망치는 약. 나는 그걸 안다. 나만 아는 버섯에다 그것들을 넣고, 만월이 된 보름날 푹 달여서 먹으면 꿈속으로 들어갈 수 있단다. 너 그 자운영 꽃밭 기억나니? 그때 이모랑 그 봄날, 네 엄마 산소에 갔다 오다가……. 난 지금도 그 꿈을 꾼다. 난 그곳으로 갈래. 거기까지 이무기들이 쫓아오지는 못할 거야.」

문자 메시지는 더 이상 날아오지 않았고, 이내 마을버스도 멈춰 서 버렸다. 마을버스 앞에 시동이 꺼져 버린 승용차들이 줄줄이 서 있었다. 수문이는 차에서 내렸다. 빗물은 흙살로 스미고 스미다가 더 낮은 곳으로 더 깊은 곳으로 더 만만한 곳으로 달려갔다. 수문이는 우산을 빙글빙글 돌리면서 걷다가 경적 소리에 놀라면서 뒤돌아보았다. 고급 승용차가 흙탕물을 가르면서 도도하게 다가오고 있었다. 그러니까 이런 물난리가 나야만 그 진가가 드러나서 더욱 빛이 나고 더욱 비싸지는 그런 자동차였다. 승용차가 앞에 멈춰 서더니 차 문이 열리고 50대 후반, 어쩌면 더 나이가 들었을지도 모르는 사내가 얼굴을 내밀었다. 머리카락은 흰 오리 숲이었지만 워낙 피부가 탱탱해서 보기에 따라서는 40대라고 볼 수도 있는 얼굴이었다. 입술이 두툼하고 눈에는 힘이 있었다.
 ─이봐, 아가씨 어디까지 가요? 난 이 골짜기 끝까지 가는데……. 타요.
 수문이는 그 사람의 눈을 오래 쳐다보지 않고도 자신을 바라다보는 눈빛이 음흉스러움을 이미 간파하고 있었다. 요새는 저런 사람들이 어딜 가나 판을 친다. 수문이가 고맙지만 사양하겠다고 말을 하고 걸어가는데 그 사람은 다시 옆으로 와서, 처음 보는 얼굴인데 어디에 사느냐고 캐물었다. 이럴 때 마녀라면 얼마나 좋을까, 저런 놈들을 개구리나 지렁이로 만들어 버릴 수 있을 텐데……. 그런 생각을 하면서 몸을 홱 돌렸다. 더 이상 그 사람의 눈요기가 되기 싫었다. 그는 신경질적으로 경적을 울리더니 위쪽으로 사라졌다.

그때가 언제였더라. 생애 가장 어두웠던 그 시절. 한결이하고 헤어지던 날. 그때는 이 골짜기 가득 봄꽃들이 온갖 물감을 흘려보내고 있었다. 수문이는 지금처럼 이 길을 걸어가고 있었다. 느릿느릿 걷다가 계곡물에 얼굴을 씻다가 울다가 욕하다가 그래서 자동차가 옆에 와 있는 줄도 몰랐다. 30대 중후반으로 보이는 남자가 수문이를 불렀다.

-학생, 어디 가지? 나 이 골짜기 끝까지 가는데……. 태워줄 테니까 타.

왜 그랬는지 모르겠지만 수문이는 그 차를 탔다. 남자는 수문이를 보면서 몇 살이냐, 어느 학교에 다니느냐, 연예인 누구를 좋아하느냐고 묻더니 불쑥 자신이 시내에서 패밀리 레스토랑을 경영하는데 알바 생각이 있으면 연락하라고 하면서 명함을 주었다. 그는 수문이 이름을 물었다. 전화번호도 물었다. 왜 그랬는지 모르겠지만 수문이는 자신의 정보를 다 알려 주고야 말았다. 그로부터 며칠 뒤 그 사람한테서 문자 메시지가 왔다. 알바 할 마음이 있으면 오라고 했다. 그때부터 잊을 만하면 그 사람한테서 문자 메시지가 왔다. 맛있는 거 먹고 싶으면 연락하라고. 수문아, 나 지금 혼자 있어. 심심하면 연락해. 그런 문자 메시지도 왔고, 그 메시지 속에 숨어 있는 뜻이 무엇인지도 알았고, 그러면서도 크게 놀라지 않았다. 그냥 나하고 하루만 놀아 줘. 내가 맛있는 거 사 줄게. 그런 문자 메시지도 왔다. 수문이가 상상할 수 없는 돈을 주겠다고도 하였다. 그때 수문이는 혼자 서 있기 힘들 정도로 흔들렸다. 한 번만 더 문자가 오면 그 사람을 만나려고 했는데, 다행히도 더 이상 문자가 날아오지 않았다. 갑자기 그런 기억이 되살아나자 수문이의 걸음이 빨라졌다.

51

막상 이모네 집이 보이자 수문이의 다리가 굳어 버렸다. 어서 꺼지라고 소리치는 주혁이의 목소리가 고막을 공격해 올 것만 같았다.

중학교 2학년 2학기 중간고사가 끝난 어느 날이었다. 숲은 바람이 불 때마다 붉은 주름이 출렁거리고 있었고, 길가에 몰려나온 살살이꽃들은 서로 어깨를 맞대고 운동회 연습이라도 하는지 몸을 흔들고 있었다. 수문이는 집으로 돌아오다가 주혁이하고 마주쳤다. 주혁이가 평상 앞에서 소쩍새의 목에다 올가미를 씌우고 있었다. 수문이가 돌보고 있는 새였다. 역시 고욤나무 윗집 유리창에 부딪혀서 죽어 가는 것을 수문이가 발견해서 데려왔고 왼쪽 눈이 심하게 다쳐서 살아날 가망이 없어 보였다. 이모도 그렇게 말했다. 놀랍게도 새는 수문이의 치료를 받으면서 기운을 차리기 시작하더니 사흘 만에 일어섰다. 그런 소쩍새를 주혁이가 죽이려 하고 있었다. 주혁이에 대한 분노는 점점 수문이의 몸 깊은 곳으로, 한번 들어가 막히면 좀처럼 풀기 어려운 곳으로 스며들고 있었다. 절박하게 소리치는 소쩍새의 박동이 수문이의 가슴에서 느껴졌다. 수문이가 이모랑 아저씨를 불렀다. 아무도 없었다.

주혁이의 입속에는 말을 토막 내는 작두가 있어서 꺼져, 죽여, 개쌍…… 처럼 앞뒤가 최대한 잘려 나간 말만 튕겨 나왔다. 주혁이의 목소리는 귀가 아니라 수문이의 눈으로 들어왔다. 그리고 나서야 귀가 반응했다. 수문이는 소쩍새를 놓아주라고 했다. 주혁이는 가까이 오면 죽이겠다고 쏘아보았다. 수문이는 조심조심 다가갔다. 주혁이가 재빠르게 두레박 끈에 소쩍새의 목을 매달아서 우물 속에다 빠트리려고 하였다.

-넌 미쳤어!

수문이의 목소리가 집 주위에서 살아가는 모든 나무들의 심장을 흔들었다. 수문이가 달려들자 주혁이가 밀쳤다. 수문이는 엉덩방아를 찧으면서 가만두지 않겠다고 선전 포고를 하였다. 그동안 참을 만큼 참아 왔다. 수문이는 주혁이가 납작해지도록 패 줄 자신이 있었다. 예상대로 주혁이는 수문이 적수가 되지 못했다. 수문이가 머리를 잡아채자 녀석은 돌담 위에 있던 호박이 떨어지듯이 굴러 버렸다. 그때부터 주혁이는 손으로 얼굴만 감싼 채 떼굴떼굴 굴렀다. 언젠가 이모가 잡아서 닭들에게 던져 준 박각시나방 애벌레의 몸짓이었다. 아저씨 손가락보다 통통하게 살이 오른 그 애벌레는 닭들이 쪼자마자 생쥐보다 더 빠르게 굴러다녔다. 어찌나 빠르던지 노련한 닭들이 달려들어도 결국은 부리로 상대를 격추시키지 못했다.

-개자식, 진짜 애벌레가 되어 버렸네.

수문이 주먹은 번번이 허탕을 쳤다. 주혁이는 이런 날을 위해서 철저하게 연습을 해 왔는지도 몰랐다. 수문이는 두레박 줄로 주혁이 발을 묶었다. 주혁이는 하늘이 찢어지도록 비명을 질러 댔다. 수문이는 더 이상 동물들을 죽이지 않겠다고, 어서 항복을 하라고 윽박질렀다. 주혁이 입에서는 도저히 흉내 낼 수도 없을 정도로 이상한 비명이 계속 터져 나왔다. 그건 인간의 몸에서 길러진 비명 소리가 아니었다. 그동안 주혁이의 손에 죽은 온갖 동물들의 목소리가 그의 몸속으로 숨어들었다가 한꺼번에 시위를 하고 있는 것 같았다. 그 비명 소리가 하도 끔찍해서 수문이가 주춤 물러나는 찰나였다.

주혁이가 벌떡 일어나면서 기습적으로 수문이 목덜미를 움켜쥐고, 또 다른 손으로 수문이의 콧구멍이 막히도록 무엇인가를 문질러 댔다. 수문이는 이 자식 봐라, 하고 다시 손에다 힘을 주다가 정신이 혼미해졌다. 갑자기 몸에 힘이 빠지고 정신이 가물거렸다. 주혁이 손에는 갈색 가루가 범벅인 솜뭉치가 들려 있었다. 주혁이는 그걸 수문이 코에다 계속 문질러 댔다. 그건 수문이를 잠들게 하는 마법약이었다.

다시 눈을 떴을 때는 수문이가 알몸으로 누워 있었다. 주혁이도 알몸이었다. 수문이는 본능적으로 가슴을 가리면서 웅크렸다. 주혁이가 수문이를 덮쳤다. 수문이는 아까 자신에게 당한 보복을 하는 줄 알았다. 그런 보복이라면 주혁이의 주먹에 맞서서 눈알이 으깨어진다고 해도 감당할 자신이 있었는데, 녀석은 주먹으로 치거나 발로 차거나 물어뜯지 않았다. 그제야 수문이는 상대가 자기보다 두 살 많은 남자라는 사실을 떠올렸다. 무서웠다. 온몸이 얼어붙었다.

주혁이의 손이 수문이의 젖가슴을 강하게 움켜쥐었다. 손바닥에 빨판이 붙어 있지 않고서야 그렇게 강한 힘이 생길 수가 있을까. 수문이 힘으로는 주혁이 손을 떼어 낼 수가 없었다. 조금 전하고는 완전히 달라져 있었다. 수문이는 무기력했다. 수컷이라는 강한 본능으로 중무장한 주혁이 앞에서 수문이는 애벌레보다 더 약한 존재로 추락해 있었다. 주혁이의 손이 수문이의 몸을 무차별하게 유린하였다. 봄날 개울가에서 환하게 피었다가 떨어진 복사꽃 꽃잎을 누군가 마구 밟아 대는 느낌이랄까. 수문이는 지금까지 버티어 온 모든 힘을 놓아 버렸다. 엉엉 울기만 했다. 묘하게 울음이 몸에서 빠져나갈수록 몸속 어디엔가 희미하게나마 여린 덩굴 같은 힘이 모아지고, 새벽에 찬물로 세수를 했을 때처럼 정신이 맑아지고, 손아귀에 뭔가 잡히는 게 느껴졌다. 주전자 뚜껑이었다. 찌그러질 대로 찌그러지고 색이 바랠 대로 바랜 주전자 뚜껑이 수문이 손에 들어왔다. 수문이는 그걸로 주혁의 머리를 후려쳤다.

-개샤, 죽여 버릴 거야!

수문이 몸에서 굴러떨어진 주혁이는 의식을 놓아 버리지도 않고, 천적의 공격을 의식한 애벌레의 몸짓으로 뒹굴지도 않고, 눈을 똑바로 뜨면서 오히려 편안한 눈빛으로 살짝 미소까지 흘리고 있었다. 이 또라이 새끼가 미쳤나, 진짜 죽여 버릴 거야. 수문이는 염소한테 배운 그대로 자신의 무게를 머리에다 실어서 주혁이를 들이받고 입으로 물어뜯었다. 주혁이는 아무런 반항도 하지 않았다. 수문이는 주혁이 목을 졸랐다. 이 새끼만 사라지면 돼. 지금 자신에게 찾아온 모든 불행은 주혁이 때문이라고 저주를 퍼부었다. 너는 이 세상에 생겨나서는 안 될 악마의 씨앗이야, 그러니까 반드시 없애 버려야 한다고.

-어서 죽여 줘.

 순간 피가 거꾸로 솟구쳤다. 좋아, 원하는 대로 죽여 줄 테야. 수문이는 다시 녀석의 목을 졸라 댔다. 주혁이의 빨개진 얼굴에서는 죽음에 대한 두려움 따위를 전혀 찾을 수 없었다. 다른 사람으로 보였다. 어두운 동굴이나 방구석에서 쥐며느리처럼 웅크리고 살아온 아이, 몇 살 때부터인지는 알 수 없으나 육체적인 성장이 멈춰 버린 아주아주 작은 아이, 가끔씩 최신 가요를 부를 때는 멀쩡해 보이지만 식구들만 없으면 동물들을 잡아서 죽이는 실험을 하는 아이, 자신을 이 세상으로 점지해서 내보낸 삼신할미한테도 마음을 열지 않은 아이, 수문이는 그 아이의 몸에서 흐르는 피의 흐름을 끊으려고 발악했다. 수문이는 몸속에 있는 모든 힘을 모아서 손끝으로 몰아가다가 그만 옆으로 쓰러지고야 말았다. 더 이상 힘을 쓸 수가 없었다. 180센티미터가 넘는 한수문이라는 여자아이의 무게로는 저 생명의 흐름을 정지시킬 수 없었다. 그 아이의 몸속에는 수문이가 알지 못했던 어떤 불가사의한 힘이 흐르고 있었다.

-제발 죽여 줘, 제발······.
-개샤, 너 인간 아니지? 너 인간의 탈을 쓴 악마지? 그러니까 죽지도 않는 거지? 그래서 날마다 동물들을 죽이려고 한 거지? 그치? 그치?
-그래, 악마야. 난 악마야. 왜 이렇게도 죽는 게 어렵지? 난 정말 죽고 싶은데. 너, 내가 누군지 모르지? 모를 테지. 나를 아는 사람은 아무도 없어. 나를 버리고 간 우리 엄마 년이나 나를 키우겠다고 나선 네 이모나 아빠나. 내가 누군지 알고 싶지? 말해 줄까? 그래, 말해 주지. 그럼 네가 나를 죽일 수 있을지도 몰라. 난 말이야, 난, 나난······. 이미 죽였어, 이미 죽여 본 사람이야. 허허허, 그냥 죽어 버리데. 그렇게 쉽게 죽

는 줄 몰랐어. 나는 죽으려고 해도, 정말 죽으려고 별짓을 다
해도 안 죽어지는데, 그냥 쉽게 죽어 버리데. 초등학교 4학년
때였어…….

52

　무녀리나 다름없던 주혁이는 유독 작고 약했다. 당연히 병
치레가 많았다. 엄마는 주혁이를 좋아하지 않았다. 엄마의 입
에서는 늘 형에 대한 칭찬만 나왔다. 주혁이는 형을 모른다.
나이 터울이 많기도 했고, 한 번도 형이랑 마주 보고 다정하
게 눈빛을 섞어 본 적도 없다. 주혁이에게 형이란 우주인보
다 더 멀고 먼 존재. 주혁이가 초등학교에 입학할 무렵 형은
대학생이었고, 주혁이가 형이라는 실체를 조금 알아 가려고
하자 먼 나라로 유학 가 버렸으니까. 그때부터 엄마는 주혁
이를 더욱 싫어했고, 어느 날 아빠가 아닌 다른 남자를 집으
로 끌어 들였다. 주혁이는 늘 혼자였다. 주혁이는 동화 속 세
상을 상상하는 버릇이 있었다. 그런 곳이 있다면 가서 살고
싶었다. 엄마는 주혁이를 자주 때렸다. 어쩌다가 너 같은 놈
이 생겨나서, 대체 왜 이렇게 머리가 돌대가리니. 엄마는 그

런 욕을 무시로 뱉어 냈다.

언젠가 한번은 하도 배가 아파서 학원에 가다가 되돌아왔는데, 공교롭게도 엄마가 좋아하는 그 아저씨랑 같이 있었다. 아저씨는 당황하면서 서둘러 집을 나가 버렸고 엄마는 갖은 꼬투리를 잡아서 주혁이를 때렸다. 그날 주혁이는 처음으로 죽고 싶다고 벽에다 머리를 찧었다. 그리고 열 번째 생일날, 주혁이는 집 안 냉장고에 있는 약이란 약은 다 위에다 쏟아 넣었다. 창자가 가닥가닥 뒤틀리는 아픔과 함께 의식이 흐려졌다. 주혁이는 동화 속 나라 같은 곳으로 가서 눈을 뜨기를 바랐다. 안타깝게도 주혁이는 응급실에서 눈을 떴다. 그때부터 엄마는 아이를 유령처럼 대했다. 주혁이는 죽지 못한 자신을 원망했다. 주혁이는 걸핏하면 길거리에서 돈을 뺏기고 친구들한테도 자주 맞았다. 그러다가 어느 날 다섯 살이나 여섯 살쯤 되어 보이는 여자아이를 보았다.

-난 말이야, 내가 이 세상에서 가장 약한 존재라고 생각하고 있었어. 그러다가 그 여자아이를 보는 순간 뺏고 싶더라. 난 그 아이의 손에 들려 있는 돈을 봤거든. 천 원짜리 한 장. 그걸 뺏고 싶더라. 후후후, 내 호주머니에는 천 원짜리가 여덟 장이나 있었어. 근데도 뺏고 싶더라. 아마 내가 살아 있다

는 걸 확인하고 싶었는지, 어쩌면 살고 싶다고 아우성치고 싶었는지도 몰라. 그래서 그 아이를 끌고 갔어. 마침 동네 마트 뒤에는 3층짜리 빌라를 짓고 있었는데, 그날따라 일하는 사람들이 없더라고. 난 그냥 뺏고 싶었을 뿐인데, 바깥에서 그 아이 오빠로 보이는 키 큰 아이가 자전거를 타고 오면서 뭐라고 소리치자, 이 아이가 오빠야, 소리치려고 하는 거야. 그래서 나도 모르게 그 아이 입을 막았어. 아이가 막 발버둥 치기에 제발 가만히 있으라고, 들키면 죽도록 얻어맞겠구나 하는 두려움이 앞서서 아이의 입을 힘껏 막았어. 그랬어. 분명 입을……. 근데 다른 손이 목을 졸랐나 봐. 아무런 기척을 안 해서 보니까…… 죽어 버렸어. 난 죽음이 그런 건지 몰랐어. 난 죽고 싶어도 맘대로 안 되는데……. 집으로 도망 와서 내 목을 졸라 보고, 끈으로 목을 매달아 보아도……. 그래서 다음 날 아파트 옥상에서 뛰어내린 거야. 너, 모르지? 죽는다는 게 얼마나 두려운 일인지? 난 뛰어내리면서 내가 새였으면 했어. 죽으면 새로 태어나야지 했는데 눈 떠 보니 또 응급실이야. 내가 저주스러웠어. 살아 있다는 것이 끔찍했어. 그때부터 난 한 번도 제정신으로 살아 본 적이 없어. 늘 쫓기고, 경찰차만 보면, 그 여자아이 또래만 보면…….

　내가 널 처음 보고 왜 당황했는지 아냐? 놀랍게도 넌, 넌, 넌 말이야, 그 아이랑 닮았어. 내가 죽인 그 아이랑 꼭…….

눈이랑 코가…… 너만 보면 그 아이가 생각나서 내가 너로부터 얼마나 달아나려고 했는지 너는 모를 거야. 그래서 집을 나가기도 했지. 보이지 않으면 괜찮을 줄 알았는데 그게 아냐. 넌 꿈속까지 따라왔어. 끝까지 쫓아왔어. 나는 어려서부터 혼자 그림 그리는 걸 좋아했지. 어느 날 하도 힘들어서 그림을 그리는데 이상하게도 마음이 편해졌어. 그때부터 나는 악몽을 꾸기만 하면 그림을 그렸지만 그것도 한계가 있었고…….

누군가 네 소원이 뭐니 물으면, 죽는 거요, 하고 말했을 거야. 그러면서도 두려웠어. 죽는 게 두려워. 더 이상 아파트에서 뛰어내릴 자신도 없고, 목을 맬 자신도, 약을 먹을 자신, 살아갈 자신, 죽을 자신도 없고, 날마다 뭔가 죽이는 연습이라도 해야만 살아갈 수 있었지. 수문아, 제발 나 좀 죽여 줘. 부탁이야.

언제부터 이모가 그들을 보고 있었는지 모른다. 대문 앞에는 이모랑 염소가 서 있었고, 이모도 염소도 한마디 말이 없었다.

-수문아, 제발 나를 죽여 줘. 나를 구원해 줄 사람은 너밖에 없어. 난 잡혀가기 싫어. 사라지고 싶어. 나만의 세상으로 가고 싶어.

수문이는 이모보다 더 나이 들어 보이는 눈으로, 이모보다 더 무거운 어깨를 하고서 걸어가 이모 앞에 섰다. 이 집이 무서워. 무덤 같아. 이모랑 염소는 여전히 말이 없었다.
 -제발, 이제 그만 나를 풀어 줘. 어렸을 때는 이모하고 사는 게 꿈이었지만 이제는 아니야.
 -수문아, 이모는 이미 너를 놓아주었어. 너를 이 집으로 데려올 때부터, 그러지 않았다면 너를 데려올 수 없었어. 너를 혼자 내보내지 않았던 것은, 너 혼자 살 수 있을 정도의 세월이 필요하다고 생각했기 때문이야. 그래, 이제 네 뜻대로 해주마. 이모도 더 이상 너를 붙잡을 수는 없네. 그게 마음이 아파. 아저씨랑 나는 너랑 주혁이를 좋은 곳으로 데리고 와서 좋은 시절을 보내게 하려고, 공부에 시달리지 않고 새처럼 풀처럼 살게 하려고 했는데, 우리만 좋았던 모양이야. 우리는 이게 너희들한테 최선이라고 생각했는데…….

 이모랑 염소는 참 쓸쓸하게 웃었다.

53

 수문이는 손으로 얼굴을 몇 번 문지른 다음 다시 이모네 집을 보았다. 이모랑 아저씨가 아니었으면 벌써 생을 마감했을 나이 든 기와집을 떠받들고 있는 마당, 그 마당에서 수백 년간 세 들어 살아온 감나무가 보였다. 수문이는 저도 모르게 인사를 하듯이 손을 흔들었다. 순간 이곳에서 오랫동안 살아온 수많은 메아리들이 재잘거리기 시작했다.

 -메헤에에 메헤에에…….
 -어디만큼 왔니? 이무기 연못 앞에 왔다아!
 -휘이이 휘요우으…….
 -달아, 달아, 밝은 달아…….

작가의 말

 작가의 즐거움이란 무엇일까? 작가에 따라 다르겠지만, 나는 '들어 주는 즐거움'이라고 표현하고 싶다. 누군가의 삶을 들어 주는 것이다. 누군가의 삶을 귀에다 담고, 누군가의 눈빛을 흙처럼 받아서 어루만져 주는 것이다. 그래서 작가란 때로는 저 대지 같은 것, 때로는 씨앗을 움트게 하는 봄볕 같은 것이라고 생각한다.
 수많은 사람들이 내 곁을 스쳐 간다.
 사람들은 자신들의 삶을 이야기하고 싶어 한다.
 "내 살아온 이야기를 다 하면 소설책 열 권을 써도 모자랄 겁니다……."
 "시중에 나와 있는 소설이나 영화 같은 걸 보면 시시해요. 내 삶보다 못해요……."
 나는 그런 사람들의 이야기를 듣는 게 좋다. 즐겁다. 내가 이런 직업을 가졌다는 게 행복하다. 내가 들어 주는 것만으로도 그들은 위로받는다는 걸 안다. 하지만 그들의 이야기를 모두 다 소설로 쓸 수는 없다. 그게 아쉬울 뿐이다.
 《마녀를 꿈꾸다》도 다 직간접적으로 보고 들은 이야기들에서 출발한다. '이모'는 내가 만난 사람이다. 실제로는 이 소설에 나오는 것보다 더 질퍽질퍽하고 유장한 삶을 살았다. 그 사람을 내 소설 속 배우로 등장시키면서, 또 다른 인물로 변신하게 했다. 그러니

'이모'는 실재하면서도 실재하지 않는 인물인 것이다.

　이 소설 속에 나오는 인물들이 다 그렇다고 봐도 된다. 주인공 수문이도 그렇다. 내 주위에서 살아가는 어떤 여자아이를 모델로 했지만 소설 속에서는 또 다른 모습으로 변신시켰다. 그럼에도 불구하고 어른과 아이의 경계에서 살아가는 청소년의 눈으로 세상을 바라다보려고 하는 작가의 눈은 변함이 없다. 내가 청소년을 주인공으로 설정하여 글을 쓰는 이유는, 청소년의 눈으로 세상을 바라다보고 싶기 때문이다. 그 시기야말로 가장 예민하고, 가장 열정적이고, 가장 아름답고, 가장 낭만적이면서도, 가장 많은 꿈을 꾸고, 가장 열정적인 사랑을 하는 시기이기 때문이다. 그래서 수문이라는 아이를 등장시켰다.

　주혁이라는 인물은 내가 10년 전부터 숨겨 놓은 배우다. 몇몇 벗들에게 주혁이 이야기를 한 적도 있다. 그만큼 내가 애정을 가지고 있는 인물이다. 주혁이가 겪은 이야기는 사실이다. 다만 나는 그 아이의 비극적인 사연보다 그 아이의 내면을 더 그리고 싶었다.

　이 소설은 그렇게 쓰였다. 내가 살아오면서 만난 이러저러한 아이들, 어른들을 끌어 들여서 《마녀를 꿈꾸다》라는 연극을 만들어 낸 것이다.

　어쨌든 마음속에 품고 있던 이야기 한 편을 덜어 냈다. 작가로서 많은 실험을 한 글이라서 아쉬움도 많지만, 이제 수많은 사람들 마음속으로 들어가서 또 다른 상상력을 주면서 살아가기를 바란다.

　며칠 전 그 골짜기 끝에 있는 기와집을 찾아갔다. 이 소설의 무대인 그 집은 아쉽게도 사라지고 없었다. 그곳에는 4층짜리 최첨단

건축물이 하얀 대리석 옷을 입고 서 있었다. 불과 몇 년 만에 수십 년 혹은 수백 년 살아왔을 그 집의 운명이 바뀌어 있었다. 다행스러운 것은 감나무가 살아 있다는 것이었다. 나는 슬그머니 그 감나무 밑으로 가서 내 소설의 출생을 알리며, 내 소설을 당신에게 바친다고 인사를 하고 돌아섰다. 그러면서도 그 감나무에게 미안했다. 집 뒤쪽 산등성이의 숲도 사라져 있었다. 인간들의 탐욕은 언제나 끝이 날 것인지. 아무런 말 없이 세월을 삭이고 서 있는 그 나무를 똑바로 바라다볼 수가 없었다. 아무런 말 없이 나를 쳐다보는 감나무의 눈빛(?)이 두려웠다. 무서웠다. 온몸이 떨렸다.

  이 소설은 그 나이 든 집 때문에 탄생하게 되었다.

  사라져 버린 그 집에게 이 소설을 바친다.

무거운 것들이 고개를 숙이는 2012년 가을

이상권

연금술적 상상력, 그리고 생태적 삶의 공존

임규찬(성공회대 교수, 문학평론가)

1

영상 기술이 급속도로 발전하면서 상상력이나 감수성에도 큰 변화가 이루어졌는데, 최근 디지털 기술이 더욱 고도로 발전하면서 이제 우리 시대를 '판타스틱 시대'로 지칭하더라도 그리 이상하지 않습니다. 그만큼 디지털 기술이 실재와는 별개인 새로운 실재를 다양하게 구현하는 세상이 됨으로써 복제가 실재의 우위에 서는 상황이 곳곳에서 벌어집니다. 이제 기호가 사물을 대신하고, 실재의 복제물인 시뮬라크르가 실재를 대신한다는 말도 일상적으로 자연스럽게 사용하고 있습니다. 그렇게 실재와 복제의 차이가 소멸됨으로써 가상 현실이 현실을 압도하는 상황을 어디서든 쉽게 볼 수 있습니다. 탈물질화된 세계 속에 현실을 자유롭게 구현하는 사이버 공간을 떠올리면 쉽게 이해할 수 있을 것입니다.

이상권의《마녀를 꿈꾸다》역시 그런 현대적 흐름과 함께한다고 할 수 있을 것입니다. 특히 '판타스틱 시대'의 두 주축으로 거론되는 마술(magic)과 꿈(dream)을 직접적인 모티브로 하고 있는 만큼 실제로 흥미롭고 기괴하고 낯선, 실험적인 작품입니다. 수시로 만나게 되는 엽기적인 장면과 괴물스런 형상 등 강렬한 선정성(the sensational), 비현실적인 이야기를 현실과 구별하지 않은 채 자연스럽게 뒤섞어 서사를 진행시켜 나가는 특이한 환상성(the fantastic)이야말로 그 점을 잘 말해 줍니다.

　자, 보십시오. 갈수록 커져만 가는 아이 수문이와 반대로 자꾸만 작아지는 아이 주혁이의 극도로 대립적인 형상에서부터, 온갖 버섯만 먹어 대는 이모와 날마다 까만 숯가루만 먹어 대는 아저씨, 늘 찬송가를 부르며 거의 누워서만 사는 엄청난 뚱뚱이 왕이모와 그런 왕이모의 10분의 1도 되지 않을 정도로 왜소한 왕이모부 등 등장인물 거개가 다 이상합니다. 하는 행동이나 묘사되는 장면 들은 또 어떻습니까? 도입부에 등장하는 머리만 인간일 뿐 나머지 몸은 개로 형상화된 반인반수부터 하나같이 이상한 수문과 주혁의 꿈 그림들, 강아지와 병아리를 비롯하여 무수하게 많은 생물을 잔인하게 죽이는 주혁의 이상한 행동들, 호랑지빠귀와 대화를 나누고 더 나아가 모든 새와 이야기를 나누는 인물들, 이무기가 쫓아온다고 살려 달라며 느닷없이 찾아오고, 어떤 뱀도 맨손으로 자유롭게 잡고, 죽은 뱀에서 자란 구더기로 뱀닭을 길러 파는 이모의 행동 등등을 보세요.

　이런 면에서 이 작품은 흡사 호러물과 비슷한 느낌을 주기도 합니다. 그런데 사실 그것과는 근본적으로 다른 질료적 특성을 가졌다는 데 이 작품의 남다른 면모가 있습니다. 이 작품은 특별한 생각 없이 읽어도 재미가 있을 만큼 흥미로운 여러 요소를 가지고 있습니다. 오히려 보기에 따라 중심 이야기보다 부스러기, 언저리 이야기가 더 중요하게 다가올 겁니다. 뭔가 핵심 줄거리를 파악하고 그것을 통해 어떤 의미를 찾으려고 하면 인과 관계도 잘 맺어지지 않고 혼란스러운 사슬처럼 다가오는 아주 골치 아픈 소설이니까요. 우리가 익히 아는 소설과 다르니 그럴 수밖에 없지요. 사실 사이버 공간은 시공간을 넘어 누구에게나 열려 있어 그 자체의 논리와 구성으로 쭉 전개됩니다. 그런데 이 작품은 확고한 현실적 지반 위에서 모든 것이 시작되고 있어 우리로 하여금 끊임없이 현실적 맥락에서 다시 반추할 것을 요청합니다.

자, 이야기의 중심축을 찬찬히 떠올려 봅시다. 이 소설은 기본적으로 수문이의 시점에서 보고 듣고 겪어 온 삶의 체험을 그린, 성장 소설의 뼈대를 가지고 있습니다. 열일곱 살이 된 지금, 학교도 관두고 마술 학교를 나와 마술사를 꿈꾸는 한 여자아이의 홀로서기가 현재형으로 진행되면서 그 사이사이 자신이 체험해 온 시간을 되돌아보는 이야기가 이리저리 뒤섞여서 서술됩니다. 정리해 보면 남자에게 버림받아 홀로 아이를 낳고 죽은 엄마, 그게 수문이의 엄마입니다. 수문이는 그래서 이모, 그것도 친이모가 아닌 엄마의 배다른 언니인 이모에 의해 키워지다, 그 이모와 고종사촌 간인 왕이모네에서 초등학교 시절을 거쳤습니다. 그리고 다시 이모네 집에서 살다가 그 집에 함께 사는 아저씨의 아들 주혁과 도저히 함께 살 수 없어서 독립해 나온 고아와 다름없는 소녀입니다. 수문이는 아주 어려서부터 워낙 또래보다 크고 정신 연령도 높아 아무하고도 어울리지 못하고 혼자인 채 살아왔습니다. 그렇다면 이 소설은 한 외로운 소녀가 비극적인 상황에도 불구하고 당당하게 자기 삶을 개척해 가는 작품이라 할 수 있겠죠. 그런데《마녀를 꿈꾸다》를 이렇게 윤리적이고 건전한 소설로 간단하게 정리하는 것이 과연 옳을까요.

혹 주제를 말하라면 그렇게 할 수 있지만 그건 말 그대로 뼈대일 뿐 온전한 소설적 육체는 단 하나도 말해 주지 않습니다. 비유하자면 주제는 풍경화 속에서 저 뒤편에 배경처럼 서 있는 산에 가깝고, 화면을 가득 메운 벌판과 나무와 그 속에 사는 생명과 길 들이야말로 이 소설의 진정한 육체일 것입니다. 이 소설의 매력은 그렇게 주제를 배경처럼 만들며 그것도 마지막에서야 밀물처럼 밀려오게 한다는 것입니다. 아니, 그렇게 소설의 육체를 흥미롭게 구성한 작가의 상상력이야말로 바로 이 작품의 열쇠가 될 것입니다.

2

《마녀를 꿈꾸다》는 구체적인 현실에 바탕을 두면서도 동시에 현실을 자유롭게 떠나 독특한 현실 세계를 구성하고 상호 소통시킵니다. 그래서 난해하기도 하고, 또 쉽게 받아들이기 힘든 신비적인 힘도 느껴지고, 비유와 상징을 자꾸 유발해 의미가 증폭되는 미적 체험에 젖어 들기도 하는 등 작품 자체가 마술적인 힘을 가지고 있는 듯합니다. 이 점에서 가상 현실이니 시뮬라크르니 하는 최신 용어보다는 '연금술'이란 오래되고 신비스런 상상력이 떠오릅니다. 왜냐하면 이 작품은 현실성과 비현실성의 경계에 존재하면서 둘 사이에 대단히 유동적인 통로를 만들어 놓기 때문입니다. 그렇게 현실에 닿아 있으면서 현실을 떠나 있기도 한 상상력 속에 자연과 인간을 하나로 묶어 보는 생태적 시각이 있습니다.

특히 수직적으로 현실을 초월하는 상상의 영역에 비현실적 세계를 구축하는 사이버 공간과 달리 이 작품은 현실성을 품에 안고 비현실성을 오고 감으로써 현실이 자연스럽게 확장되고 있음을 눈여겨보아야 합니다. 말하자면 별종의 생물체를 등장시키는 것이 아니라 인간과 동물의 감각을 넓혀 상호 소통시키고, 또한 그 내면을 특이적 존재로서 재구성함으로써 우리들 자신을 되돌아보게 하는 상징과 비유의 시적 마술을 펼칩니다. 등장인물들 간의 관계에도 이 점은 잘 드러납니다. 이야기의 핵심은 수문이와 이모, 수문이와 주혁이 사이에 있지요. 아주 대조적이지만 이들 사이에는 '대립의 일치'라는 연금술적 맥락이 자리합니다. 수문이와 이모는 미묘한 혈연적 인연으로 이어져 있지만 또 그래서 맞설 수밖에 없는 간극이 있고, 수문이와 주혁은 화해할 수 없을 만큼 대립해 있지만 이미 꿈 그림이 상징하듯 이어진 양극처럼 한 몸으로 존재합니다. 그리하여 서로 맞물려 있기 때문에 다른 하나를 부정하면 또 다른 하나도 부정될 수밖에 없는, 불가피하게 함께해야 이루어질 수 있는 관계입니다. 작품은 이런 관계를 통해, 함께 살아가기 위해서는 그저 무작정 통일하는 것이 아니라 같은 곳에 공존하면서 개별적인 삶, 단독자의 운명을 만들어 나가야 한다는 것을 각기 다른 방식으로 이야기하고 있습니다.

기괴한 꿈 그림, 잔인한 행동 등 얼핏 작품 외관을 둘러싼 호러적 측면 또한 한 꺼풀만 벗기면 그것이 곧 있는 그대로의 생태학임을 보여 줍니다. 생명을 가진 것은 필연적으로 다른 생명과 충돌합니다. '통속적 진화론'은 적자생존을 강조하면서, 자연은 서로 경쟁하며 피 흘리는 전쟁터라고 봅니다. 이런 견해는 은연중 인간이 자연의 다른 모든 생명체보다 우월하며 도덕적으로 우위에 서 있다고 봅니다. 그러나 《마녀를 꿈꾸다》는 새의 말을 통해 진정한 생태학은 자연계 전체에 걸친 공동 진화, 공생, 상호 원조와 지원, 상호 관련, 상호 의존에 있음을 전해 줍니다. 또한 야성의 자연계에서 '유해한' 것과 그렇지 않은 것에 대한 우리의 이해가 아주 초보적이라는 걸 환기합니다. 잡아먹는 자와 잡아먹히는 자 사이, 녹색의 일차 생산자인 식물과 분해자로서의 균류(菌類)나 기생충 사이, 심지어 '생명'과 '죽음' 사이 중 굳이 어느 한쪽을 더 중시해서는 안 된다는 것을 강조합니다.

'주혁이는 동물들을 잡아서 죽였다. 닭이 가장 많이 희생을 당했고, 보일러실에다 둥지를 튼 딱새 새끼도 세 마리가 사라졌다. 목을 조르기도 하고, 나무 위에서 떨어트리기도 하고, 날카로운 가시로 찌르기도 하고, 불에 태우기도 하고, 무거운 돌멩이를 매달아서 물에다 빠트리기도 하고, 땅을 파고 산 채로 묻기도 하고. 손님들이 올 때마다 이모도 닭을 죽였다. 묘하게도 이모가 닭을 죽일 때는 잔인하다거나 엽기적이라거나 백정 같다거나 뭐 그런 느낌이 조금도 들지 않았고, 오히려 어떤 성스런 의식처럼 느껴졌는데, 똑같은 동물이라고 해도 누가 어떻게 죽이느냐에 따라서 다를 수 있다는 걸 수문이는 알았다.' -본문 중에서 주혁이와 이모의 행동은 곧 감상적으로 접근하여 무작정 어느 한 면만을 찬미하는 관념적 생태주의를 벗어날 필요가 있음을 말해 줍니다. 사실 자연계에서 교류의 핵심은 에너지의 교환이며, 그것은 먹이 사슬과 먹이 그물을 포함합니다. 이것은 많은 생명체들이 다른 생명체를 먹음으로써 산다는 의미지요. 가령 '수문이는 죽은 새나 곤충들을 숱하게 보았다. 맨 먼저 개미가 찾아와서 꺼져 버린 생명의 구멍을 찾았다. 이를 테면 눈이나 귀, 입, 코, 배꼽, 항문 따위. 개미가 그런 구멍으로 들어간다는 것은, 쓰러진 생명체가 더 이상 살아날 가망이 없거나 이미 맥이 끊어졌음을 의미한다.'라는 구절이나 '아, 우리는 죽음을 먹고 살아가는구나. 모든 게 죽음이구나. [중략] 우리 밥상은 온통 죽음이구나.'라는 구절 등이 그것을 잘 말해 주지요.

이처럼 이상권의 생태적 상상력은 우리가 누구인가, 우리는 어떻게 존재하는가, 그리고 우리는 어디에 속하는가 하는 근원적인 문제들에 대해 의미심장한 빛을 던집니다. 우리로 하여금 인식의 도약을 통해 좀 더 큰 틀에서 자아와 가족을 바라보게 합니다.

무엇보다 이 소설이 수문이를 둘러싼 파괴된 가족, 호랑지빠귀의 부상 등 파괴된 생태계에서 출발하고 있음을 주목할 필요가 있습니다. 생태학의 어두운 측면을 미적으로 극대화하여 그 본질을 찬찬히 되짚어 보는 아주 역설적인 구조의 작품입니다. 아, 수문이 등을 통해 보여 주고자 한 삶의 본질 하나를 잊어서는 안 될 것 같습니다. "지금 와서 생각해 보면 개성이 강한 사람은 늘 그렇게 집단으로부터 괴물 취급을 받는 게 아닌가 싶다. 하지만 나는 아무것도 바꾸고 싶지 않다."라는 팀 버튼의 말처럼 이 작품은 그저 보편적인 생태적 상징이 아니라 매우 구체적인 고유 명사의 삶을 생태화 하고 있습니다.

　이 모든 것이 무엇보다 작가의 탄탄한 문장력, 문체의 힘에 뒷받침되었다는 사실을 잊어서는 안 되겠죠. 현재는 반복적인 리듬으로 아주 느리게 흘러가는데, 그사이 과거의 기억들은 아주 빠른 리듬에 번개처럼 번쩍이는 전개로 편재시킨 이중적 구성도 독특합니다. 이런 과거의 단편들이 현재에 서서히 스며들어 최종적인 특유의 연대를 만들어 나갑니다. 사이사이 미적 장치들을 나름 치밀하게 배치해 전체 속으로 흘러 들어가게 하는 작가의 지적 능력 또한 놓쳐서는 안 될 것입니다. 가령 이 작품에서는 꿈이 특별히 중요한 역할을 합니다. 그 꿈은 내면의 복잡한 갈등과 욕망을 투사함과 동시에 파괴되고 분열된 내면의 정신적 안정을 돕는, 예술적 치유 방법으로 제시되고 있습니다. 엄밀한 인과 관계를 무시하고 말잇기처럼 연상적으로 서술하는 방식 또한 현실성과 비현실성을 함께 아우르는 작품의 구조적 흐름과 잘 조응하고 있습니다.
　쉬운 듯 쉽지 않고, 이렇게 보면 저것이 떠오르고, 한마디로 작가의 내공과 예술성이 멋지게 어울린, 좋은 '현대판' 소설 하나가 지금 우리 앞에 출현하였습니다.

■ **시공 청소년 문학**   ■ 중·고등학생 이상 권장 도서

1 아빠는 아프리카로 간 게 아니었다 마르야레나 렘브케 지음 | 이은주 옮김 | 156쪽 | 7,500원
한우리 권장 도서 · 책교실 추천 도서

2 안데스의 비밀 앤 놀란 클라크 지음 | 공경희 옮김 | 188쪽 | 7,500원
뉴베리 상 수상 · 책교실 추천 도서 · 경기도교육청 추천 도서 · 서울시교육청 전자도서관 추천 도서

3 열네 살, 그 여름의 이야기 마르티나 빌드너 지음 | 문성원 옮김 | 312쪽 | 8,500원
페터 헤르틀링 상 수상 · 책교실 추천 도서 · 경기도교육청 추천 도서 · 서울시교육청 전자도서관 추천 도서

4 세상 끝 외딴 섬 유대인 자매 이야기 1부 아니카 토어 지음 | 임정희 옮김 | 356쪽 | 8,500원
독일 아동청소년 문학상 수상 · 어린이문화진흥회 선정 도서 · 밀드레드 L. 배철더 상 수상

5 연꽃 연못가에서 유대인 자매 이야기 2부 아니카 토어 지음 | 임정희 옮김 | 292쪽 | 8,500원

6 소중한 사람들 유대인 자매 이야기 3부 아니카 토어 지음 | 임정희 옮김 | 300쪽 | 8,500원

7 또 다른 세상으로 유대인 자매 이야기 4부 아니카 토어 지음 | 임정희 옮김 | 336쪽 | 8,500원

8 빛은 어떤 맛이 나는지 프리드리히 아니 지음 | 이유림 옮김 | 300쪽 | 8,500원 | 아침독서운동 추천 도서

9 비밀의 시간 마르야레나 렘브케 지음 | 김영진 옮김 | 168쪽 | 7,500원
오스트리아 아동청소년 문학상 명예 도서 · 어린이도서연구회 권장 도서

10 돌이 아직 새였을 때 마르야레나 렘브케 지음 | 김영진 옮김 | 132쪽 | 7,500원
오스트리아 아동청소년 문학상 수상 · 한우리 권장 도서 · 아침독서운동 추천 도서 · 청소년출판협의회 추천 도서

11 함메르페스트로 가는 길 마르야레나 렘브케 지음 | 김영진 옮김 | 204쪽 | 7,500원
한국간행물윤리위원회 청소년 권장 도서 · 아침독서운동 추천 도서
어린이도서연구회 권장 도서 · 전국학교도서관담당교사모임 추천 도서

12 난 버디가 아니라 버드야! 크리스토퍼 폴 커티스 지음 | 이승숙 옮김 | 304쪽 | 8,500원
뉴베리 상 수상 · 전국학교도서관담당교사모임 추천 도서 · 경기도교육청 추천 도서
서울시교육청 전자도서관 추천 도서

13 차가운 물 요아힘 프리드리히 지음 | 김영진 옮김 | 448쪽 | 9,500원
독일 아동청소년 문학상 추리 부문 수상 작가

14 검정새 연못의 마녀 엘리자베스 조지 스피어 지음 | 이주희 옮김 | 348쪽 | 8,500원
뉴베리 상 수상 · 미국도서관협회(ALA) 선정 주목할 만한 책
어린이도서연구회 권장 도서 · 경기도교육청 추천 도서 · 서울시교육청 전자도서관 추천 도서

15 드럼, 소녀 & 위험한 파이 조단 소넨블릭 지음 | 김영선 옮김 | 288쪽 | 8,500원
아침독서운동 추천 도서 · 책따세 추천 도서 · 전국학교도서관담당교사모임 추천 도서 · 경기도교육청 추천 도서
서울시교육청 전자도서관 추천 도서

16 푸른 눈의 인디언 전사 타탕카 버질 포츠 지음 | 임정희 옮김 | 536쪽 | 10,000원
부산시교육청 청소년 독서능력 경진대회 선정 도서 · 경기도교육청 추천 도서 · 서울시교육청 전자도서관 추천 도서

17 한 광대가 자란다 요나스 가르델 지음 | 임정희 옮김 | 372쪽 | 9,000원 | 어린이문화진흥회 선정 도서

18 마지막 재즈 콘서트 조단 소넨블릭 지음 | 김영선 옮김 | 288쪽 | 8,500원 | 한국출판인회의 선정 도서
어린이도서연구회 권장 도서 · 경기도교육청 추천 도서 · 서울시교육청 전자도서관 추천 도서

19 황금나무 박윤규 지음 | 116쪽 | 7,000원

20 깡마른 마야 코슈카 지음 | 이정주 옮김 | 106쪽 | 7,000원 | 전국학교도서관담당교사모임 추천 도서

21 삶이 먼저다 안느 마리 폴 지음 | 이정주 옮김 | 140쪽 | 7,500원 | 어린이문화진흥회 선정 도서

22 킬리만자로에서, 안녕 이옥수 지음 | 232쪽 | 8,000원
어린이문화진흥회 선정 도서 · 대한출판문화협회 선정 도서 · 아침독서운동 추천 도서
전국학교도서관담당교사모임 추천 도서 · 국립어린이청소년도서관 사서 추천 도서 · 경기도교육청 추천 도서
서울시교육청 전자도서관 추천 도서

23 왓슨 가족, 버밍햄에 가다 크리스토퍼 폴 커티스 지음 | 정회성 옮김 | 320쪽 | 8,500원
뉴베리 아너 상 수상 · 코레타 스콧 킹 아너 상 수상 · 골든 카이트 상 수상
퍼블리셔스 위클리 최고의 책 · 청소년출판협의회 추천 도서 · 전국학교도서관담당교사모임 추천 도서
미국도서관협회(ALA) 청소년을 위한 최고의 책 · 경기도교육청 추천 도서 · 서울시교육청 전자도서관 추천 도서

24 횃불을 든 사람들 로즈마리 서트클리프 지음 | 공경희 옮김 | 420쪽 | 9,500원
카네기 상 수상 · 어린이문화진흥회 선정 도서

25 하늘에 던지는 외침 구마가이 다쓰야 지음 | 권남희 옮김 | 372쪽 | 9,000원
어린이문화진흥회 선정 도서 · 아침독서운동 추천 도서

26 열일곱 살 아빠 마거릿 비처드 지음 | 햇살과나무꾼 옮김 | 256쪽 | 8,000원
북새통 우수 도서 · 어린이문화진흥회 선정 도서 · 아침독서운동 추천 도서 · 어린이도서연구회 권장 도서
미국도서관협회(ALA) 청소년을 위한 최고의 책 · 스쿨 라이브러리 저널 올해 최고의 책
전국학교도서관담당교사모임 추천 도서

27 키스 재클린 윌슨 지음 | 닉 샤랫 그림 | 이주희 옮김 | 440쪽 | 10,500원
학교도서관저널 추천 도서 · 경기도교육청 추천 도서 · 서울시교육청 전자도서관 추천 도서

28 발차기 이상권 지음 | 172쪽 | 8,000원 | 책따세 추천 도서 · 국립어린이청소년도서관 사서 추천 도서
문화체육관광부 선정 우수교양도서 · 전국 독서새물결모임 선정 도서
학교도서관저널 추천 도서 · 전국학교도서관담당교사모임 추천 도서

29 완벽하게 행복한 날 앤 파인 지음 | 이주희 옮김 | 232쪽 | 8,000원 | 전국학교도서관담당교사모임 추천 도서

30 행복한 롤라 로즈 재클린 윌슨 지음 | 닉 샤랫 그림 | 이은선 옮김 | 392쪽 | 9,500원 | 아침독서운동 추천 도서

31 구라짱 이명랑 지음 | 280쪽 | 9,000원
전국학교도서관담당교사모임 추천 도서 · 학교도서관저널 추천 도서
어린이도서연구회 권장 도서 · 경기도교육청 추천 도서 · 서울시교육청 전자도서관 추천 도서

32 정상에 오르기 3미터 전 롤랜드 스미스 지음 | 김민석 옮김 | 384쪽 | 9,000원
미국도서관협회(ALA) 선정 최우수 청소년 도서 · 전국학교도서관담당교사모임 추천 도서 · 학교도서관저널 추천 도서
어린이도서연구회 권장 도서 · 북리스트 편집자 상 수상 · 전미 아웃도어 상 수상

33 제레미 핑크, 비밀 상자를 열어라! 웬디 매스 지음 | 모난돌 옮김 | 448쪽 | 9,500원
어린이문화진흥회 선정 도서

34 우리 모두 별이야 웬디 매스 지음 | 장현주 옮김 | 408쪽 | 9,000원
한국간행물윤리위원회 청소년 권장 도서 · 학교도서관저널 추천 도서 · 한우리 권장 도서
아침독서운동 추천 도서 · 어린이도서연구회 권장 도서 · 어린이문화진흥회 선정 도서
미국 청소년도서협회 선정 우수 도서 · 경기도교육청 추천 도서 · 서울시교육청 전자도서관 추천 도서

35 껍질을 벗겨라! 조앤 바우어 지음 | 이주희 옮김 | 348쪽 | 9,000원 | 아침독서운동 추천 도서
학교도서관저널 추천 도서 · 어린이문화진흥회 선정 도서 · 미국도서관협회(ALA) 청소년을 위한 최고의 책

36 마루 밑 캐티 아펠트 지음 | 데이비드 스몰 그림 | 박수현 옮김 | 396쪽 | 9,500원
뉴베리 아너 상 수상 · 전미 도서상 최종 후보작 · 미국도서관협회(ALA) 선정 주목할 만한 책
북리스트 선정 청소년을 위한 책 · 대한출판문화협회 선정 도서 · 경기도교육청 추천 도서
서울시교육청 전자도서관 추천 도서

37 반딧불이 핑퐁 조준호 지음 | 180쪽 | 8,500원
어린이문화진흥회 선정 도서 · 아침독서운동 추천 도서 · 학교도서관사서협의회 추천 도서

38 폴리스맨, 학교로 출동! 이명랑 지음 | 256쪽 | 9,000원
《무비위크》 선정 충무로가 탐내는 책 · 책읽는사회문화재단 우수문학도서
한우리 권장 도서 · 경기도교육청 추천 도서 · 서울시교육청 전자도서관 추천 도서

39 몽키맨을 아니? 도리 힐레스타드 버틀러 지음 | 장미란 옮김 | 280쪽 | 8,500원
마크 트웨인 상 수상 · 샬롯 상 수상 · 아이오와 어린이 초이스 상 수상 · 스콜라스틱 북 클럽 선정 도서
캔자스 주 선정 최고의 책 · 펜실베이니아 주 선정 청소년 베스트 도서
아침햇살 추천 도서 · 한우리 권장 도서 · 경기도교육청 추천 도서 · 서울시교육청 전자도서관 추천 도서

40 몽키맨을 알고 있어! 도리 힐레스타드 버틀러 지음 | 장미란 옮김 | 280쪽 | 8,500원

41 2시간 17분 슈퍼스타 가제노 우시오 지음 | 김미영 옮김 | 320쪽 | 9,500원
어린이문화진흥회 선정 도서 · 학교도서관저널 추천 도서

42 차마 말할 수 없는 이야기 카롤린 필립스 지음 | 김영진 옮김 | 216쪽 | 8,500원
2011 오스트리아 아동청소년 도서상 수상 · 어린이도서연구회 권장 도서

43 재회 시게마쓰 기요시 지음 | 김미영 옮김 | 424쪽 | 9,500원
경기도교육청 추천 도서 · 서울시교육청 전자도서관 추천 도서 · 나오키 상 수상 작가 · 어린이문화진흥회 선정 도서

44 독수리 군기를 찾아 로즈마리 서트클리프 지음 | 김민석 옮김 | 440쪽 | 10,000원
아침햇살 추천 도서 · 위즈키즈 선정 이달의 책 · 카네기 상 수상 작가

45 라디오에서 토끼가 뛰어나오다 남상순 지음 | 168쪽 | 8,500원
2011 경기문화재단 우수예술프로젝트 선정 사업 수혜작 · 평화방송 추천 도서 · 경기도교육청 추천 도서
고래가숨쉬는도서관 추천 도서 · 책읽는사회문화재단 우수문학도서 · 서울시교육청 전자도서관 추천 도서

46 이름을 훔치는 페퍼 루 제럴딘 머코크런 지음 | 조동섭 옮김 | 344쪽 | 9,500원
카네기 상 수상 작가 · 휘트브레드 아동문학상 수상 작가 · 2011 카네기 상 후보작
한국간행물윤리위원회 청소년 권장 도서 · 경기도교육청 추천 도서 · 서울시교육청 전자도서관 추천 도서

47 달의 노래 호다카 아키라 지음 | 김미영 옮김 | 224쪽 | 9,000원 | '포플라사 소설 대상' 우수상 수상

48 충분히 아름다운 너에게 쉰네 순 뢰에스 지음 | 손화수 옮김 | 240쪽 | 8,500원
브라게문학상 수상 작가 · 국립어린이청소년도서관 사서 추천 도서

49 너를 위한 50마일 조단 소넨블릭 지음 | 김영선 옮김 | 288쪽 | 9,000원
한국간행물윤리위원회 청소년 권장 도서 · 아침독서운동 추천 도서

50 개님전(傳) 박상률 지음 | 176쪽 | 9,000원 | 아침독서운동 추천 도서 · 전국독서새물결모임 선정 도서

51 마녀를 꿈꾸다 이상권 지음 | 272쪽 | 9,000원 | 고래가숨쉬는도서관 추천 도서 · 전국독서새물결모임 선정 도서

52 사자의 꿈 최유정 지음 | 212쪽 | 8,500원 | 고래가숨쉬는도서관 추천 도서 · 책읽는사회문화재단 우수문학도서

53 인간 합격 데드라인 남상순 지음 | 216쪽 | 8,500원 | 책읽는사회문화재단 우수문학도서 · 아침독서운동 추천 도서

54 우리는 고시촌에 산다 문부일 지음 | 188쪽 | 8,500원
책읽는사회문화재단 우수문학도서 · 서울문화재단 예술창작지원금 수혜작 · 아침독서운동 추천 도서

55 빨간 지붕의 나나 선자은 지음 | 252쪽 | 9,000원 | 살림 청소년문학상 수상 작가

56 광인 수술 보고서 송미경 지음 | 132쪽 | 8,000원 | 한국출판문화상 대상 수상 작가

*시공 청소년 문학은 계속 출간됩니다.

마녀를 꿈꾸다

초판 제1쇄 발행일 2012년 10월 20일
초판 제2쇄 발행일 2014년 8월 10일
지은이 이상권
발행인 이원주 발행처 (주)시공사
주소 서울시 서초구 사임당로 82
전화 영업 2046-2800 편집 2046-2821~4
인터넷 홈페이지 www.sigongsa.com

ⓒ 이상권, 2012

이 책의 출판권은 (주)시공사에 있습니다.
저작권법에 의해 한국 내에서 보호받는 저작물이므로 무단 전재와 무단 복제를 금합니다.

ISBN 978-89-527-6701-1 43810
ISBN 978-89-527-5572-8 (세트)

*홈페이지에 회원으로 가입하시면 다양한 혜택이 주어집니다.
*잘못 만들어진 책은 구입하신 곳에서 바꾸어 드립니다.

♣사랑의 열매와 함께 저소득층 어린이들의 교육 자립을 지원합니다.